렌탈인간

렌탈인간

신은영 장편소설

자상한시간

아내

평소였다면 스마트폰을 들여다보고 있었겠지만 오늘은 그러지 않았다. 근무 시간 내내 모니터를 격하게 노려봤더니 눈이 뻐근했기 때문이다. 할 수 있다면 눈알을 꺼내 한 번 헹구고 다시 끼워 넣고 싶은 심정이었다.

스마트폰을 보지 않으니 할 일이 없다. 예전에는 무료한 시간을 뭘 하며 보냈을까? 도통 떠오르지 않는다. 발끝을 세워 바닥을 톡톡 두들기다가 고개를 들어 스크린도어를 바라봤다. 희걸건 얼굴이 하나 떠 있었다. 에이씨, 깜짝이야. 내 얼굴이다. 다른 사람들 정수리 위로 내 얼굴이 빼꼼 솟아 있었다. 매일 보지만 매일 새로운 얼굴이다.

"지금 열차가 들어오고 있습니다. 손님 여러분께서는 한 걸음 물러서 주시기를 바랍니다."

요란한 알림음이 공간을 채웠다. 사람들의 정수리가 꿈틀거리는 게 보였다. 습관적으로 한 걸음씩 뒷걸음질 친다. 한 걸음 물러서라 했더니 정말 한 걸음씩 뒤로 가고 있다. 말도 잘 듣네. 그 모습이 기괴해 좀비 같기도 하고, 잘 훈련된 곰 같기도 하다. 어쩐지 우스웠다. 나도 저렇겠지? 하지만 좀비나 곰과 다른 게 있다면 인간들은 앞을 보지 않는다는 것이다. 모두 고개를 숙인 채 손바닥만 들여다보고 있었으니까. 아니, 정확히 말하면 그 위에 놓인 스마트폰에 고정되어 있었다.

철도로 확 뛰어내려 볼까? 갑자기 삐뚤어진 마음이 뱃속을 간지럽혔다. '어차피 별로 살고 싶지도 않았잖아. 뛰어내려 봐.'라고 누군가 떠미는 것 같았다. 내가 지금 뛰어들어도 스마트폰만 보느라 아무도 눈치채지 못할지도 모른다. 어쩌면 인증사진을 찍기 위해 모두의 스마트폰이 나를 향할지도? 어머나, 부추기지 말아요. 어차피 스크린도어 때문에 뛰어내리지도 못한다고요.

앞사람이 한 걸음 다가오니 뒷사람이 한 걸음 달아났다. 오늘 하루 내가 본 것 중 가장 예의 바른 움직임일 것이다. 서로의 공간을 침범하지 않는 정도의 적당함. 그래, 내게도 이런 게 필요했다.

아이고, 놀라라. 마침 요란한 경적이 들렸다. 동시에 깊숙한 어둠 속에서 작은 불빛이 빠른 속도로 커졌다. 지하철은 천천히 속도를 늦추더니 정확하게 같은 번호가 적혀 있는 위치에 육중한 몸을 세웠다. 하루에도 수없이 반복되는 평범한 풍경이지만 볼 때마다 신기하다. 나는 하얗고 반듯한 주차선에 자동차 궁둥이를 밀어 넣는 것조차 어렵던데. 어떻게 이렇게 자기 자리를 딱 맞출 수 있을까?

거대한 자석이라도 달린 것처럼 스르륵 자리를 잡는 모습을 넋 놓고 바라봤다. 가끔 제자리를 찾지 못하는 경우도 있다. 하지만 괜찮다. 앞뒤로 슬금슬금 움직이다 보면 자리를 맞출 수 있으니까. 조금 어긋난다 해도 크게 불만을 가지는 사람은 못 봤다. 이럴 때 보면 인간은 참 관대하다. 난 오늘도 엄청나게 깨졌는데.

회사 사람들은 어째서 친절하지 못할까. 가슴 한편이 꽉 막혔다. "사람이 하는 일인데 실수할 수도 있지." 하며 허허허 웃는 얼굴은 정작 사람이 아닌 것에만 해당하는가 보다.

어쩌면 인간은 인간에게만 너그럽지 못한 걸지도 모른다. 그래서 자꾸만 인간의 영역이 줄어들고 있는 것 같다. 병원에서는 로봇이 수술한다고 했다. 의료진의 컨디션에 좌지우지될 필요가 없다. 가녀린 혈관을 넘나들며 예민하고 정교한 수술을 척척 해낸다. 큰 수술을 앞둔 전날 술을 마셔도 죄책감이 들지 않을 테지.

가정마다 인공지능이 탑재된 기계가 하나씩 존재한다. 이름만 부르면 TV도 켜주고 전기도 꺼준다. 침대에 누워 "아, 맞다. 불 안 껐네." 하며 일어날까 말까 고민할 필요도 없다. 누워있는 상태에서 입만 뻐끔거리면 충분하다. 아침마다 밥상 앞에서 신문을 보는 아버지의 모습은 옛날 드라마에나 등장한다. 오늘의 날씨나 간추린 뉴스도 인공지능에 요청하면 친절하게 알려주니까. "나 지금 바쁘니까 네가 알아서 찾아봐." 따위의 말도 하지 않는다.

충전만 잘해 놓으면 집안일도 편하게 할 수 있다. 지금 우리 집에도 타이머가 맞춰진 로봇 청소기가 집안 곳곳을 누비고 다니고 있을 테니 말이다. 현관문을 열 때쯤 세탁기 종료음이 울리겠지. 아! 그래서 사람들이 사람에게만 불친절한가 보다. 로봇이나 인공지능은 불만을 티내지 않으니까. 하긴, 나 같아도 그러겠네. 어쩐지 이해가 됐다. 고개가 끄덕여졌다.

이렇게 편한 세상인데, 승강장 번호 맞추는 걸 인간이 해야 하는 거야? 컴퓨터로 자릿값 입력하면 되는 거 아니야? 공무원들아, 일 좀 해라. 좀 생산적으로 살자.

얼굴도 모르는 공무원 우두머리를 욕하는 동안 인간 파도가 일렁이기 시작했다. 앞에서 뒤로, 왼쪽에서 오른쪽으로. 천천히 몸을 흔들었다.

"내린 다음에 타세요."

열차 안에서 누군가의 날 선 목소리가 튀어나왔다. 하지만 새겨듣는 이는 없는 것 같다. 뒷걸음질 쳤던 무리는 문이 열리기도 전에 점점 앞으로 다가갔고, 그건 안에 타고 있던 무리도 마찬가지였다. 마주 본 채 서로 간의 거리를 좁혔다. 서로를 향해 몸과 가방을 무기 삼아 있는 힘껏 밀었다. 적당했던 거리와 여백이 줄어들었다.

어떻게든 되겠지. 고개를 들어 전광판을 보니 다음 열차가 전 역을 출발하고 있는 그림이 보였다. 차라리 다음에 오는 걸 탈까? 솔직히 다음 열차를 타도 상관없다. 하지만 사람들은 필사적이었다. 고작 몇 분만 더 기다리면 다음 열차가 올 텐데. 지금 눈앞에 보이는 것이 인생 마지막 열차라도 되는 것처럼 공격적으로 힘을 가했다. 내려야 할 곳에서 내리지 못할까 봐 조급한 사람들과, 다음 열차까지 기다리기 힘든 사람들. 두 고래 사이에 끼인 채 떠밀리듯 열차 안에 타버렸다. 젠장. 심장이 목구멍으로 튀어나올 것 같다. 숨 쉬는 것조차 버겁다.

"스크린 도어가 닫힙니다."

안내 방송과 함께 또다시 정적이 찾아왔다. 거의 마지막으로 올라탄 덕에 시커먼 유리와 마주 서게 됐다. 유리에 비친 내 얼굴이 보였다. 번들거리는 이마, 번진 화장, 축 처진 입꼬리, 그리고 텅 빈 눈동자. 온갖 것에 찌든 눈동자와 눈이 마주쳤다. 차라리 스마트폰이나 볼걸. 억지로 입꼬리를 올려봤더니 더 심난하다. 누가 이런 내 모습을 보기라도 했을까 봐 주변을 살폈다.

사람들은 아무 일 없었다는 듯이 다시 손바닥 위 세상에 빠져들었다. 그 세상에 빠진 눈동자는 오히려 반짝였다. 까만 터널을 통과하는 동안 스마트폰이 뿜어내는 시퍼런 빛을 그 안에 품고 있었다. 대체 뭘 그렇게 열심히 들여다보고 있을까? 덜컹덜컹 흔들리는 소리와 누군가의 헛기침 소리 외에 별다른 소음은 없다.

이대로 어둠 속으로 사라져 버렸으면 좋겠다. 집에 가기 싫다. 분명 사무실에 있는 동안에는 집에 가고 싶었는데, 막상 퇴근 시간이 되니 가기 싫어졌다. 차라리 회사로 돌아가고 싶다. 아니, 그것도 싫다. 나도 모르겠다. 내가 뭘 원하는 건지.

일하는 게 즐거웠던 때도 있었는데, 지금은 더 이상 그렇지 않다. 한 단계씩 성장하는 즐거움 따위 잊힌 지 오래다. 그저 눈을 뜨면 출근하고 일이 마무리되면 집에 가는 일상의 반복일 뿐이다. 게다가 집이라는 공간은 분명 아늑하고 쉼이 있어야 하는 곳이지만, 내게는 해당하지 않았다. 나는 지금 집으로 출근 중이다.

집에 가면 또 다른 일이 기다리고 있다. 아무리 세상이 변했다고 한들 워킹맘의 삶은 그다지 달라지지 않는 것 같다. 눈 뜨는 순간부터 감는 순간까지. 회사일, 집안일, 오직 일만 존재한다. 어쩌면 전생에 공주마마였나 보다. 손 하나 까딱하지 않은 삶을 살았기에 현생에 이렇게 죽어라 일만 하는 게 아닐까.

"나만 빼고 세상 모두가 행복한 것 같아."

점심을 먹던 중 정선이 툭 던진 한마디였다. 마치 "우리 집 개가 똥을 쌌어."라고 말하는 것처럼 무심한 목소리였다. 얼마 전부터 우울증 약을 먹기 시작했다고 덧붙였다.

솔직히 몰랐다. 가족보다 많은 시간을 함께 보내는 동기였는데. "내가 너에 대해 너무 몰랐구나."라며 미안하다고 말했다. 하지만 조금 더 솔직히 말하자면 별로 관심 없었다. '현대인의 대부분이 우울증이나 불안증에 시달리고 있습니다.'라는 뉴스 기사를 너무 많이 본 탓인지도 모르겠다.

그럼에도 그런 병 같은 거 한가하고 살만하니까 겪는 거라는 솔직한 마음 대신, "많이 힘들었겠다."라는 말을 택했다. 언젠가 동영상에서 본 적 있다. 힘들어하는 친구의 마음에 공감해 주라고 했다. 내 손을 그녀의 손 위에 얹어 천천히 토닥여주는 것도 잊지 않았다. "배부른 소리 하네. 난 우울할 시간도 없는데." 따위의 말도 아껴 두었다. 어차피 내가 무슨 말을 한다 해도 정선의 귀에 닿지 않을 걸 알고 있으니까.

"누가 나 대신 살아줬으면 좋겠어."

정선이 눈물을 삼키며 말했다. 아니, 밥을 삼켰던가. 식당 테이블에서 휴지를 꺼내 건넨 기억이 있다. 눈물이었겠구나. 안 그래도 피곤한 하루였는데, 누군가의 앓는 소리까지 들어야 했다. 입안에 가득 담긴 쌀알이 까끌까끌

했다. 밥맛이 뚝 떨어졌다.

　오늘은 유난히 힘들었다. 평소에도 힘들었지만, 출근하자마자부터 퇴근하는 순간까지 제대로 숨도 쉬지 못한 것 같다. 내 몸 안에 흐르는 건 뜨거운 붉은 피가 아니라 차가운 커피가 아닐까 싶을 정도로, 종일 커피를 입에 달고 있었다. 어쩌면 죽은 후에도 카페인 때문에 잠들지 못할 것 같다.

　그날인가? 눈동자를 또르르 굴리며 날짜를 계산해 봤다. 아직 아닌 것 같은데. 조금 당겨졌나? 문명이 발달한다 해도 한 달에 한 번씩 호르몬의 노예가 돼야 하는 건 불변의 법칙인가 보다. 의사들 뭐하나. 일 좀 해라.

　순간 정신이 번쩍 들었다. 그래, 어제 제사였지! 그래서 이렇게 피곤하구나. 이제야 퍼즐 조각이 맞춰졌다.

　교회 오빠랑 결혼하면 제사 안 지내는 줄 알았는데, 깜빡 속았지 뭐야. 얼굴도 본 적 없는 시댁 조상 제사상을 준비하기 위해, 살아있는 인간들은 먹지도 않는 음식들을 준비하느라 고생한 하루가 떠올랐다. 세상이 바뀌고 있긴 한 건지. 제삿날엔 특히나 문명의 발달을 거슬러 가는 듯하다. 연어야 뭐야, 왜 시대를 역주행해. 신경질적으로 아랫입술을 깨물었다.

진동이 느껴졌다. 내 것은 아닌데. 내 팔뚝과 맞닿아 있는 여자의 것이었나 보다. 스물네다섯쯤 됐을까. 내 나이 반 토막쯤 되어 보이는 여자는 늘씬하고 뽀송뽀송했다. 주민등록증에 잉크는 말랐을까. 곁눈질로 그녀를 훔쳐봤다. 친구들과 저녁 약속이 있나 보다. 딴에는 목소리를 낮춰 통화하는 것이었지만 다 들렸다. 좋겠다, 청춘. 부럽다, 그 체력이. 나도 그 나이 때는 밤새워 놀아도 다음 날 거뜬했는데, 이제는 조금만 피곤해도 타격이 크다. 무심한 세월 앞에서 인간이라는 존재는 한없이 나약하기만 하다.

아 맞다. 너는 집에 가서 해치워야 할 집안일이 없는가 보구나. 그게 제일 부럽다.

지하철이 덜컹거리자 사람들이 흔들거렸다. 그 사이 주머니에 둔 스마트폰을 잽싸게 꺼냈다. 가족 채팅방을 찾아 열어보니 어제저녁 건우가 보낸 메시지가 마지막이었다.

'엄마, 할아버지 댁에 몇 시까지 가면 돼?'

일찍 오지 않겠다는 강한 의지가 엿보이는 문장이다. 그 전은 무려 한 달 전에 보낸 것이다.

초등학교 때까지만 해도 학교나 학원이 끝나면 쪼르르 전화해 시시콜콜한 이야기를 늘어놓던 녀석이 맞을까. 그때는 일하는 데 방해가 돼서 빨리 좀 끊었으면 싶었는데, 쉰내 나는 고등학생이 되니 가끔은 그때가 그립다. 그렇다고 다시 그때로 돌아가고 싶다는 건 아니다.

　남편이라고 다를 바 없다. 연애할 때는 일부러 틈을 내서 전화하고 메시지를 보내더니 지금은 무소식이 희소식이라는 말을 몸소 보여주는 중이다. 차라리 일이 바빠서 연락을 못 하는 것이었다면 좋으련만. 손님도 없는 가게에서 뭘 하느라 바쁘겠어? 그냥 서로에 대한 관심이 멀어진 거겠지.

　한숨이 계속 나와 차라리 고개를 들고 있기로 했다. 사람들은 여전히 고개를 숙인 채 바쁘게 손가락을 움직이고 있었다. 나도 괜히 손가락을 움직이며 반들반들한 액정을 쓰다듬었다. 지금보다 한참 어린 건우의 얼굴이 스마트폰 화면에서 나를 보며 웃고 있다. 양쪽에 나와 남편의 손을 꼭 쥔 채. 그게 가장 최근에 찍은 가족사진이었다. 그리고 마지막 가족사진이다. 과연, 이런 우리를 보고 가족이라고 할 수 있을까?

　에라, 모르겠다. 그냥 메시지를 보내기로 했다.

'오늘 늦어?'

사실 별로 궁금하진 않았다. 내가 보낸 메시지 옆에 숫자 2가 선명하게 찍혀 있다. 2명이 읽지 않았다는 뜻. 숫자의 주인들은 언제쯤 답을 줄까?

치익, 지하철은 요란한 소리와 함께 다음 역에서 다시 입을 벌렸다. 지나치게 성실하기도 하지. 쉬었다 가는 법이 없다. 나의 시선은 틈새로 빠져나가는 사람들을 쫓다가 거대한 광고판 앞에 멈췄다. 아무 생각 없이 적혀있는 활자를 읽어내렸다.

'인공지능을 활용한 공모전'

최근 많은 이슈가 있었다. 인공지능을 활용하여 회사원들은 보고서를 작성하고, 학생들은 과제를 제출했다고 한다. 소설 공모전에 인공지능이 대신 글을 쓰게 해서 응모한 사실이 밝혀져 당선이 취소되었다는 기사도 있었다. 그게 얼마 전인 것 같은데, 이제는 대놓고 활용해서 응모 하란다. 처세술에 능한 건지, 시대가 그렇게 빠르게 변하고 있는 건지.

어쩌면 인공지능 없이 살아갈 수 없는 인간임을 인정하게 된 걸까? 머지않아 '인간이 쓴 책', '인간이 생각해서 만든 물건', '인간이 찍은 사진'이라는 타이틀이 달리

게 될 것 같다.

마침, 손바닥에서 작은 진동이 느껴졌다. 2가 어느새 1
로 바뀌어 있었다.

'집'

짧은 답이 도착해 있었다. 건우였다.

하긴, 이것도 결국 인공지능이지. 손바닥 위에 놓인 스
마트폰을 바라보며 생각했다. 사용하지 않는 동안에도
꼭 쥐고 있는 걸 보니, 나 역시 인공지능의 뿌리에 잠식
당한 게 분명하다. 어쩌면 이 세상은 인공지능을 위해 존
재하는 것이고, 인간은 그것들을 성장시키고 보살피기
위해 존재하는 게 아닐까? 오소소 소름이 돋았다.

이왕 이렇게 된 거라면 인공지능이 내 삶을 대신 살아
주는 것도 괜찮을 텐데. 일단 우리 집 빨래 정리부터 해
줬으면 좋겠다.

다시 진동이 느껴졌다. 더 이상의 숫자는 남아있지 않
았다. 다들 폰을 보긴 하는구나. 마지막 답장이 도착했다.
'ㅇㅇ'이라니, 애냐.

교양 있는 사회인답게 '알겠어'라고 답장을 보내고 화
면을 껐다. 까만 화면에 내 얼굴이 보였다. 지하철 유리에
비쳐있던 얼굴이 그대로 작은 화면에 옮겨져 있었다. 밑

에서 보니 더 못생겼다. 콧구멍은 또 왜 이렇게 큰 거야. 뭐 하나 마음에 드는 게 없다.

정말 집에 가기 싫다. 열차의 속도를 내 마음대로 조절할 수 있다면, 내일 아침까지 이 자리에서 1cm 정도만 옮기게 하고 싶다. 쓸데없는 상상이지만 말이다. 주변을 둘러보니 사람들은 여전히 스마트폰에 고개를 박고 있었다. 참 꾸준하다. 이 공간에서 벗어나 서둘러 집에 가고 싶기도 했고, 그러지 않았으면 하는 생각도 들었다.

에라, 모르겠다. 그냥 동영상이나 봐야지. 목덜미가 한껏 뻐근해졌다.

집에 도착하면 가장 먼저 만나는 건 반가운 가족의 얼굴이 아니다. 시커먼 입을 꾹 다물고 있는 현관문이다. 그러고 보니 입을 꾹 다문 건 나도 마찬가지다. 손가락을 천천히 움직이자 도어락이 삑삑 요란한 비명을 질렀다.

거실은 깜깜했다. 아직 해가 떨어지지 않았는데 바깥보다 실내가 어둡다니. 터덜터덜 걸어 시커먼 어둠 속으로 빨려 들어간다.

"엄마 왔어."

꽉 닫힌 방문을 향해 인사를 건넸다. 돌아오는 대답은

없다. 문을 열어볼까 했지만 하지 않았다. 사춘기 남학생 방문은 함부로 열면 안 된다고 들었다. 그래. 아무리 내 아들이지만 내 소유물은 아니니까. 나는 그렇게 꽉 막힌 사람이 아니다.

어렴풋이 알림음이 들렸다. 세탁기가 다 됐나 보다. 재빨리 옷만 갈아입고 낑낑거리며 빨래 바구니를 옮겼다. 빨리 건조기를 사야 할 텐데. 아니, 그 전에 이사를 가는 게 더 급하구나. 이놈의 집구석에는 건조기 하나 놓을 공간이 없다니까. 베란다를 향해 가는 동안 로봇 청소기가 윙윙거리며 지나갔다. 내가 없는 동안에도 부지런히 움직였는지 자신의 자리를 찾아 돌아가는 중이다. 다들 바쁘게 움직이고 있었구나. 하지만 온기가 느껴지지 않는다. 차가운 공기가 어쩐지 거슬린다.

빨래를 다 널고 이번에는 주방으로 향했다. 냉동실에 얼려둔 밥을 전자레인지에 돌리는 동안 후다닥 고기를 구웠다. 사실 나는 해산물을 더 좋아하지만 내 취향 따위가 뭐 그리 중요하겠나. 냉장고 깊숙이 자리 잡은 캔맥주를 꺼내 신경질적으로 머리채를 쥐어뜯었다. 찍소리와 함께 뽀얀 거품이 빼꼼 고개를 내밀었다. 꿀꺽꿀꺽 넘어가는 청량감 덕분에 날카롭게 당겨져 있던 신경이 조금 너그러워졌다. 그래, 바로 이거야. 내가 하루를 살아가는 이유지.

고기를 뒤집고 냉장고를 다시 열었다. 이제 시어머님이 챙겨주신 음식 쓰레기를 처리해야 한다. 한번 제사를 치르고 나면 냉장고는 꽉꽉 차 있다. 하지만 식구 중 그 음식을 반기는 사람은 없다. "있으면 다 먹게 돼 있다. 애비가 전을 얼마나 좋아하는데."라며 꾸역꾸역 싸주시는 손길을 차마 거절하지 못했다. 결혼생활 중에 어머님이 말씀하신 '애비'가 전에 입대는 건 한 번도 본 적이 없는데. 어쩌면 서로 다른 사람을 같은 이름으로 부르며 착각 속에 살고 있었는지도 모르겠다. 피식거리며 싸주신 그대로 음식물 쓰레기봉투에 부어버렸다. 만드는 데 들인 시간과 정성까지 깡그리 미끄러져 들어간다. 1분 전까지 음식이었던 것들은 더 이상 음식이 아니다. 그것들은 자신의 존재를 상실했다.

"나와서 밥 먹어."

그제야 건우가 문을 열고 나왔다. 애써 입꼬리를 흔들어 봤지만 건우는 내게 눈길조차 보내지 않는다. 치사한 녀석. 직장 상사나 거래처 직원보다 더 어려운 게 사춘기 자식일 것이다. 꾹 닫힌 입술은 오직 음식이 들어갈 때만 열린다. 뭐가 그리 재미있는지 손에 들린 스마트폰만 들여다볼 뿐이다. 연애라도 하나?

"뭐가 그렇게 재밌어?"

조심스레 말을 건네본다. 자식의 연애 따위 관심 없다는 듯 쿨하게. 초조한 내 눈동자를 눈치채지 못했겠지?

"엄마, 혹시 렌탈인간이라고 들어봤어?"

어머, 정말 통했나 봐. 건우가 힐끗 나를 보는가 싶더니 드디어 입을 열었다. 세상에, 시간 날 때마다 사춘기 자녀와의 대화법을 공부한 보람이 있다. 유튜브 만세! 블로그 만세!

"아니, 처음 들어봐."

"나도 오늘 처음 들었어. 태영이가 알려줬는데, 요즘 엄청나게 유행하는 사이트래. 뭐든 필요한 건 다 빌려주는 곳이래."

이건 또 무슨 말이람. 요즘 애들은 관심사가 참 빨리 바뀐다. 게다가 뭐가 그리 부족해서 물건을 빌려다 쓰기까지 하는 걸까? 모처럼 함께 하는 시간이니까 인심 쓴다. 한심하다는 표정 따위 살포시 숨겨주마.

"더 신기한 건, 물건이 아니고 사람을 빌려준대. 게다가 무료로!"

"세상에 공짜가 어디 있니?"

"나도 처음에는 이상하다고 생각했는데, 홈페이지 들어가서 보니까 진짜인가 봐. 게시판에 후기가 엄청나."

순진한 녀석. 덩치만 커졌지 아직 애구나. 게시판 후기 정도야 얼마든지 가짜로 만들어낼 수 있다는 걸 왜 모르니.

"어떤 사람은 혼자 사는데, 집에 올 때마다 너무 외로워서 강아지를 입양했대. 그런데 막상 데려오고 나니 만만치 않았나 봐. 배변 훈련도 못 하고, 산책도 제대로 시킨 적 없었겠지. 물건도 아닌데 버릴 수도 없고. 그래서 렌탈인간에서 낮 동안 강아지를 돌봐주는 사람을 빌렸대. 매일 산책하고, 놀아주고, 씻겨주고, 그리고 주인이 돌아올 때쯤 사라지는 거야. 그 사람은 그냥 예뻐해 주기만 하면 되고."

"모르는 사람이 내 집을 드나든다고? 비밀번호도 공유해야 되잖아."

내가 너무 정색했나 보다. 건우가 짜증 난다는 표정을 지었다. 빌어먹을 사춘기.

"편의점에서 일회용 빨대를 들고나오는 것처럼, 사람을 필요에 따라 사용하고 버린다는 거잖아. 이름도 어쩐지 좀 섬뜩해."

생각과 달리 입술이 멋대로 움직였다.

"난 좋던데. 직관적이잖아. 구차한 설명 필요 없이 딱 이름만 들어도 느낌 오지 않아? 렌터카, 렌탈 정수기도 있는데, 렌탈 인간이 없을 게 뭐야."

밟으니 꿈틀한다. 절대 엄마와의 말싸움에서 지지 않겠다는 강한 의지가 느껴졌다. 나도 지고 싶지는 않지만, 내가 널 이겨서 뭐 하겠니. 이쯤에서 마무리해야겠다. 어른의 삶이란 영양가 없는 말이나 노닥거릴 만큼 한가하지 않거든.

"혹시 친구 필요하니? 요즘 애들이랑 사이 안 좋아?"

나도 모르게 튀어 나간 한마디에 건우는 더 이상 아무 답도 하지 않았다. 그렇게 우리는 말없이 남은 음식을 비워냈다. 입안이 까끌까끌하다. 내가 뭘 잘못 했나?

식사를 마친 건우가 방으로 돌아갔다. 내가 해야 할 일이 하나 늘었다는 뜻이다. 우선 빈 그릇을 싱크대에 담가두고 급한 일부터 처리하기로 했다. 집안일 중 내가 정말 싫어하는 일은 설거지다. 남편은 이런 내게 "그래서 식기 세척기 샀잖아."라고 답하겠지. 하지만 그릇이 알아서 남은 음식물 털어내고 총총 걸어서 그 안으로 들어가냐? 게다가 식기세척기에 넣을 수 없는 그릇도 있어서 기어이 내 손을 한 번씩은 거쳐야 한다. 기름진 음식물이 내 손끝에 닿는 미끄덩한 느낌. 정말 별로다.

하지만 설거지보다 더 싫은 일이 있다. 그건 화장실 청소다. 요 며칠 날씨가 우중충하더니 화장실에서 지린내가 난다. 사방팔방으로 잔여물을 남기는 수컷들의 누런 흔적은 항상 나의 몫이다. 화가 났지만 오늘도 참는다. 화를 내어 무엇하겠는가. 달라지는 것도 없는데. 아마 내가 죽으면 웬만한 스님보다 많은 양의 사리가 몸에서 흘러나올걸. 호흡을 가다듬고 솔질을 시작했다. 분홍 물때가 끼기 시작한지 한참이 지났는데 아무도 솔질하지 않는다. 분명 내가 할 거라 생각했겠지. 자신들의 몫은 아니라 여기는 게 분명하다. 이거 왜 이래. 우리 엄마도 나 곱게 키웠다고. 아닌가? 어쨌든 특히 변기 주변으로 누렇게 튀어있는 흔적이 가장 싫다. 난 서서 볼일을 보지 않으니 내 것이 아님이 분명한데 왜 내가 이것을 닦고 있어야 하는 걸까. 짜증 난다, 짜증 나. 차라리 기저귀를 써라, 이 인간들아.

속으로 한참 욕을 지껄이고 나면 화장실 청소가 끝난

다. 과정이야 어찌 됐든 지독한 세제 냄새를 폴폴 풍기는 화장실을 보면 뿌듯한 건 사실이다. 에구구. 나도 모르게 입에서 곡소리가 난다. 반 백 세를 코앞에 두고 있으니, 어쩌면 당연한 일이다.

부르르. 내가 청소 끝내기만을 기다렸나 보다. 가방 깊은 곳에서 진동 소리가 들렸다. 액정에 뜬 이름을 보니 남편이었다. 그의 이름이 보일 때는 세 가지 경우가 있다. 시댁에 가야 할 때, 일을 마치고 집에 올 때, 그리고 부탁할 게 있을 때. 시간을 보니 지금은 두 번째에 해당하는 것 같다. 어쩌면 세 번째도 함께.

"집에 가는 중이야. 오늘 일찍 끝났어. 입맛이 없어서 저녁을 안 먹었는데 김치볶음밥 좀 해줄래? 한 10분 후면 도착할 것 같아."

"입맛이 없는데 김치볶음밥은 왜 해달래."

그의 말에 짜증 섞인 말투로 응대했다. 별다른 반응이 없다. 전화 받지 말걸. 목소리는 왜 또 기운 없고 난리람. 손에 남은 물기를 신경질적으로 털었다. 어느새 전화는 끊겨있었다. 용건만 간단히, 뭐 그런 건가.

"당신은 좋겠어. 식당에서 주문하는 것처럼 쉽게 말할 수 있어서."

이미 연결이 끊긴 상대에게 심통을 부렸다. 기껏 상을 다 치운 참이었는데 다시 차려야 했다. 자판기 버튼을 누른 것처럼 한숨이 데구루루 굴러 나왔다.

  냉장고를 열어보니 하필 남은 밥도, 썰어놓은 김치도 없었다. 줄줄 국물을 흘리는 김치를 도마에 옮겨 잘게 썰었다. 설컹대는 느낌이 손끝에서 느껴졌다. 김칫국물로 빨갛게 물든 손가락 끝과 도마는 그 색이 쉽게 지워지지 않아 한참을 문질러야 한다. 얼굴이 일그러졌다. 즉석밥을 꺼내 데우고 대충 기름을 둘렀다. 기름에 엉겨 사방으로 튀어대는 김칫국물에 인상이 팍 써졌다. 김칫국물을 상대로 짜증을 낼 수도 없으니 더 화가 난다. 애꿎은 프라이팬을 세게 휘적거렸다.

  "내가 지금 손발이 열두 개라도 부족한데, 김치볶음밥이나 하고 있어야 해?"

  듣는 이도 없는 말을 입 밖으로 뱉었다. 그것이 시발점이 되었는지, 마음속에 응어리져 있던 화가 물 밀려오듯 터져 나왔다.

  "차라리 야근이라면 수당이라도 받을 텐데. 이건 뭐 아무리 애써봐야 고마워하는 사람도 없고 보람도 없지."

  프라이팬 채로 식탁에 올리자, 기다리고 있었다는 듯

이 현관문 열리는 소리가 들렸다. 곧이어 다크서클이 턱 밑까지 내려온 남편의 얼굴이 나타났다.

"계란 후라이라도 하나 해주지."

고마워, 잘 먹을게, 이런 말이 먼저 아니야? 쏘아붙이고 싶었지만 참았다. 지금 화를 내면 걷잡을 수 없이 폭발할 것 같았으니까. 밥을 오물대는 소리는 당장 쓰러질 것처럼 기운이 없었다. 어디 아픈가? 아픈 것도 꼴 보기 싫다. 들고 있는 숟가락을 뺏어 머리통을 후려갈기고 싶었다. 그의 모든 것이 못마땅했다. 음식이 있던 공간은 쩝쩝 소리로 채워졌다. 있는지도 몰랐던 소주까지 꺼내 반주를 곁들이기 시작한다. 아픈 건 아닌가 보네. 차라리 안 보련다. 남은 집안일이나 해야겠다.

미리 설정해 놓은 타이머에 맞춰 움직였던 세탁기나 청소기는 분명 많은 것을 편하게 해줬다. 하지만, 종료 알림음이 울린 후는 그들의 몫이 아니다. "인간, 할 일이 남았으니 움직여라." 하는 신호음이다. 쉬지말고 일하라며 내 등을 떠민다. 나는 그 소리에 따라 움직인다. 가끔은 내가 그것들을 조종하는 게 아니라, 그것들에게 조종당하는 것 같은 착각이 든다. 내가 없어져도 잘 돌아갈 세상이지만, 녀석들이 없으면 꽤나 불편하겠지? 생각이 거기까지 미치자 어쩐지 서글퍼졌다.

프라이팬을 벅벅 긁는 소리가 들렸다. 아무래도 김치볶음밥이 부족했나 보다. 하지만 못 들은 척했다. 알게 뭐람. 당장 지나가는 똥개의 손이라도 빌려 도움을 청하고 싶은데. 나도 일하고 왔는걸. 오히려 요란하게 집안일하며 바쁘다는 티를 냈다. 말 걸면 가만 안 두겠다는 무언의 신호였다. 우당탕 퍼지는 소리 사이로 그의 한숨 소리가 들렸다. "무슨 일 있어?"라고 물어봐 주길 바라는 걸까. 그렇다면 철저하게 안 들리는 척 해주마!

우리가 집을 비운 사이에도 차곡차곡 쌓인 먼지를 닦아내는 동안 샤워기에서 물 떨어지는 소리가 들렸다. 고개를 돌려보니 식탁 위에는 빈 프라이팬이 덩그러니 놓여 있었다. 의자는 그가 앉아 있던 모습 그대로 튀어나와 있었다. 자신의 존재감을 제대로 표현하고 있다. 욕이 나올 것 같았다.

"나도 아내가 있었으면 좋겠다."

환생 같은 건 관심 없지만, 굳이 다음 세상에 또 태어나야 한다면 내 남편으로 태어났으면 좋겠다. 그럼 나도 퇴근과 동시에 집이 쉼이 될 수 있겠지. 모두 휴식을 취하는 시간과 공간에서 홀로 종종거리는 역할 따위 하지 않아도 되겠지. 젠장. 하필 오늘이 재활용 버리는 날이다.

분리수거장에 다녀오고 나니 남편의 코 고는 소리가 들렸다. 머리만 대면 바로 잠드는 것도 능력이다. 부럽다. 덜 마른 머리카락이 촉촉이 베개를 적시고 있다. 물기를 머금은 베갯잇이 눈어 거슬렸다. 아니, 정확히 말ㅎ-면 머리를 덜 말린 그가 눈엣가시처럼 느껴졌다. 대체 뭐가 그리 피곤했을까, 하는 안타까움보다 원망이 더 크다. "나도 힘든데, 너만 힘드냐." 같은 말을 반복하고 반복하는 중이다.

그러고 보니 건우가 왜 지금 집에 있지?

"오늘 학원 가는 날 아니야?"

문득 떠오른 생각에 큰 소리로 외쳤지만, 건우의 방문은 여전히 철옹성처럼 닫혀 있다. 오늘이 아닌가? 모르겠다. 잔소리도 체력이 있어야 하지. 지금은 좀 쉴래. 어느새 시곗바늘이 10시를 가리키고 있었다.

너무 피곤해서 당장 기절할 것 같았다. 하지만 혼자 있는 이 시간이 아까웠다. 아무것도 하지 않아도 되는 지금을 즐기고 싶었다. 까무룩 잠들 것 같은 눈꺼풀에 잔뜩 힘을 줬다. 꾸역꾸역 손을 움직여 스마트폰을 집어 들었다.

알고리즘은 오늘도 나를 양육 채널로 인도했다. 유명한 교육 전문가들이 사춘기 자녀와 잘 지내기 위해 가장 먼저 해야 할 것을 알려주었다.

"아이와 공감을 쌓아야 합니다. 아이가 관심 있어 하는 분야에 대해 부모님도 공부하셔야 해요. 함께 대화를 나누고 즐기셔야 합니다."

'그럼 나는 누가 공감해 줄 건데요?'라고 되묻고 싶었다. 마음의 여유도 결국 물리적인 시간과 육체의 휴식이 있고 난 뒤에야 가능한 것 아니겠는가. 하지만 나의 질문은 영상 속 그들에게 닿지 않는다. 머리가 지끈거렸다. 잠깐만 눈을 감아야겠다. 귓가에 전문가들의 목소리가 끊임없이 앵앵거렸다.

그러고 보니 아까 건우가 뭐라고 했었는데. 느릿느릿 기억을 더듬어봤다. 아이와 공감, 아이의 관심, 공감, 관심. 흑마술사가 주문이라도 외우듯, 깜깜한 거실에 누운 채 공감과 관심을 되뇌었다.

그래! 렌탈인간! 이름 진짜 이상해. 감기는 눈꺼풀만큼이나 무거운 손가락을 움직여 검색창에 이름을 적어 넣었다. 타인의 관심사에 공감하기 위한 눈물 나는 노력이었다.

열린 페이지를 보니 헛웃음이 나왔다. 우리 회사 인턴이 발가락으로 만들어도 이것보다는 잘 만들겠다. 얼마나 대단한 사이트인가 했는데 성의 없는 모습에 호도 안 났다. 지하철이 다니던 터널처럼 까맣고, 마주 오는 차의 불빛처럼 하얗기만 했다. 고작 이런 걸로 건우의 마음에 공감할 수 있을지 의문스러웠다.

뭐라도 해보자 싶은 마음에 사이트를 둘러보기로 했다. 보통의 홈페이지와 다르게 별다른 메뉴바가 보이지 않았다. 도대체 요즘 애들은 이런 사이트를 왜 보는 거람. 단 하나의 게시판만 활성화되어 있었다. 정말 성의 없는 사이트였다.

게시판이 하나뿐이라 그럴까. 그곳은 빼곡히 채워져 있었다. 감기는 눈을 비비며 최신 글부터 하나씩 읽어 내려갔다. 대부분 자신이 원하는 인간상을 늘어놓았고, 가끔 감사함을 표하는 글도 눈에 띄었다. 허무맹랑하고 한심하다는 생각이 들었다. 노력으로 얻어 내기보다 대여로 욕망을 충족시키려 하다니. 역시 요즘 애들을 이해하는 건 어렵다.

건우가 말했던 강아지를 키우던 자취생의 후기도 보였다. 외로움 때문에 개를 키우다니, 오히려 집안일이 늘어낳겠어. 얼굴도 모르는 그가 측은해졌다.

　뉴스에서는 함께하는 회식 문화가 줄어들고, 결혼을 포기하고 혼자의 삶을 택하는 이들이 늘고 있다고 보도했다. 사람들과 어울리는 대신 공부나 취미 생활을 하는 걸 선호하는 추세라고 했다. 회사 직원 중에도 그런 이들이 꽤 있다. 원하지 않는 관계를 유지하기 위해 굳이 자신의 에너지를 쏟지 않겠다는 신념이 의아했다. 지독하게 불편해도 결국 모든 건 사람과 사람 사이의 관계에서 시작하는 거 아닌가? 꼰대라고, 옛날 사람이라고 여겨도 어쩔 수 없다. 누군가에게 인정받는다는 것도, 다른 누군가가 존재해야 가능하니까.

　허구한 날 챗봇을 상대로 키보드만 두들겨대면 뭘 하니. 그러니까 결국 이렇게 누군가를 찾고 있는 거 아닐까? 타인에게 인정받고 싶고, 도움받고 싶어 하잖아. 솔직하지 못한 사람들. 어쩐지 그들이 불쌍했다.

　"자기, 안 자? 들어올 때 불 좀 꺼줘."

　아이고, 인간아. 본인이 끄고 들어가면 될 것을. 못 들은 척 코 고는 흉내를 냈다. 다시 남편의 고른 숨소리가 들렸다. 하여간 꼼짝을 안 한다. 그때, 주문 버튼 하나가 내 눈에 들어왔다.

"나도 아내가 있었으면 좋겠다."

홀린 듯 손가락을 움직였다. 그들의 욕망 틈새에 내 것을 은근히 밀어 넣었다. 소파 앞에는 한참 전에 뜯어놓은 캔맥주가 미지근하게 식어있다. 스르륵 눈이 감겼다.

눈이 번쩍 떠졌다. 가슴 위에 올려져 있던 스마트폰에서 시끄럽게 알람이 울리고 있었다. 잠깐 눈만 감았다 뜬 것 같은데 벌써 아침이라니. 조금 억울하다. 놀란 마음에 벌떡 일어나고 싶었지만, 밤새 굳어버린 몸은 생각처럼 움직이지 않았다. 스산한 새벽 공기에 관절 여기저기에서 비명이 들리는 듯했다. 아무래도 평소보다 피곤한 하루가 될 것 같다.

몸을 일으키자 스마트폰이 힘없이 툭 떨어졌다. 배터리 표시등이 깜빡깜빡했다. 아 맞다. 어제 동영상 보다가 잠들었었지. 내가 잠들어 있는 동안에도 알고리즘을 쫓아 바쁘게 화면이 바뀐 모양이다. 너도 참 바쁘게 사는구나. 안쓰러워하는 동안 전원이 스르륵 꺼졌다.

이 시간에 연락 올 데는 없겠지. 스마트폰을 충전기에 끼우고 주방을 향했다. 식어버린 프라이팬은 고춧가루가 단단하게 굳어있는 채로 어제와 같은 자리에 있었다. 아침부터 기운이 쭉 빠진다. 건우의 방문도 그대로, 불 켜진 방에 잠들어 있던 남편의 모습도 그대로다. 마치 시간이 멈춰버린 것처럼 모든 게 그대로였다. 애먼 어깨만 빙빙 돌려보았다. 시간이라는 급류를 탄 건 내 관절뿐인가 보다.

캄캄한 동굴처럼 닫혀있던 건우 방에서 알람 소리가 들렸다. 곧이어 문이 열리더니 잠이 덜 깬 건우가 모습을 드러냈다. 마치 옆집 아줌마라도 만난 것처럼 꾸벅 목례를 건넸다. 와다다 달려와 품에 안기던 귀여운 꼬마는 더이상 없다.

건우가 등교 준비를 하는 동안 토스트를 준비했다. 그러고 보니, 나 어제 씻지도 않고 잤네. 급하게 안방 욕실로 달려가 씻고 나왔더니 건우와 토스트는 사라지고 없었다. 빈 접시만 덩그러니 남아있다. 여느 때와 같은 평범한 하루로구나. 창밖으로 보이는 하늘에 희뿌연 구름이 가득했다.

여전히 전원이 꺼져있는 스마트폰을 집어 들었다. 옆구리에 전원 버튼을 꾹 누르고 그대로 가방에 넣었다. 작은 우산 하나 챙겨 넣는 것도 잊지 않았다. 배터리가 부족하니 출근길이 심심할 것 같다. 그렇다고 연차를 낼 순 없으니 서둘러 준비를 마쳤다.

현관문을 열자 문 앞에 작은 상자 하나가 놓여 있었다. 언뜻 내 이름 석 자가 눈에 들어왔다. 상자를 들어 올렸더니 빈 상자처럼 너구나 가벼웠다. 조심스레 테이프를 뜯고 열었는데 정말 빈 상자였다. 어이없네. 남편이 장난이라도 친 걸까? 진짜 한심한 인간이다. 그렇게 할 짓이 없나?

장난친 사람이 치우겠지. 바쁜 출근 시간을 방해한 죄로 빈 주둥이를 벌리고 있는 상자를 그대로 두고 발걸음을 옮겼다. 때마침 가방 안에서 진동이 느껴졌다. 두 개의 다리는 부지런히 속도를 높여갔다.

퇴근길보다 치열한 건 출근길이다. 찰나의 시간 차이로 벌어지는 도착 예상 시간은 영겁의 시간과도 같으니까. 미어터지는 지하철에 꾸역꾸역 몸을 밀어 넣었다. 각 역마다 사람들이 내리고, 그보다 더 많은 사람이 올라탄다. 더 이상 자리가 없는 것 같은데, 신기하게 자꾸 탄다.

친절한 안내 방송이 역 이름을 알려주었다. 내려야 할 때가 됐다. 사람들 틈새를 밀며 내릴게요, 내릴게요, 소곤거렸다. 몇억분의 일 확률로 수정에 성공한 정자가 산도를 훑고 나가 아기가 되는 기분이 이럴까. 오도 가도 못한 상황에서 별생각이 다 들었다. 삶이 이런 건 줄 알았다면 다른 정자에게 양보했을 텐데.

지하철 유리에 비친 내 모습은 가관이었다. 이미 헝클어진 머리와 구겨진 셔츠는, 출근도 하기 전에 퇴근하고 싶게 만드는 몰골이었다. 사람들 틈에 낀 채 몸이 앞뒤로 흔들리는 가운데 부르르 진동이 느껴졌다. 내 건가? 사람들이 조금씩 움찔거렸다. 모두 같은 마음인가 보다. 그 모습이 우습다. 어차피 이 시간에 연락이 오는 건 부지런한 광고 문자일 거예요. 기대보다 당신을 찾는 사람은 없답니다. 그들에게 말해주고 싶었다.

하루가 어떻게 지나갔는지 모르겠다. 회의하고, 보고서를 작성하고, 거래처와 미팅을 하고, 점심은 먹었던가. 먹었겠지. 말 그대로 멘탈이 탈탈 털린 그런 날이었다. 게다가 회사에서 해외 파견을 제안해 주었는데, 선뜻 긍정의 답을 하지 못한 게 종일 마음에 걸렸다. 나의 삶이기 이전에 아내와 엄마라는 타이틀이 항상 내 발목을 잡고 있었다.

그런데도 집으로 가는 길 마트에 들르는 것을 빼먹을 수 없다. 손을 뻗어 닥치는 대로 카트에 집어넣었다. 시간과 정성이 소모되는 음식 재료보다, 간단히 끓이거나 데우기만 하면 되는 밀키트 중심으로 꽉꽉 채웠다. 나를 위한 맥주도 빼먹지 않았다.

"배달하실 거예요?"

카운터에 서 있는 직원이 상냥하게 물었다.

"아뇨, 재활용 봉투 20리터짜리 두 장 주세요."

그러고는 그것들을 모조리 쓰레기봉투에 밀어넣었다. 어차피 먹으면 싸버릴 것들이니 미리 쓰레기봉투에 들어간다 해도 나쁘지 않지. 양손 가득 들려있는 짐이 마치 내 삶의 무게처럼 느껴졌다. 한 걸음 내디딜 때마다 몸이 휘청거렸다. 몇 분이나 차이 난다고 이 고생이람. 그냥 배달시킬걸 그랬다.

봉투에 짓눌린 손가락이 빨갛게 부어있었다. 도어락 버튼을 누르는 내내 미세하게 부들부들 떨렸다. 아이고, 참 열심히도 살고 있구나. 나 자신이 안쓰러웠다. 동시에 문명의 혜택을 거스르는 것 같아 한심하게 느껴졌다.

현관을 열자 신발장 앞에 작은 상자 하나가 놓여 있었다. 아침에 봤던 그것이다. 아직도 치우지 않은 거야? 속이 텅 비어 있는 상자를 보니 굳어있던 눈썹이 일그러졌다. 쓰레기 봉투를 내려놓고 상자를 치울까 했지만 내버려뒀다. 때마침 가방 안에서 진동이 느껴졌다. 그러고 보니 종일 너무 바빠서 스마트폰을 확인하지 못했다. 봉투를 나눠 든 두 개의 손은 가방을 열수 없었다.

집안으로 들어서니 구수한 된장찌개 냄새가 코끝으로 훅 들어왔다. 내 손이 떨렸던 건 배가 고파서였을까 싶을 정도로 엄청난 허기가 느껴졌다. 식탁에서 건우가 밥 먹는 모습이 보였다.

"건우 왔구나? 밥 먹고 있었어?"

누워서 똥만 싸던 녀석이 이렇게 커서 밥을 차리다니. 새삼 감격스러웠다. 하지만 감동을 느끼기엔 공복이 주는 통증이 더 컸다. 대체 무슨 말을 하는 건지 주절주절 말을 늘어놓으며, 사 온 것들을 서둘러 냉장고에 쑤셔넣었다. 그러고는 밥솥에서 한가득 흰 쌀밥을 퍼 맞은편에 앉았다. 두부, 버섯, 양파 할 것 없이 닥치는 대로 숟가락에 가득 올려 입안에 털어 넣었다. 뜨겁다. 입천장이 다 까질 만큼 뜨거웠다. 그럼에도 숟가락질을 멈출 수 없었다. 차갑고 공허했던 내 속이 온기로 가득 채워졌다.

어느 정도 배가 부르자 주변이 보이기 시작했다. 나는

알 수 있다. 언뜻 보기에 평소와 비슷해 보였지만 그 사이에서 보이는 미세한 차이를.

"청소했어?"

나의 물음에 건우가 별다른 답을 하지 않았다. 자식. 쑥스러워하는구나. 요 며칠 내가 힘들어 보이긴 했나보다. 그래, 시어머니 아들보다 내 아들이 낫구나. 고마운 마음을 가득 담아 평소답지 않게 한껏 격양된 목소리로 호들갑을 떨었다. 이러면 다음에 또 해주겠지? 동영상 속 전문가들 말처럼 말이다. 사랑을 가득 담아 건우를 바라봤다. 여전히 쑥스러운지 눈조차 마주치지 못한다. 저런 숙맥. 저래서 장가는 갈 수 있나 몰라.

놀라운 일은 거기서 끝이 아니었다. 화장실까지 말끔하게 정리되어 있었다. 하수구 구멍에 잔뜩 엉켜있던 머리카락도 깨끗하게 치워져 있었다. 한 칸만 남은 채 덜렁거리던 두루마리 휴지 역시 새 걸로 바뀌어 있었다. 차곡차곡 정돈된 수건과 샤워용품은 정갈했고, 물방울 튄 자국 하나 없는 깨끗한 거울에 내 얼굴이 보였다. 이게 꿈이야 생시야. 아이고, 우리 아들 다 컸네.

행복했다. 집에 와 오롯이 휴식을 취할 수 있다니. 얼른 씻고 캔맥주 하나 마셔야겠다.

기분이 좋아서였을까. 모처럼 잠을 푹 잤다. 고작 하룻
밤 집안일을 하지 않았을 뿐인데 그것이 내게 불러온 나
비효과는 상당했다. 사실 최근 몇 년 동안 푹 잔 기억이
없다. 항상 집안일과 씨름해야 했고, 자면서도 끝나지 않
은 회사 일에 시달려야 했다. 매일 밤 누군가 쫓아오는
꿈을 꿨다.

하지만 어젯밤은 그렇지 않았다. 몇 달간의 휴가를 받
기라도 한 것처럼 컨디션이 좋았다. 옆자리에 잠들어 있
는 남편의 코골이마저 밉지 않았다. 급속 충전기에 꽂힌
스마트폰이 된 것 같았다.

닫힌 문 사이로 고소한 냄새가 났다. 그것뿐만이 아니
었다. 차가워야 할 아침 공기에서 온기가 느껴졌다. 서둘
러 방문을 열었다. 가스레인지에 작은 냄비가 놓여 있었
고, 그 안에는 계란국이 가득 채워져 있었다. 전기밥솥은
요란한 소리를 내며 열심히 일하는 중이었다. 하룻밤의
꿈이 아니었나 보다. 고마움과 대견함에 가슴이 찌릿해
졌다. 남편 복은 없어도 자식 복은 있나 보다.

"엄마 들어간다."

건우의 방문을 똑똑 두들기고 조심스레 손잡이를 돌
렸다. 마치 동굴처럼 깜깜한 방에 잔뜩 웅크린 채 잠들어

있는 모습이 보였다. 녀석, 새벽같이 일어나 아침을 준비해 놓고 쪽잠을 자는가 보다. 고른 숨소리를 깨뜨리지 않으려고 살금살금 방에서 빠져나왔다. 건우가 밥을 대신 차려줄 수는 있어도 회사를 대신 가줄 수는 없으니까.

마침, 내 스마트폰에서 알람 소리가 들렸다. 후다닥 뛰어 소리를 잠재우고 화면을 보니, 미처 확인하지 않은 메시지가 눈에 들어왔다. 시간을 확인해 보니 어제였다.

'배송이 완료되었습니다.'

주문한 게 없는데 배송 완료라니. 징글징글한 스팸 문자. 이런 거에 속을 내가 아니다. 때마침 밥솥에서 연기가 솟아올랐다. 자기를 봐달라는 활화산의 폭주 같았다. 하루의 시작을 알렸다.

건우의 방에서도 알람 소리가 들렸다. 이어서 바스락거리는 소리가 들렸다. 눈도 뜨지 못한 채 허우적댈 건우를 상상하며 밥과 극을 덜어 식탁 위에 올려 두었다. 아침 식사가 미리 준비되어 있으니 평소보다 여유로운 아침이 될 것 같다. 긴단하게 씻고 정성껏 머리를 빗었다. 정갈하게 그린 눈썹이 마음에 쏙 들었다. 옷을 갈아입고 옷매무새를 정돈하는 동안 욕실에서 물소리가 들렸다. 건우가 씻고 있나 브다. 기분 좋으니까 용돈이라도 쥐여

쥐야지. 지갑을 꺼내 들고 방문을 벌컥 열었다.

　순간, 시간이 멈춘 것 같았다. 낯선 여자와 눈이 마주쳤다. 누구지? 여긴 분명히 우리 집인데. 당혹감에 아무 말도 나오지 않았다.

　"잘 잤어요?"

　여자가 먼저 말을 건넸다. 종달새의 지저귐처럼 명랑한 소리였다.

　"누…구?"

　여자는 나를 보며 상냥하게 웃었다. 왜 웃지? 그러더니 별말 없이 하던 일을 계속했다. 분명 우리 집 맞는데, 내 주방인데, 여자는 자신이 주인이라도 되는 것처럼 굴었다.

　"왜 멀뚱멀뚱 서 있어요? 준비 끝났어요. 어서 와서 식사하세요."

　이번엔 손을 뻗어 내 손목을 잡아끌었다. 하얗고 아담한 손. 어째서인지 그 손을 뿌리칠 수 없었다. 엄마에게 손목 잡힌 어린아이처럼, 그녀가 이끄는 대로 얌전히 따랐다. 그제야 욕실 문이 열리더니 건우가 나타났다. 머리카락에서 물이 뚝뚝 흐르고 있었다. 머리 좀 잘 털고 나

오래도 꼭 저렇게 줄줄 흘리면서 나온다.

"건우야, 머리카락 잘 닦고 나와야지. 바닥에 둘 떨어지잖아. 그리고 아침엔 쌀쌀해. 감기 걸리면 어쩌려고 머리도 안 말렸어? 머리부터 바짝 말리고, 얼른 와서 밥 먹어."

"네."

내 생각이 여자의 입을 통해 빠져나왔다. 심지어 상냥하게. 가장 이상한 건 건우가 여자를 대하는 태도였다. 분명 처음 보는 여자인데 거리낌 없이 대했다. 그러고 보니 건우 이름은 어떻게 알았지? 혼란스럽다. 하나부터 열까지 모든 게 능숙해서 이질감이 드는 건 오히려 내 쪽인 것 같았다. 짜증 나 죽겠다는 얼굴로 마주하던 나와 달리, 생글생글 웃는 여자의 얼굴은 즐거운 일을 하는 것처럼 보였다.

"이 음식도 다 그쪽이 하신 건가요?"

"그럼요. 그게 제가 해야 할 일인걸요. 어제 된장찌개는 입에 맞으셨어요?"

"그렇긴 한데…."

멍하니 여자를 바라보며 말끝을 흐렸다. 귀신에게 홀렸다는 게 이런 걸까? 그런 나를 보며 여자가 재촉했다.

"뭐 하세요. 밥 식어요. 이러다 회사 늦겠어요."

회사라는 말에 정신이 번쩍 들었다. 꿈꾸고 있는 것 같은 상황 때문에 하마터면 현실을 잊을 뻔했다. 떠밀리듯 숟가락을 들었다. 마주 앉은 건우는 이미 아침밥을 반 이상 비운 상태였다.

지금 이 상황이 나만 이해가 안 되는 건가? 아직 내가 잠이 덜 깬 건가? 너무 피곤해서 혹시 미쳐버렸나? 꼬리에 꼬리를 물고 물음표가 떠올랐다. 하지만 코끝을 파고드는 고소한 향에 취해 그것들은 금세 사라졌다. 마치 약에 취한 것처럼 허겁지겁 음식을 먹기 시작했다.

여자가 만든 음식은 상당히 맛있었다. 같은 전기밥솥으로 지은 밥인데, 내가 한 것보다 더 촉촉했고 윤기가 흘렀다. 노란 계란국은 엄마가 해주셨던 것과 같은 맛이 났다. 한 숟가락 입에 넣었을 뿐인데 온몸에 긴장감이 덜어지고 마음이 푸근해지는 기분이 들었다. 늘 바쁜 시간에 쫓겨 대충 허기만 달래려고 쑤셔넣던 것이 지금까지의 아침이었다면, 여자의 것은 달랐다. 대접받는 느낌, 정성 어린 따스함이다. 어쩌면 건우도 같은 생각을 하고 있는지 모르겠다.

우리가 식사하는 동안 여자는 곁에 선 채로 생글생글

웃고 있었다. 부족한 게 없느냐, 간은 맞느냐 따위도 묻지 않았다. 오롯이 식사에 집중할 수 있게 반찬이 부족해 보이면 새것을 꺼내 채워 주었다. 마치 우리의 식사를 위해 존재하듯, 조용히 제 자리를 지키며 서 있었다.

"잘 먹었습니다."

건우가 먼저 의자를 밀며 일어섰다. 깨끗하게 비운 그릇을 싱크대에 넣고, 여자에게 꾸벅 목례하고 돌아섰다. 여자가 곱게 다려진 교복 셔츠를 챙겨주자, 건우는 별말 없이 그것을 받았다.

"평소에는 체육복만 입고 다니더니 어쩐 일로 교복이람."

얼떨결에 튀어나온 목소리에 여자가 나를 돌아보며 싱긋 웃었다. 팔자주름 하나 없는 얼굴은 나이를 추측할 수 없었다. 내가 입주 도우미를 고용했었나? 그러고 보니 얼마 전 회식 때 "입주 도우미 하나 있으면 좋겠다."라고 주절거렸던 게 생각났다. 이렇게 술을 마시고 집에 가도, 집안일을 해야 한다며 한탄을 늘어놓았던 것 같다. 새파랗게 어린 후배들한테 "너희는 결혼하지 마."라고 꼰대 짓을 했던 것도 기억났다. 미쳤어, 진짜.

하지만 내가 아무리 취했어도 아무거나 결제할 리가

없는데. 이게 뭐 그런 건가. 선택적 기억상실? 너무 힘들어서, 잊고 싶어서, 그냥 내가 기억하고 싶은 대로 기억하고 그런 건가? 아니지, 이건 드라마가 아니잖아. 혹시 치매? 겁이 덜컥 났다. 어제 일부터 어렸을 때 일까지, 큼직한 사건들을 떠올려 봤다. 하지만 아무리 발버둥 쳐도 내 기억 속에 여자와 관련된 건 아무것도 없었다.

"무슨 문제라도 있을까요?"

아차, 내가 너무 뚫어져라 바라봤나 보다. 여자의 물음에 얼굴이 화끈 달아올랐다. 여전히 상냥한 목소리였다. 상대를 향한 적대감 따위 당연히 느껴지지 않았다. 그리고, 온기도 느껴지지 않았다. 목적지에 도착했으니 안내를 종료하겠다는 내비게이션의 목소리처럼 들렸다.

"누구세요?"

"당신의 아내예요."

자신을 나의 아내라 소개하더니 새색시처럼 수줍은 미소를 지었다. 이게 대체 무슨 말이야. 왜 부끄러워하는 건데. 난 분명 남자를 좋아하고, 남자랑 결혼했는데!

"아내?"

"네. 아내가 필요하다고 하셨잖아요."

그제야 떠올랐다. 맥주 한 모금에 까무룩 잠든 날, 술

김에 혹은 잠결에 적었던 욕망이었다. 회사 생활은 제 할 일만 하면 된다고 해도, 집안일이라는 것은 업무 분담이 되지 않는 게 불만이었다. 항상 내 몫이 된 게 속상하고, 화가 나고, 지쳤던 날이었다. 건우의 말을 듣고 호기심에 들어가 봤고, 진심 반 장난 반으로 글을 적었던 것까지는 기억이 난다. 그때 내가 글을 등록했었나? 이후는 기억나지 않는다.

아무리 그렇다 해도 이상하다. 생글생글 웃는 여자는 언제 어떻게 우리 집에 들어왔고, 내 아이의 이름은 어떻게 알고 있는 건지. 그리고 무엇보다 건우는 왜 이 여자를 보고 익숙하게 구는 건지.

"이 상황이 이해되지 않아요."

"그럴 수 있어요."

여자는 자리에 선 상태에서 허리를 살짝 굽혀 ㄴ와 눈높이를 맞췄다. 여자의 새까만 눈동자에 내 모습이 비쳤다. 그리고 입을 열어 설명했다.

예상대로였다. 여자는 내가 렌탈인간에 신청한 '아내'였다. 내가 집에서 편히 쉴 수 있도록 요리와 청소 같은 집안일을 도맡아 할 거라고 했다. 혹시 자신의 모습을 보는 게 불편하다면, 내가 사무실에 있는 동안 집안일을 해

두고 퇴근해서 돌아왔을 때는 집에 없겠다고 했다. 그런 날에는 식구들이 잠든 후에 설거지할 테니 저녁 식사를 마치고 그대로 두라고 당부했다. 최대한 집안일을 해 놓겠지만 만약 무언가 직접 하고 싶다면, 그건 그저 나의 선택이라고 덧붙였다. 취미처럼 집안일을 하고 싶을 때 할 수 있게 된 것이다. 모든 걸 대신해 준다는 데 불편할 게 뭐가 있을까.

말하는 동안에도 여자는 바쁘게 움직였다. 건우가 식사를 마친 자리를 정리하고, 내 앞에 놓인 빈 그릇에 반찬을 채워 넣었다. 그리고 곧 일어날 내 남편을 위해 다시 국을 데웠다. 여자의 모든 행동은 어제까지 내가 했던 것들이다.

설거짓거리가 생길 때마다 바로 씻는 여자의 모습을 물끄러미 바라봤다. 나는 반찬을 만들거나 식사 준비를 할 때면, 그릇이며 조리도구 같은 것들을 늘 싱크대에 가득 쌓아 놓곤 했다. 남편은 그런 날 보며 제발 그릇을 바로바로 씻으라고 잔소리했다. 어차피 식사를 마치면 설거지할 건데. 그때 한꺼번에 하는 게 물도, 세제도, 노동력도 절약하는 방법 아닌가? 싫으면 직접 하든가.

내가 차린 밥을 가족들이 먹는 동안 나도 따뜻한 음식

을 먹고 싶었다. 설거지 좀 늦어지면 어때? 어차피 내가 할 건데. 그렇게 불만이면 직접 해도 될 텐데. 하지만 그는 그러지 않았다. 집안일은 늘 여자의 몫인 듯 대했다. 시어머니가 그러셨던 것처럼. 그게 당연하다 생각했는지도 모른다.

그런 그에게 반항이라도 하고 싶었나 보다. 수긍하기보다 오히려 잔뜩 널브러뜨려 놓기도 했다. 남편이 지금 이 여자의 행동을 보면 뭐라고 말할까? 고개를 끄덕이며 '그래, 바로 이거지.'라고 했으려나. 어쩌면 그가 항상 바라던 아내의 본보기일지도 모르겠다.

"제가 잠결에 신청했나 보네요."

"간절히 바라셨나 봐요."

"사용료라든가, 반납 일정 같은 건 안 쓰여 있던데. 그런 건 어떻게 되나요?"

"저는 당신 편이에요. 당신을 위해 존재하고 살아가죠. 당신이 저를 계속 필요로 한다면, 언제까지든 곁에서 도울 거예요."

제품 사용 설명서를 귀로 읽는 기분이었다. 그러니까 얼마냐고, 이 여자야. 나중에 엄청난 돈을 청구하는 건 아니겠지? 겁나서 한마디 더 하려던 순간, 렌탈인간에서 사람을 빌리는 비용이 무료라던 건우의 말이 떠올랐다.

"정리는 제가 할 테니 출근하세요."

내 생각을 읽은 걸까. 여자는 손가락을 세워 시계를 가리키며 말을 이었다. 단호한 말투에 더 이상 아무것도 물을 수 없었다. 아차, 시간이 너무 지체됐다. 모처럼 편한 아침 시간이라고 너무 들떠 있었나 보다.

"그런데, 저희 집엔 어떻게 들어왔어요?"

신발을 신으며 물었다. 여자는 나를 배웅하기 위해 바짝 다가와 있었다.

"남편분이 문 열어 주셨어요."

초등학교 1학년 꼬맹이도 아닌데 아무한테나 문을 벌컥벌컥 열어 주다니. 하다못해 나한테 확인 전화라도 해야 하는 거 아니야? 잔소리를 한가득 품었다.

"집안일은 걱정하지 마세요."

여자가 생긋 웃으며 말했다. 참 한결같은 표정이다. 어렴풋이 남편의 코 고는 소리가 들렸다. 그래, 잔소리는 나중에 하지 뭐.

"아까도 말씀드렸지만, 저는 오직 당신의 편안한 삶을 위해 존재해요. 당신이 더 이상 제가 필요 없어진다면 그때는 사용 종료를 할 수 있으니 걱정하지 마세요. 다만,

그럴 수 있다면 말이죠."

스르륵 닫히는 문 뒤로 여자의 목소리가 들렸다. 쿵. 닫히는 문소리 탓에 여자의 마지막 말을 제대로 듣지 못했지만 신경 쓰지 않았다. 곧이어 도어락 잠기는 소리가 들렸다.

"열차가 들어오고 있습니다. 손님 여러분께서는 한 걸음 물러서 주시기를 바랍니다."

요란한 알림 소리와 함께 안내 방송이 나왔다. 여느 때와 같은 평범한 모습이다. 소리에 반응하듯 사람들은 한 걸음씩 뒤로 움직였다. 늘 그래왔듯이.

급하게 마무리해야 하는 일이 있어 서둘러 출근해야 하는데 늦을 뻔했다. 내게 아내가 생겼다니. 아내라는 단어에 풋 웃음이 터졌다. 기분이 이상했다. 말도 안 되는 장난이라고 생각했는데 실제로 이루어졌다. 게다가 내 아내 덕분에 지난밤도 편안했고, 오전 시간도 여유 있었다. 항상 가족들을 챙기느라 놓칠 뻔한 아침 식사까지 해결했기에 묵직해진 위장은 든든하기까지 했다. 오늘은 무슨 일이 생겨도 괜찮을 것 같은 여유로움이 느껴졌다.

아내가 있다는 건 이런 거구나. 싫지 않았다. 오히려 좋았다. 동시에 서글퍼졌다. 종종거리며 버텨왔던 지난 몇 년이 떠올랐다.

누군가에게는 퇴근하자마자 떠먹을 수 있는 따뜻한 흰 쌀밥이 당연하겠지만, 제시간에 그걸 만들어내기 위한 노력 따위 알아주는 사람은 아무도 없었다. '도련님', '아가씨'라는 호칭으로 시댁 식구들을 부를 때마다 조선시대 노비가 된 것 같은 착각마저 들었다. 사실 그곳에서 하는 일도 노비와 크게 다를 바 없기도 했다. 퇴근 후 부랴부랴 달려와도 밥 한 숟가락 제대로 입에 넣지 못한 채 종종거려야 했고, 혹 늦기라도 하는 날이면 "돈 조금 번다고 유세냐."라는 핀잔을 떠날 때까지 들어야 했다. 그러는 동안 남편은 조금도 방패가 되어주지 않았다. "원래 그런 분이시잖아. 옛날 분이라 그런 거니까 네가 조금만 이해해."라고 했다. 그럼 나는 누가 이해해 줄 건데? 싱크대에 흐르는 물소리에 숨어 눈물을 삼키곤 했다.

하지만 이젠 괜찮다. 아내가 생겼으니까. 이제야 비로소 내게 집중할 수 있는 삶을 살 수 있을 것 같다. 나의 아내가 날 위해 건우도 돌봐주고 집안일도 해주겠지? 야근이든 회식이든 누구의 눈치도 볼 필요 없다. 단단한 내일을 위해 나의 커리어를 다질 수 있는 최고의 기회가 생졌다.

그동안 배우고 싶었던 필라테스 학원도 등록해야겠다. 가족 때문에 망설였던 해외 지사 파견 제안도 긍정적으로 답할 수 있을 것 같다. 상상만으로도 만족스러웠다. 입꼬리가 슬며시 올라갔다.

"모두 수고했어요. 오늘 점심은 내가 쏠게!"

"어머, 팀장님. 무슨 좋은 일 있으세요?"

"일은 무슨. 그동안 다들 고생했잖아. 맛있는 거 먹자."

오전 미팅이 끝난 후 팀원들 앞에 카드를 흔들며 말했다. 오늘 미팅을 위해 그동안 준비도 많이 했고, 무엇보다 잘 마무리되었으니 즐기고 싶었다.

"이제 독고다이는 안 하시는 거예요?"

팀원들이 환한 얼굴로 답했다. 회사 임원들도 거래처 직원들도 만족한 표정으로 돌아갔으니 모두 홀가분해 보였다.

나 역시 밝은 표정을 짓고 있었다. 하지만 그건 미팅 결과 때문만은 아니다. 아내가 등장한 후 항상 푸석했던 내 얼굴에도 생기가 돌았다. 시어머니가 입버릇처럼 읊어대던 "여자를 잘 들여야 집안이 평화롭다."라는 말이 떠올랐다. 그래, 아내가 생기니 내 삶도 조금씩 풀리려나 보다. 모처럼 시어머니의 말에 고개가 끄덕여졌다. 시간이 지날수록 아내가 있는 삶에 익숙해졌고, 이제 그녀가 없는 삶은 상상할 수 없다.

눈동자를 굴려 곁에 있는 팀원들의 얼굴을 살폈다. 워라벨을 중요하게 여기는 젊은 친구들은 어떤 것에 관심을 가지고 살고 있는지 궁금해졌다. 집, 회사, 집, 회사만 반복하던 삶에서 벗어나고 싶었고, 이제는 가능해졌으니까. 잠시 망설이던 나는 주문한 음식이 나오길 기다리다가 조심스레 입을 열었다.

"그동안 나한테 너무 소홀했던 것 같아서 좀 바뀌어보려고. 우선 취미생활을 좀 해보려고 해. 추천 좀 해줄래? 자기들은 퇴근하고 뭐 해?"

"팀장님은 어떤 것에 관심 있으신데요?"

"이제 찾아보려고. 추천해 줄 만한 거 있어?"

"전 요즘 마라톤에 푹 빠졌어요. 처음에는 빨리 걷는 것도 힘들었는데 이제는 제법 뛰어요. 이번 가을에 10km 마라톤에 도전해 보려고요."

"와, 마라톤이라니. 강혁 씨 다르게 보이네. 멋지다."

"팀장님도 도전해 보세요. 저희 부모님 연배이신 분들

도 엄청 잘 뛰세요. 오히려 젊은 저보다 더 잘 뛰신다니까요. 저는 아직 걸음마 수준이에요."

"저는 독일어 공부 시작했어요."

옆자리 여직원이 끼어들었다.

"갑자기 웬 독일어?"

"제가 맥주를 진짜 좋아하거든요. 독일 맥주 축제 가보고 싶어서요. 거기는 맥주도 엄청 큰 잔에 따라준대요. 생각만 해도 가슴이 두근거려요."

"에이, 뭐 하러 힘들게 배우려고 해. 그냥 번역기 돌려. 바로바로 번역해 주잖아."

다른 이가 웃으며 대꾸했다. 그러게. 단지 그런 이유로 새로운 언어를 배운다는 건 시간이나 금전적인 견에서 득보다 실이 큰 거 아닌가? 갸우뚱하는 나를 보며 한마디 덧붙였다.

"감성이라는 게 있잖아요. '아' 다르고 '어' 다른 건데, 번역기는 그 섬세한 감정을 못 따라오죠. 그리고 혹시 알아요? 멋진 독일 남자를 만나게 될지도 모르잖아요."

"하하하. 민지 씨 속셈이 따로 있었네!"

모처럼 동료들 사이에서 함께 웃었다. 야근 시간을 줄이기 위해 점심시간까지 쪼개던 예전의 내가 아니다. 그들에게는 어제와 같은 오늘이겠지만, 내겐 특별한 오늘이다. 더 이상 흐린 세상이 아니다. 처음 안경을 쓴 아이처럼 모든 것이 선명하고 반듯하게 보였다. 새로웠다.

"그런데 갑자기 무슨 바람이 불어서 그러세요? 점심시간에도 일만 하시고, 퇴근 후엔 후다닥 집에 가느라 바쁘셨잖아요."

"나라고 그러고 싶어서 그랬겠어?"

"분위기가 많이 바뀌셨어요. 얼굴도 좋아지신 것 같아요. 관리받으셨어요?"

"내가 그럴 시간이 어딨어."

"해외 지사도 가겠다고 하셨다면서요. 괜찮으시겠어요?"

기자회견이라도 하는 것 같았다. 쏟아지는 질문과 시선이 꽤 즐거웠다.

"안 괜찮을 게 어딨어. 나도 이제 내 삶을 찾아야지."

식당에 도란도란 둘러앉은 후배들을 보며 태연하게 답했다.

"듣던 중 반가운 소식이에요. 솔직히 그동안 너무 힘들어 보이셨거든요."

"그러고 보니 아까 학교에서 전화 온 거 아니었어요?

아이가 아프다고 한 것 같은데. 죄송해요. 엿들으려고 한 건 아니었어요."

"괜찮아. 그리고 그거 해결됐어. 나한테 아내가 생겼거든. 나 대신 돌봐줄 거야."

'아내'라는 말에 팀원들이 잠시 어리둥절한 표정을 지었지만, 우리의 대화는 금세 원래의 궤도로 돌아갔다.

"그런데 제가 요즘 마라톤에 엄청 관심을 두다 보니, 검색하는 내용도 거의 관련된 것들이거든요. 자세 교정, 편한 신발, 운동복, 이런 거요. 그래서 그런 건지 죄다 마라톤에 관련된 광고나 정보만 뜨더라고요."

"맞아요. 제가 한동안 정치싸움 재미있게 보던 대도 알고리즘이 얼마나 열심히 일을 하던지. 제가 응원하는 정당에 대한 건 당연하고 상대 당에 대한 음모론까지 엄청났어요. 밤새 그것들을 보느라 다음 날 엄청 피곤했어요."

"그게 왜 고생이야? 오히려 편한 거 아니야?"

내 질문에 후배들이 손사래를 쳤다.

"편하긴 하죠. 저 대신 관련된 영상을 찾아 주면 수고롭게 검색하거나 알아볼 필요도 없으니까요. 그런데 이게 꼭 그렇지만도 않더라고요. 특정 색을 띤 콘텐츠에 흘러 들어가면 죄다 그런 쪽만 보여주잖아요. 나중에는 내가 알고 있는 게 맞는 건지 판단이 서지 않더라고요. 중립적인 입장에서 날카롭게 생각할 수 있는 감각을 잃어버리는 것 같아요."

"맞아요. 심리적인 부분은 특히 더 그래요. 결국엔 알고리즘에 세뇌당하는 느낌마저 들어요."

"알고리즘에 세뇌당한다고?"

독일어를 공부하겠다는 민지 씨는, 얼마 전까지 다이어트에 푹 빠졌다고 했다. 다이어트는 나도 항상 관심 있던 분야라 귀가 쫑긋 세워졌다. 민지 씨는 친구와 다이어트 이야기를 하던 중, 식초가 좋다는 이야기를 듣고 그 자리에서 검색했다고 했다. 딱 한 번. 하지만 그 단 한 번의 검색으로 알고리즘은 민지 씨를 식초의 세계로 인도한 것이다. 관련 게시글만 보다 보니 식초가 아니면 살을 빼지 못할 것 같아, 식사도 제대로 하지 않으면서 빈속에 식초만 들이부었다. 이후 이야기는 굳이 자세한 설명이 필요 없었다. 과한 식초 섭취로 위장에 탈이 났다. 덕분에 다 토해내고 싸버려 다이어트는 확실하게 됐다며, 그녀는 웃으며 말했다.

"파인애플 식초, 레몬 식초, 바나나 식초. 식초 다이어트가 얼마나 다양한지 모르시죠? 제가 그때 질려서 마트에 가도 식초 판매대는 쳐다도 안 봐요.”

그 후로 조금만 자극적인 음식이 들어오면 속이 쓰려 한동안 고생했다고 덧붙였다.

“사실 알고리즘에서 보여주는 것들이 다 정확한 정보는 아니잖아요. 사람들 시선 끌려고 자극적으로 만든 것도 알고 있고요. 미성년자도 아니고, 그 정도 변별력은 있다고 생각했는데. 막상 한번 빠지고 나니 그들 말이 전부 맞는 것 같다는 생각이 들더라니까요.”

“맞아요. 저도 한동안 친구들이랑 정치 싸움하느라 인연 끊을 뻔했다니까요.”

“음모론도 계속 듣다 보면 혹해요. 다단계나 사이비종교에 빠지는 사람들한테 뭐라고 할 게 못 돼요. 상처에 된장 바르면 낫는다던 할머님들이 괜히 있었겠어요.”

“옛날에도 알고리즘이 있었던 거예요?”

“많은 사람들이 그렇다고 믿고 계속 같은 말을 듣다 보면, 그게 맞다고 생각되지 않겠어? 마녀사냥 같은 것도 결국 비슷한 맥락 아닐까?”

“그러게. 계속 그런 교육을 받다 보면 나도 모르게 그런 생각할 수 있을 것 같아. 사실인지 아닌지는 중요하지 않겠어."

　그런가보다. 인간은 어찌나 나약한지, 고작 알고리즘이 반복해 보여주는 영상 따위에 휘둘려 진실과 허구의 사이에 얽혀 헤어 나오질 못하나 보다. 후배들은 알고리즘의 세뇌 교육에 대해 진지하게 이야기를 나누기 시작했다. 하지만 더 이상 그들의 이야기가 들리지 않았다. 나의 알고리즘은 나를 어디로 안내해 줄지 궁금할 뿐이었다.

　점심시간은 금방 끝났다. 사무실에 돌아온 후에도 호기심 가득한 설렘은 떠날 줄 몰랐다. 놀이동산에 가는 꼬마의 마음이 이럴까? 종일 달뜬 기분이었다. 그런 내게 정신 차리라고 말하는 것처럼 재킷 주머니에서 진동이 느껴졌다. 스마트폰 액정에 떠오른 이름을 보자 미간에 깊은 주름이 한층 더 진해졌다. 지금까지 설레던 마음이 사그라들었다. 목덜미가 빳빳해졌다. 모처럼의 즐거운 하루라 기분 상하고 싶지 않았지만, 의무감에 초록색 통화 버튼을 눌렀다. 인사말보다 한숨이 먼저 달려 나갔다.

　"네, 어머님."

　수화기 너머의 상대는 시어머니였다.

　"연락 좀 하고 살자."

　얼마 전이 제사였잖아요. 기억 안 나세요? 되묻고 싶었지만 하고 싶은 말은 꿀꺽 삼켰다. 가시가 목에 걸린 것처럼 목이 불편해 뭐라고 답해야 할지 적당한 말을 고민해야 했다.

"요즘 바쁘다면서 뭘 이렇게까지 했니. 아무튼 고맙다."

기승전 없이 결론이 고맙다니. 무슨 소리인지 도통 알아들을 수 없었다.

"사실 나도 깜빡하고 있었거든. 주하 네 덕에 너희 아버님 앞에서 면도 서고, 친구들 앞에서 어깨에 힘 좀 줬지 뭐니. 이렇게 잘할 수 있었으면 진작 좀 해주지 그랬니. 아무튼 고맙다, 애."

칭찬인지 잔소리인지 구분이 되지 않는다. 딱히 잘못한 것도 없지만 그렇다고 특별히 잘한 일도 없다. 시어머니는 뭐가 그리 바쁜지 본인 할 말만 하고 전화를 끊었다. 집에 손님이 와서 이야기를 나누던 중이라고 했다. 그냥 생각나는 대로 말을 쏟아낸 게 분명했다.

통역이 필요해 남편에게 전화를 걸었다. 한참 만에 전화를 받았는데, 주변이 소란스러웠다.

"지금 가게에 있을 시간 아니야? 왜 이렇게 시끄러워?"

"응?"

"밖이야?"

"아니, 가게야. 일하고 있어."

"오늘은 손님이 좀 있나 봐?"

손님 없는 거 뻔히 아는데 바쁜 척이다. 좀처럼 내 말에 집중하지 못했다. 그 엄마의 그 아들이다. 보이지도 않는 족쇄가 덜그럭거리는 것 같은 착각이 들어 발목이 시큰거렸다.

"참, 당신 오늘 엄마 집에 다녀왔어?"

남편이 물었다.

"무슨 말이야?"

"엄마가 그러시던데. 외출하고 왔더니 당신이 집 청소도 싹 해놓고 밑반찬도 잔뜩 해놓고 갔다고. 어머님 아버님 결혼기념일 축하한다고 쪽지까지 남겨놓고 갔다고 하던데? 웬일로 그런 생각 한 거야? 엄마가 좋아하시더라. 오늘 회사 쉬었어?"

어머님에 이어 남편까지 알 수 없는 소리를 했다. 내가 그럴 시간이 어디 있다고. 혹시 내가 해줬으면 하는 걸 이렇게 돌려서 얘기하는 건가? 그들이 만들어낸 알고리즘은 착한 며느리 만들기 프로젝트, 그런 건가?

수화기 너머에서 '둥동' 소리가 들렸다. 정말 손님이 있었나 보네. 남편이 서둘러 전화를 끊었다. 환하게 빛을 뿜어내던 스마트폰도 이내 어두워졌다.

솔직히 뜨끔했다. 회사 일에 신경 쓰느라 시부모님 결혼기념일은 까맣게 잊고 있었다. 굳이 기억하지 않았다는 게 옳은 표현일 수도 있다. 사실 두 분 결혼기념일을 왜 자식이 챙겨야 하는지 모르겠다. 특히 자식도 아닌 며느리에게 대접받고 싶어 하셨다. 어차피 어떤 행동을 하든 비난은 내 몫이고, 감사 인사는 두 분의 아들 몫이다. 이상한 구조다. 하지단 모든 상황 중 가장 이해되지 않는 건, 지금 일어난 모든 일을 내가 한 것으로 생각하는 이들이었다.

손가락으로 톡톡 스마트폰 화면을 두들겼다. 손가락의 움직임에 따라 액정이 밝아졌다가 어두워지길 반복했다.

누군가 그곳에 다녀갔다. 시부모님이 만족하실 만큼 효도하고 갔다. 분명한 건 나는 그곳에 가지 않았다. 워라밸을 상상하던 나와 시부모님 결혼기념일을 챙기는 또 다른 나. 몸이 쪼개졌을 리 없으니까. 남편이 그랬을 리는 더더욱 없다. 생각은 꼬리에 꼬리를 물고 길어졌다.

하지만 쪽지에 어머님 아버님 결혼기념일 축하한다고

쓰여 있었다잖아. 생각의 꼬리에 브레이크가 걸렸다. 규칙적인 박자에 맞춰 움직이던 손가락이 멈췄다. 움직임을 멈춘 손가락 끝이 밝아졌다. 마법사의 지팡이 끝에서 불빛이 쏟아져 나오는 것처럼 손끝에 맞닿은 액정이 환하게 밝아졌다. 한참을 머물러 있던 손가락이 인식되어 잠금이 해제된 것이다.

열린 스마트폰에서 습관적으로 동영상 앱을 눌렀다. 직원들과 자기 계발에 관해 이야기를 나누다가 열어두었던 화면이 따라왔다. 추천 항목이 바뀔 때마다 본인이 알고 있는 좋은 채널을 공유해줬기 때문이다. 큰 화면을 둘러싸고 있는 작은 섬네일에는 운동이나 어학 관련된 채널이 따라붙었다. 얼마 전까지만 해도 온통 사춘기 자녀 관련 채널만 보였는데, 알고리즘은 확실히 부지런하다. 우리 가게에서 먹으라고 호객하는 조개구이집 사장님들처럼, 온통 자극적인 제목과 이미지를 내세우며 앱에 들어오는 모두를 유혹했다.

나도 모르게 손가락을 움직였다. 별다른 의미는 없었다. 그저 눈앞에 보이는 화면에 반응하는 무의식적인 행동일 뿐이다. 액정을 손가락으로 툭툭 치는 것처럼, 별 뜻 없이 손가락을 움직여 화면을 위로 넘겼다. 하나, 둘,

셋, 넷. 수많은 영상의 섬네일을 스쳐 지나가다가 문득 손가락이 움직임을 멈췄다.

스마트폰에는 도청 장치라도 되어있던 걸까? 이번엔 알고리즘이 '부모님 선물' 콘텐츠로 안내했다. 깜짝이벤트, 부모님이 좋아하시는 선물, 효도하는 방법, 부도님 기념일 어디까지 챙겨야 하나, 부모님 용돈 적정선은 얼마일까, 제목도 다양했다. 아마도 많은 이들이 비슷한 고민을 하고 있기 때문이겠지. 누군가 지금 나를 본다면, 부모님 기념일에 깜짝이벤트를 하려고 준비 중일 거로 생각할 만큼 온통 비슷한 콘텐츠로 가득했다.

시부모님 기념일 맞이 깜짝이벤트. 앞치마를 두른 여자가 제법 깜찍한 표정을 짓고 있는 섬네일에서 손가락이 멈췄다. 집에 있는 나의 것과 같은 앞치마라 동질감이 느껴졌다. 동영상을 재생하자 멈춰있던 여자가 움직이기 시작했다. 화면을 향해 손을 흔들고 속삭이며 말을 건넸다. 중간중간 나타나는 자막과 효과 영상까지 더허져 첩보영화를 보는 착각마저 들었다.

"오늘이 저희 시부모님 결혼기념일이에요. 저희 시부모님이 결혼을 안 하셨다면 저는 제 남편을 만날 수 없었겠죠? 그러니 두 분만의 기념일은 아니에요. 넓게 생각하면 저의 기념일이기도 한 거죠."

말도 잘하네. 듣다 보니 '내가 챙기는 게 맞나?' 하는 생각이 들었다. 여자는 쉬지 않고 떠들었다.

"그래서 깜짝이벤트를 준비했어요. 두 분이 잠시 외출하신 동안 우렁각시가 되어주려고요."

업로드된 날짜는 몇 달 전이었다. 여자는 보물찾기하는 어린아이처럼 설렘 가득한 표정이었다. 귀찮거나 하기 싫다는 느낌은 전혀 없었다. 모든 행동이 진심 같았다. 비밀번호를 누르고 살금살금 들어가 엉망인 거실 정리부터 시작했다. 미리 싸 온 음식들로 근사하게 한 상 가득 차려냈다. 모든 걸 본인이 직접 준비한 거라고 했다. 뻥치네. 사 왔겠지. 작은 케이크 가운데는 '어머님 아버님 결혼기념일 축하해요. 사랑해요.'라고 적혀 있었다. 맙소사, 사랑이라니. 내 엄마 아빠한테도 그런 말은 못 하는데. 며느리 노릇하기 정말 힘들다.

"이제 나갈 거예요. 시부모님이 돌아오실 시간이거든요."

화면을 보고 속삭이던 여자는 결국 몰래 빠져나가는 것엔 성공하지 못했다. 예상 시간보다 일찍 도착한 집주인에게 현장에서 모든 걸 들키고 말았다. 감동한 시어머니의 표정과 행복한 시아버지의 표정, 아쉬움과 뿌듯함이 뒤섞인 여자의 표정을 끝으로 동영상이 멈췄다. 더 검색할 필요도 없었다. 이후로 알고리즘은 더욱 적극적으로 새로운 영상을 끌어모았다.

마음가짐이 달라졌다고 일과가 달라지는 건 아니었다. 현실은 여전히 치열했다. 하지만 최근 진행하던 프로젝트 결과가 좋아 칼퇴근이 보장되었다. 얼마 만에 칼퇴근인가. 평소였다면 집안일 때문에 서둘렀겠지만 오늘은 그럴 필요 없었다. 미용실에 가서 머리도 다듬고, 보이는 상점에 들어가 옷 구경도 했다. 비록 줄기차게 달라붙은 점원이 부담스러워 그냥 나왔지만, 모처럼 느끼는 여유로움에 기분이 한껏 들떴다.

집에 가기엔 이 시간이 아깝고, 안 가자니 마땅히 할 일이 없던 때였다. 주머니에서 진동이 느껴졌다.

'오늘 일찍 끝났어. 가게에서 혼자 맥주 한잔하고 갈게.'

남편으로부터 메시지가 와 있었다. 나도 모르게 통화 버튼을 눌렀다.

"혼자? 가게에서? 무슨 일 있는 거 아니지? 장사는 왜 벌써 끝났는데?"

무슨 일인가 싶어 다급하게 쏘아대는 나의 물음에 남편이 허허 웃으며 상황을 설명했다. 요즘 장사가 잘됐고, 오늘은 준비한 재료가 다 떨어져 가게 문을 일찍 닫기로 했단다. 당신도 오늘 기분이 좋구나 싶어 동료애가 끓어올랐다.

"나도, 가도 돼?"

통화를 끝내고 방향을 돌려 그에게 향했다. 퇴근 후 느끼는 여유로움. 그래, 이게 제대로 된 인생이지.

마침 남편의 가게와 멀지 않은 곳에 있었던 터라 도착까지 오랜 시간이 걸리지 않았다. 바쁘다는 핑계로 몇 번 오지 않은 곳이었기에 조금 어색했다. 집이 아닌 곳에서 남편과 단둘이 만난다는 사실도 한몫했다. 잠시 머뭇거리다가 그의 앞자리에 마주 앉았다. 이렇게 서로의 얼굴을 마주 보는 게 얼마 만이었을까? 이 또한 낯설다. 남편은 꽤 기분 좋아 보였다.

"오늘은 어쩐 일로 일찍 끝났어?"

그가 내 일에 관심을 보였다. 나도 모르게 근황을 주절주절 늘어놓았다. 내 말을 듣는 그의 얼굴에도 편안함이 느껴졌다. 그래, 이 모든 게 렌탈인간 덕분이다. 맥주를 크게 한 모금 들이마셨더니 속이 뻥 뚫리는 것 같았다.

"집안일 신경 안 써도 되니까 좋다."

술 한잔에 진심이 토해졌다. 남편도 좋아하는 눈치다. 잔소리 안 들어도 되니 좋겠지. 그 여자의 등장 덕에 우리가 이런 호사를 누리고 있다. 하지만 어딘가 찝찝했다. 남편에게 넌지시 말을 걸었다.

"당신 렌탈인간이라고 알아? 그 도우미 렌탈인간에서 구했어. 아니, 빌렸다는 게 맞는 건가?"

"요즘 진짜 유행이긴 한가 보네. 우리 가게 배달원도 렌탈인간에서 구했어."

의외의 답이 돌아왔다. 당신도 렌탈인간을 안다고? 그런 사이트가 있다는 것도 놀라웠지만, 그가 알고 있었다는 게 더 놀라웠다. 어머나, 나만 몰랐나 봐.

남편이 천천히 이야기를 시작했다. 배달원의 잠수로 마음 졸였던 어느 날부터 갑작스레 나타난 새 직원의 이야기까지, 그동안의 일을 털어놓았다. 남편은 그가 꽤 마음에 드는 눈치였다. 무엇보다 그의 등장과 함께 개출이 엄청나게 늘었다는 게 애정을 쏟는 가장 큰 이유 같았다. 그러네, 정말 복덩이가 굴러들어 왔나 보다. 당신에게도, 나에게도.

우리는 서로의 렌탈인간을 칭찬했다. 그간 지쳐버린 몸과 마음에 큰 도움이 된 게 사실이니까. 하지만 여전히 불편한 마음을 지울 수 없었다.

"사실 집에 가는 게 좀 어색해. 집안일을 대신 해주는 사람이 있으니 좋긴 한데, 어딘가 좀 불편하달까. 내 자리가 없어지는 기분이야."

남편이 의아해하는 눈빛을 보냈다. 내가 원해서 불러 놓고 불편하다니. 나도 이런 내가 이상하게 느껴진다.

"이상할 게 뭐 있어? 늘 힘들어했잖아. 건우 어렸을 때부터 혼자 집안일 도맡아 하느라 고생 많이 했잖아. 그래서 집안일 해 줄 사람이 필요하다며. 우렁각시 알지? 꼭 그거 같아. 있는 줄도 모르겠다니까. 이제 당신도 쉬엄쉬엄해. 우리도 더 이상 젊지 않아."

아는 놈이 지금까지 그랬냐. 콱 쥐어박고 싶은 걸 겨우 참았다.

"그러게. 그동안 너무 바빴어."

꿀밤 대신 끄덕임으로 그의 말에 답했다.

"그런데 렌탈인간에서 빌린 사람들은 어떻게 반납해야 하는 거야?"

한 잔씩 늘어가는 빈 병을 보며 나도 모르게 진심을 뱉었다.

"반납하게? 난 김 군 진짜 좋은데. 당신은 그 여자 별로 야?"

"아니. 나도 지금 좋긴 해. 그냥 갑자기 궁금해져서."

남편은 대답 대신 내 잔에 자신의 것을 부딪쳤다. 그래, 일단 마시자. 지금을 즐기자. 워라벨이 뭐 별거야?

얼마나 마셨는지 모르겠다. 맞아, 우리 술자리에서 꽤 이야기가 잘 통하는 사이였지. 그래서 건우가 생겼었지. 흐흐흐. 두 개의 다리가 비틀거릴 때마다 웃음이 터졌다. 그런 나를 보며 남편이 따라 웃었다. 둘 다 바보 같네, 정말.

현관문을 열고 들어서자마자 여자의 말간 얼굴이 보였다. 순간 정신이 번쩍 들었다.

"함께 오셨네요. 식사 준비할까요?"

배불러 죽겠는데 뭘 또 먹으래. 고개를 저었지만 여자 는 계속 밥 타령을 했다. 그 모습이 엄마 같았다. 다음 날 힘들지 않으려면 속이 든든해야 한다고 꾸벅꾸벅 졸고 있던 내 앞에 밥을 들이밀었지. 상대의 마음이나 상황 같 은 것보다 당신의 신념을 강하게 주장하곤 했다.

남편이 거절해도 여자는 물러서지 않았다. 진짜 우리 엄마 같다.

"그럼 안주라도 만들어서 한잔 더 하시는 건 어때요?"

남편과 여자가 서로의 의견을 굽히지 않자 건우가 중재하고 나섰다. 아이고 내 새끼. 훌쩍 자란 키가 새삼스러웠다. 언제 이렇게 컸을까. 내게도 이제 아내가 생겼으니, 건우에게 조금 더 신경 써야겠다는 생각도 들었다. 그간 소홀했던 엄마 노릇을 이제라도 조금씩 해봐야겠다. 여행이 좋을까? 같이 운동을 배워볼까? 마음이 한껏 너그러워진 덕에 건우를 향해 미소를 던졌다. 내 마음을 읽었는지 쑥스러워하는 눈치다.

"조금 매콤한 걸로 준비할까요? 아니면 가벼운 걸로 준비할까요?"

"매콤한 게 좋겠어요."

"씻고 옷 갈아입고 오세요. 그동안 준비해 놓을게요."

그러지 뭐. 화장을 지우고 옷 갈아입는 동안 주방에서 뚝딱거리는 소리가 들렸다. 하품이 나와 입이 찢어질 것 같았지만, 열심히 준비하고 있을 나의 아내를 위해 방문을 열고 나갔다. 매콤한 냄새가 나는 오징어볶음이 식탁 위에 놓여 있었다. 그 곁에는 시원한 맥주가 있었다. 남편과 나는 그 앞에 앉아 각자의 잔을 채웠다. 채워지는 맥주의 양만큼 우리의 웃음이 늘었고 눈꺼풀은 조금씩 무거워졌다. 몽롱해지는 기억의 끝자락을 쥔 채 우리는 각자의 스마트폰 카메라로 서로의 얼굴을 찍었다. 언젠가부터 멈춰진 사진첩에 차곡차곡 오늘의 기억이 쌓였다.

그렇게 우리의 하루가 저물어갔다.

가벼운 두통과 함께 눈이 떠졌다. 오늘이 주말이면 좋았을 텐데. 지난밤이 후회됐다. 금요일도 아닌데 어쩌자고 그렇게 퍼마셨을까. 연차를 낼까? 잠시 고민했지만, 생각보다 몸이 먼저 움직였다. 습관이라는 게 이렇게나 무섭다.

"안 일어날 거야?"

잠든 남편을 흔들어 깨웠다. 어차피 삼십 분 정도 후에 일어나야 할 테지만, 요란하게 코골며 자는 모습이 얄미웠기 때문이다.

"머리가 너무 아파. 오늘은 그냥 집에서 쉬어야겠어."

앓는 소리를 한다.

"가게는? 오늘 휴무 날 아니잖아."

"나 없어도 잘 돌아갈 거야."

얼씨구? 죽어도 가게에서 죽을 거라더니. 김 군인지 박 군인지 믿는 구석이 있어서 그러나. 손바닥 뒤집듯 말을 바꾸는 그의 모습이 한심했다.

"사장이 이렇게 무책임해도 되는 거야?"

"지금까지 열심히 살았잖아. 무책임한 게 아니라 휴식이 필요한 거라고."

"누군 열심히 안 살아서 이렇게 출근하는 거야?"

"당신도 하루 쉬면 되잖아."

"그걸 지금 말이라고 해?"

남편은 대답 대신 반항이라도 하듯 머리끝까지 이불을 뒤집어썼다. 이불을 확 잡아당겨 깨울까 하다가 참았다. 사실 머리가 정말 아파 보이긴 했다.

그래도 일어나긴 해야 할 텐데. 두통약이라도 챙겨주러 주방으로 나왔더니 이미 여자가 꺼내놓은 상태였다. 게다가 컵을 꺼내 물을 붓고 꿀을 녹여내고 있었다. 남편이 숙취에 시달릴 때마다 내가 했던 행동을 그녀가 하고 있었다. 놀라울 정도로 여자는 나의 복사기 같았다. 내가 했던 모든 것들을 그대로 하는 덕분에 집안일에 대해 조금도 신경 쓸 필요가 없었다.

"덕분에 내가 안심하고 일 나갈 수 있다니까요. 이 집에 나 없어도 되겠어.”

혼잣말과 아닌 것의 중간 정도였다. 딱히 대답을 기다리는 말은 아니었고, 여자도 별다른 대꾸를 하지 않았다. 묵묵히 꿀을 젓고 있을 뿐이었다.

“어머, 시간 좀 봐. 그럼 나 이제 출근할게요. 정말 너무 편하고 좋다.”

여자에게 한바탕 립서비스를 퍼붓고 현관문을 나섰다. 탁. 문을 열었더니 바닥에 놓여 있던 택배 상자가 걸렸다. 건우의 이름 석 자가 적힌 작은 상자였다.

“건우야, 뭐 샀니? 네 앞으로 택배 왔어.”

상자를 집 안으로 밀어 넣자 스르륵 문이 닫혔다.

사무실에 도착하자마자 남편에게 전화를 걸었다. 아침에 봤던 모습이 계속 마음에 걸렸다.

“고객님이 전화를 받지 않아 소리샘으로 연결합니다.”

남편의 목소리가 아닌 딱딱한 기계음이 대신 답했다. 초조해졌다. 일어나긴 했는지, 몸은 괜찮은 건지, 가게 문은 열었는지 궁금한데 전화를 받지 않으니 확인할 방법이 없었다. 계속되는 안내음에 이유를 알 수 없는 불안감이 불길한 상상으로 바뀌었다. 무슨 일이 일어난 건 아니겠지?

남편은 한 번도 전화를 받지 않은 적이 없었다. 아무리 불편한 자리에서도 울리는 전화를 놓치는 법이 없던 그였다. 뭐, 최근에는 통화할 일이 거의 없었기에 그동안 그의 성향이 바뀌었는지까지는 알 수 없다. 다만 사과나무에서 떨어진 사과와 지구처럼 우리의 거리가 조금 가까워졌다고 생각했는데, 그건 나만의 착각이었던 걸까. 어쩌면 우리는 사과나무와 사과였는지도 모르겠다. 데굴데굴, 한없이 멀어지고 있었나 보다.

"외근 다녀오겠습니다."

후배의 목소리에 정신이 들었다.

"오늘 외근 어디지?"

"거래처 가는 거죠."

"지역 말이야. 어느 동네로 가는 거냐고."

"불광동이요."

남편의 가게가 있는 동네다. 집보다 가깝다. 나도 모르게 손을 뻗어 후배의 가방을 움켜쥐었다. 꽉 잡은 힘에 놀란 후배가 주춤거렸다.

"내가 갈게."

대답 따위 필요 없었다. 당장 가방을 챙겨 들고 무언가에 홀린 사람처럼 사무실을 빠져나왔다. 회사가 있는 을지로에서 불광동까지 가는 버스 편은 이미 충분히 외우고 있었지만, 마음이 급한 터라 손을 뻗어 지나가는 택시를 가로막았다.

그냥 출근했나만 확인하러 가는 거야. 전화를 안 받으니 어쩔 수 없잖아. 뭐 이건 감시나 집착이 아닌걸. 외근 나온 김에 둘러보는 것뿐이야. 거래처에도 가야 하니까 서두를 수밖에 없잖아.

아무도 묻지 않은 질문에 답하며 호흡을 가다듬었다. 알 수 없는 불길함에 잡아먹힐 것 같았다. 대체 뭐가 불안하냐고 묻는다면, 모르겠다고 답할 수밖에 없다. 여자의 직감 정도 되려나. 심호흡하고 손톱을 잘근잘근 물어뜯는 것만이 지금 할 수 있는 유일한 행동이었다.

지긋지긋한 서울 교통체증은 삼십여 분 만에 나를 목적지에 내려주었다. 어쩌면 버스를 이용하는 편이 더 빨랐을지도 모르겠다.

낯익은 풍경이 눈에 들어왔다. 어제 남편과 함께 잔을 기울였던 그의 가게가 보였다. 아직 이른 시간인데도 제법 분주해 보였다. 낯익은 얼굴은 상냥한 표정을 지으며 홀과 카운터를 부지런히 오갔다. 틈틈이 주방에서 커다란 얼굴이 나타났다가 사라지는 것도 보였다. 나올 때마다 무슨 할 말이 그리 많은지 쉴 새 없이 입을 놀렸다.

그들 사이에 조금 낯선 얼굴이 빠져나왔다. 저 사람이 김 군이구나. 단번에 알아볼 수 있었다. 남편의 말처럼 우직한 체형이었고, 손에 든 헬멧에는 우리 아이의 이름을 딴 가게 이름이 적혀 있었다. 그는 배달 가방에 작은 봉지를 하나 넣고 고개를 힐끔 돌렸다. 마치 내 시선을 알아채기라도 한 것처럼. 헬멧 안에 있을 그의 눈동자를 상상해 봤다. 어쩌면 눈이 마주쳤는지도 모르겠다.

김 군은 빠르게 시야에서 사라졌다. 그제야 가게로 조금씩 다가갔다. 가까이 갈수록 안에 있는 그들이 얼마나 바쁘게 움직이는지 선명하게 보였다. 이전과는 달랐다. 확실히 가게 상황이 나아지는 게 분명했다. 그리고 남편의 부재 따위 전혀 느껴지지 않았다.

"어머, 사모님!"

유미 씨가 먼저 나를 알아보고 반갑게 문을 열어젖혔다.

"어쩐 일이세요? 사장님 안 계신데."

내가 아내인데, 설마 그걸 모를까.

"근처에 외근 나왔다가 지나가는 길에 잠깐 들렀어요."

내 목소리에 주방 이모님도 고개를 내밀고 인사를 건넸다.

 "우리 감시하러 오셨구나? 걱정하지 말아요. 사장님 빈자리 같은 건 하나도 느껴지지 않을 만큼 잘하고 있으니까요."

 수다스러운 이모님의 말은 날카로운 가시 같았다.

 "감시라뇨. 그냥 인사하러 들른 거예요."

 짓궂은 말에 얼굴이 달아올랐다. 정곡을 찔렸다. 상대가 누구였을까. 누굴 향한 감시였을까. 남편? 혹은 사장의 부재로 나태해졌을 직원들?

 일단 직원들은 아주 훌륭하게 자기 일을 해내고 있었다. 나와 안부를 주고받는 중에도 주문 알림음에 닺춰 빠르게 움직였다. 그뿐만 아니라 가게 문을 열고 들어오는 손님을 대접하는 것도 소홀히 하지 않았다. 이른 시간부터 테이블마다 손님들이 가득한 모습이 낯설었다.

 "사장님!"

 어린아이들을 데리고 온 엄마들이 손을 들고 외치는 소리에, 주춤대며 그들에게 천천히 다가갔다. 포장 준비로 한창 바쁜 직원들에게 조금이라도 도움을 주고 싶어서였다. 하지만, 나보다 김 군이 빨랐다. 매장 문이 열리는가 싶더니 김 군이 나타났고, 어느새 그들 앞에 서 있었다. 분명 조금 전에 배달 가는 걸 봤는데. 놀랄 새도 없이 김 군은 그들의 주문 사항을 빠짐없이 기억하고 유미 씨에게 그리고 주방에 차례대로 전달했다.

아이가 포크를 떨어뜨렸고 엄마들은 음료를 주문했다. 음식이 나오기 전에 제공된 단무지와 김치는 벌써 바닥나 리필이 필요했다. 아이 엄마들은 계속해서 '사장님'을 불렀다. 그리고 김 군은 끊임없이 그들 앞에 불려가 요구 사항을 충족시켜 줬다. 진짜 '사장님'도 아니면서.

"나 없어도 잘 돌아갈 거야."

이불 속에서 웅얼대던 남편의 목소리가 떠올랐다. 그의 생각이 맞았다. 빠진 사람은 전혀 없는 것처럼 째깍째깍 잘 돌아갔다. 혼란스러웠다. 가게를 잘 운영했다고 칭찬을 해 줘야 할까, 당신 자리와 존재감에 위기의식을 가져야 하겠다고 잔소리를 해 줘야 할까. 모두 부지런히 움직이고 떠드는 가운데 나만 홀로 멈춰 있었다.

배달원

"고객님이 전화를 받지 않아 소리샘으로 넘어갑니다."

계속 전화통을 붙들고 있으면 요금을 부과하겠다는 친절한 목소리가 들렸다. 당신의 상황이나 기분 따위 내 알 바냐 하는 건조한 목소리에 화가 났다. 불필요한 지출을 막아주겠다는 상냥함에 화가 난 건지, 줄기차게 걸려 오는 전화에 미동조차 하지 않는 상대에게 화가 난 건지 모르겠다. 어쩌면 둘 다였을지도.

"이 자식, 전화 받기만 해봐."

어금니를 꽉 깨물고 뱉은 말에 아르바이트생이 흘끔 내 눈치를 살폈다. 홧김에 스마트폰까지 던져버리고 싶었지만, 그건 참았다. 그러기에는 너무 비싼 물건이니까. 이 녀석의 가치는 지금의 나보다 비쌀지도 모른다. 잘 참았어, 나 자신.

머리가 지끈거렸다. 아침에 눈을 떴을 때부터 느껴지던 두통이 계속되고 있다. 시간이 지나면 나아질 줄 알았는데, 확실히 체력이 예전 같지 않다. 주문을 외우듯 "아이고, 머리야."만 끊임없이 중얼거렸다.

"사장님, 두통약 드릴까요?"

"고마워, 유미 씨."

유미 씨는 내가 운영하는 중국집 아르바이트생이다. 자신의 커다란 가방을 한참 뒤적거리더니 기어이 작은 알약을 찾아냈다. 먹다 남은 젤리, 소설책, 충전기, 화장품 따위의 잡다한 물건들이 우수수 쏟아져 나와 있었다.

"항상 궁금했는데, 뭘 그렇게 많이 가지고 다니는 거야?"

"이거요? 손님 없을 때 시간 때울 것들이죠, 뭐."

심드렁하게 대답을 마친 유미 씨의 손은 물건들을 다시 가방에 집어넣었다. 쏟아져 나올 때처럼 대충 아무렇게나 던져 넣는다. 하긴, 저런 무심함이니 사장인 내 앞에서 잘도 '손님 없을 때 시간 때운다.'는 말을 하겠지. 텅 빈 가게를 둘러보니 다시 머리가 지끈거렸다.

퇴사 후 웬만해서는 술을 마시지 않았다. 영업사원으로 오래 일한 탓에 술이라면 아주 진절머리가 난다. 혼자 혹은 마음 맞는 사람들과 한두 잔 마시는 건 좋아하지만, 불편한 자리는 질색이다. 그래서였나? 혹은 불편해하는 내 마음을 상대에게 들키고 싶지 않은 탓이었을까? 아무튼 오랜만에 많이 마셔서 그런지 종일 머리가 쪼개질 듯 아프다. 진통제부터 뜯어야겠다.

꿀꺽, 찬물이 목젖을 흔들고 지나갔다. 내 몸 어디를 지나고 있는지 느껴졌다. 시간을 되돌려 어제로 돌아간다면, 내 앞에 놓인 술잔들을 거절할 수 있었을까? 아마 아니겠지. 제삿날이라고 모처럼 모인 친척 어른들이 술도 못 마시냐고 한심해하는 얼굴을 볼 자신은 없거든. 도대체 너는 할 줄 아는 게 뭐냐고 비웃음 사고 싶지 않았다. 난 그저 정해진 길을 따라 성실하게 걸어왔을 뿐인데. 대체 사람들은 왜 날 잡아먹지 못해 안달인 걸까. 그나저나 그 많은 걸 넙죽넙죽 받아먹었더니 아직도 숨 쉴 때마다 술 냄새가 나는 것 같다.

안 그래도 숙취 때문에 힘든데 더 큰 문제가 생겼다. 배달 직원이 출근을 안 했다. 배달원 없는 중국집이라니,

패티 없는 햄버거랑 다를 바 없다. 가게 오픈 시간이 한참 지났는데 전화조차 받지 않고 있다. 그럼 그렇지. 이런 게 내 인생이지. 뭐 하나 제대로 굴러가는 게 없다.

하긴, 계획대로 일이 술술 풀리면 오히려 이상할 거다. 잘 다니던 직장을 그만둘 때도 내 의지는 없었다. 항상 내 편이었던 할아버지가 오랜 투병 생활 끝에 세상을 떠난 것도 계획에 없던 일이었다. 꽉꽉 눌러 담은 쓰레기봉투처럼 항상 아슬아슬한 삶이었다. 제자리만 뱅글뱅글 돌다가 와르르 무너질 것 같아 두려웠다.

때마침 카운터 위에 올려둔 스마트폰이 부르르 떨렸다. 유미 씨가 고개를 돌려 나와 스마트폰을 번갈아 바라봤다. 분명 배달 직원일 거라는 생각에 비로소 마음이 편안해졌다.

"이 녀석 전화 올 줄 알았어. 그렇게 무책임하게 잠수 타고 그럴 놈이 아니야. 내가 다른 건 몰라도 사람 보는 눈은 있거든. 영업직 경력만 몇 년인데."

스마트폰을 집어 상대를 확인했다. 땡, 틀렸습니다. 광고 전화였다. 신경질적으로 거절 버튼을 연거푸 눌렀다. 마우스를 흔들고 키보드를 두들기는 것처럼 마구마구 힘을 쥐 누르고 싶었지만, 이놈의 스마트폰은 그런 터치감이 없다. 가끔은 아날로그 시대가 그립다. 현대사회는 너무 빠르고, 잔인하며, 건조하다.

"사장님, 전화 기다리지 마요. 걸지도 마세요. 어차피 전화 안 받을 거라니까요."

손톱 손질을 하던 유미 씨가 시큰둥한 표정으로 입을 열었다. 저건 또 언제 꺼냈담. 정말 없는 게 없는 가방이다. 모든 상황이 초조한 건 나뿐인가 보다. 그래, 도든 걸 책임져야 하는 것도 나 뿐이니까.

"한 달도 안 된 애를 뭘 믿고 가불을 해줘요. 걔 그거 갖고 그냥 튄 거예요. 나이는 허투루 먹었어요?"

안 그래도 속상하고 머리 아픈데. 연달아 들어오는 공격에 정신이 혼미해졌다.

"우리 채팅방 사람들도 사장님보고 호구라고 그래요."

그놈의 채팅방. 유미 씨가 말하는 '우리 채팅방'이라는 건 그녀가 즐겨 찾는 오픈채팅방을 말한다. 유미 씨는 하루 종일 스마트폰을 들여다보며 오픈채팅방에서 수다를 떤다. 얼굴도 모르는 사람들과 하고 싶은 말이 뭐가 그리 많은지, 이해할 수 없다.

"당장 오늘은 어떡하지?"

"오늘만 문제가 아니에요. 배달 업체랑 연계하자니까

요. 배달 건수가 많은 것도 아닌데 뭐 하러 월급까지 쥐여줘 가면서 사람을 써요? 사장님 땅 파먹고 장사해요? 남는 게 있어야죠. 오히려 수수료 떼고 건당으로 계산하는 편이 사장님한테는 이득일 수 있다니까요."

유미 씨, 말 잘하네. 하나부터 열까지 온통 옳은 소리다. 그렇게 내게 훈수 두는 중에도 바쁘게 움직였다. 손톱을 손질하다가 빗을 꺼내 머리카락을 빗었다. 그 와중에 틈틈이 스마트폰을 두들기는 것도 잊지 않았다.

"여자라는 생명체는 볼수록 대단한 것 같아. 한꺼번에 많은 일을 하잖아. 우리 와이프도 집안일하면서 잔소리를 얼마나 잘하는지 몰라. 유미 씨, 그 능력으로 서빙하면서 배달까지 해줄래?"

유미 씨가 콧방귀를 뀐다. 대꾸할 가치도 없나보다. 하긴, 나도 내 자신이 한심한걸. 요즘 제대로 되는 게 하나도 없다. 대체 난 왜 존재하는 걸까? 존재의 이유마저 의심스럽다.

부르르. 또다시 스마트폰이 흔들렸다. 이번에도 배달 직원은 아니었다. 그에 대한 내 믿음은 점차 흐려졌다.

이번 진동의 주인은 나의 아내, 주하였다. 오늘 늦냐고 물었다. 나야 뭐 항상 늦지. 아니, 늦고 싶지. 텅 빈 가게에 불 켜놓고 빈둥대다 늦는 거 말고, 종일 바빴던 가게를 정리하느라 늦어졌으면 좋겠다.

"내 속 걱정해 주는 줄 알았네."

괜히 짜증이 났다. 어제 내가 술 많이 마신 것도 알면서 속 괜찮냐고 한마디 물어봐 주면 안 되나. 주하에게 나 따위는 항상 뒷전이다. 회사 일과 건우에게만 집중한다. 분명 집에서도 내 서열이 가장 낮겠지. 내가 꿈꾸던 결혼 생활은 이런 게 아니었는데. 가장으로서의 위엄 따위 사라진 지 오래다.

에잇. 뭘 기대한 거야. 스마트폰이 퍽 소리를 내며 카운터에 나뒹굴었다. 차라리 내던졌다면 후련했을까? 하지만 나는 평소보다 조금 더 거칠게 내려놓았을 뿐이었다. 스마트폰님 옥체에 작은 상처라도 나면 곤란하다. 되돌아보면 항상 높은 곳간 바라보며 살아왔다. 더 높은 곳을 향해 날아가는 다른 이들을 부러워한 채 한곳에 거물렀다. 나는 이렇게 또 타닥에서 맴돈다. 나뒹구는 스마트폰이 어쩐지 나 같았다.

최근 들어 소원해진 주하의 얼굴이 떠올랐다. 그렇다고 답이 늦는 것도 곤란하지. 다시 스마트폰을 들고 'ㅇㅇ'이라고 짧게 답을 보냈다. 주하 이름 옆에 붙어있는 하트 이모티콘이 어색했다.

주하에게 지금 상황을 말해주면 뭐라고 할까? 어쩌면 쌤통이라고 놀릴려나. 주하는 처음부터 내가 장사를 하는 걸 반대했으니까. 정확히 말하자면 찬성한다고 응원해 주는 사람이 없었다. 생각하니 정말 외로운 삶이다. 누구에게도 응원받지 못하는 삶. 할 수만 있다면 모든 사람의 기억 속에서 나라는 존재를 지워버리고 싶다.

아, 그래. 내 아들! 건우 녀석은 찬성했던 것 같다. 아빠 마음대로 하라고, 알아서 하라고 했으니까. 그런 게 암묵적인 응원이지 뭐. 휴, 끊임없이 한숨만 나왔다.

"고집 좀 그만 부려. 당신처럼 고지식한 사람이 무슨 장사를 해. 회사가 망한 것도 아니고 잘 굴러가는데 왜 그만두겠다고 난리야. 당신이 무슨 사춘기야?"

내가 회사를 그만둔다고 말했던 날, 까랑까랑하게 울리던 주하의 목소리가 지금도 생생하다. 회사를 그만둔다는 게 화가 났던 건지, 자신에게 미리 말하지 않은 게 화가 났던 건지 모르겠다. 어쩌면 둘 다였을지도, 아니면 둘 다 아니었을지도. 여자란 복잡한 동물이니까.

당시 주하의 말에 틀린 점은 없었다. 아마 내가 주하였어도 반대했을 테니까. 이것 봐. 나도 나를 못 믿는데 누가 나를 믿어줄 수 있겠어. 하지만 한 번쯤은 물어봐 줄 수 있지 않아? 무슨 일 있었던 거냐고, 괜찮냐고. 왜 아무도 내 마음 같은 건 물어봐 주지 않는 거야. 문득 외로움이 밀려왔다. 사실은 관심받고 싶었나 보다.

당시 내게도 나름의 사정이라는 게 있었다. 나의 처음이자 마지막 직장은 복지가 꽤 좋은 편이었다. 분기별로 직원들에게 자기 계발비도 지급됐고, 자녀 학자금 지원 제도까지 있었다. 실적에 따라 보너스도 두둑이 챙겨주는 편이었다. 물론, 내가 두둑이 받은 적은 없지만. 어쨌든 보통의 경우 그 좋은 직장을 왜 그만두냐고 묻는 게 당연할 것이다. 하지만….

모두에게 좋다고 나한테도 좋은 건 아니잖아.

그래. 사실대로 말하자면, 잘렸다. 나가란다. 영업에는 소질이 없는 것 같다고 떠밀더라. 일을 재능 찾아서 하는 사람이 뭐 얼마나 된다고. 어렸을 때 가졌던 꿈이나 대학 전공 같은 게 다 무슨 소용이야. 그냥 적당한 직장에서 적당히 일 배워가며 적당히 사는 거. 다들 그런 거 아니야? 나만 이상해? 왜 다들 나만 못 잡아먹어 안달인지 모르겠다. 아무리 버둥대며 버티려 애써도 결국 떠밀려 나올 수밖에 없었다.

그날 봤던 뉴스도 기억난다. 대기업 정년 커트라인이 점점 낮아진다고 했다. 치킨 가게 수가 계속 늘어난다던 동기들의 우스갯소리가 더 이상 나한테는 농담이 아니게 되었다. 솔직히 나도 버티기 힘들었다. 스펙 좋고 싹싹한 어린 직원들이 치고 올라오는데 당해낼 재간이 없었다. 내가 돈이 있어, 빽이 있어? 그냥 뾰족한 바늘 위에 맨 발로 서 있는 것처럼 하루하루가 위태로웠다.

그렇다고 이런 상황을 구구절절 늘어놓을 수는 없잖아. 존경받는 가장까지는 아니더라도 마지막 잎새처럼 힘없이 떨어지는 모습을 보여주고 싶진 않았으니까. 남편으로서, 아빠로서, 자존심은 지키고 싶었다.

"그런데요, 사장님. 굳이 배달원을 두는 이유가 뭐예요?"

유미 씨가 물었다. 이건 또 무슨 소리람? 배달해야 하니 배달원을 두는 건데 배달원을 왜 두냐니? 당연한 걸 묻는 유미 씨에게 당연한 걸 설명해야 했다.

"주방은 주방 담당이 있어야 하고, 홀은 홀 담당 직원이 필요해. 당연히 배달은 배달원이 해야지. 각자 자리에 맞는 사람이 있어야 해. 그래야 다들 책임감을 가지고 일하는 거고, 서로를 존중할 수 있는 거야."

짐짓 근엄하게 답했다. 내가 들어도 꽤 근사한 말이었다. 그런데 유미 씨가 웃는다. 입꼬리가 한쪽만 올라간 모양새가 비웃는 게 분명했다.

"아, 옛날 사람."

들릴 듯 말 듯한 목소리에 두 볼이 화끈 달아오르는 게 느껴졌다. 나 지금 무시당한 거야? 꼰대 취급받는 거지? 맞지? 덥다, 더워. 한 손으로 부채질했다. 그래, 나 옛날 사람이다. 옛날에 태어났으니까 옛날 사람이지. 지금은 뭐 평생 지금일 것 같아? 지금도 시간이 지나면 다 옛날이 된다고.

계속 옛날 옛날 하고 떠들어댔더니, 정말 옛날 생각이 났다. 내가 어렸을 때, 그러니까 옛날 옛적에, 우리 부모님은 중국집을 운영하셨다. 지금의 나처럼. 그렇다고 내가 원대한 꿈을 가지고 가업을 잇겠다는 건 아니다. 당시 중국집은 지금으로 따지면 핫플레이스였다. 아이들의 생일이나 입학식 혹은 졸업식 같은 특별한 날이면 짜장면을 먹었다. 그 아들이 자라 군대에 입대하고 나던 휴가 나온 날 짜장면을 먹기도 했다.

우리 가게는 주로 아버지가 재료 손질과 요리를 담당했다. 어머니는 카운터를 맡고 홀 서빙도 함께 하셨다. 그리고 은빛 양철 가방을 들고 다니는 배달 삼촌이 있었다. 나는 그 삼촌을 '나비 삼촌'이라고 불렀다. 빨간 오토바이를 타고 온 동네를 누비고 다니는 모습이 꽤 근사해 보였다. 한 마리의 나비처럼 자유로워 보였다. 그러고 보니 삼촌 팔뚝에는 내 손바닥만 한 나비 문신이 있었다. 그래서 나비 삼촌이라고 불렀나 보다.

가끔 손님이 몰리는 시간에 손이 비면, 삼촌은 철가방 대신 쟁반을 들었다. 테이블 사이사이를 오가며 손님들께 단무지나 물을 가져다주기도 했다. 그는 항상 가볍게 움직였고 홀연히 사라졌다. 나비가 파란 하늘로 날아가 버린 것처럼, 어느 날 갑자기 사라져 버렸다. 어린 꼬마였던 내가 어른인 삼촌의 사정까지 알 수는 없었다. 다만, 삼촌은 분명 자유를 향해 날아갔을 거라 믿었다. 지금의 내가 가장 바라는 것처럼, 모든 것으로부터 자유롭게.

그립다. 동시에 부럽다. 어쩌면 나도 자유롭게 떠나고자 나를 대신할 누군가를 찾고 있는지도 모르겠다.

"사실 저만해도 그래요."

유미 씨의 목소리에 아득히 자유롭게 날아다니던 정신이 다시 현실로 돌아왔다.

"요새 대부분 키오스크로 주문하잖아요. 아니면 그냥 앱으로 주문해서 배달시키기도 하고요. 회사가 많거나 대학교 근처도 아니고, 유동 인구가 많은 곳도 아니잖아요. 저야 뭐 손님 없는 가게에서 놀면서 돈 버니까 좋긴 한데. 사장님은 괜찮은 거 맞아요? 주방 이모에, 저에, 배달원까지. 꾸역꾸역 다 안고 갈 만큼 장사가 잘되는 것 같진 않아서 말이에요. SNS 홍보나 광고에 힘을 싣지도 않잖아요. 그 흔한 전단도 안 뿌리시잖아요. 숨은 닷집도 아니고. 혹시 부자세요? 돈이 너무 많아서 사회봉사 차원으로 하시는 거예요? 그런 거면 저 시급 좀 올려주세요."

마지막 문장에 콧소리가 가득 담겼다. 아이고, 머리야. 그러게요. 유미 씨 말이 다 맞아요. 그런데 지금은 제가 두통이 너무 심하네요. 안 그래도 생각해야 할 일투성이랍니다. 입 좀 다물어 주세요, 라고 말하면 삐지려나. 휴, 누가 나 대신 생각 좀 해주면 좋겠다. 당신들이 바라는 대로 무기력하고 무능한 사람으로, 그저 존재만 하고 싶었다. 그러니 바라건대 누군가 나 대신 날아올라 주길,

부디 나 따위는 잊어주길, 나지막이 소망했다. 나도 모르겠다. 내가 무슨 생각을 하고 있는 건지.

부르릉, 요란한 엔진소리가 들렸다. 덕분에 잔소리와 잡생각의 늪에서 빠져나올 수 있었다. 부르릉 소리가 점차 가까워지는가 싶더니 새까만 오토바이가 가게 문 앞에 멈췄다. 혹시 그 녀석인가? 반가운 마음을 숨기며 소리 나는 쪽을 바라봤다. 헬멧 쓴 남자가 오토바이에서 내렸다. 녀석이 하룻밤 사이에 키가 커졌나? 훤칠한 사내가 성큼성큼 다가오더니 우리 가게 문을 벌컥 열었다. 뭐가 그리 급한지 시동도 끄지 않은 채였다. 시끄러운 오토바이 엔진 소리가 조용한 가게를 가득 채웠다.

"장미 아파트 배달이요."

그가 큰 소리로 말했다. 유미 씨가 멀뚱멀뚱 그를 바라봤다. 나 역시 눈만 끔뻑거렸다.

"배달 주문 들어온 거 없는데요."

유미 씨가 포스기를 확인하며 말했다. 그제야 자신의 손에 들린 스마트폰과 가게 간판을 번갈아 본 남자는 들어올 때와 마찬가지로 다급하게 밖으로 나갔다. 그의 모습은 순식간에 사라졌다. 분명 옆 가게로 들어갔을 것이다. 이제 이런 일은 익숙하다.

"또 닭발 주문 들어왔나 보네요."

"그러게."

사실 처음에는 중국집이 아니었다. 치킨집으로 시작했었다. 대한민국에 치킨 안 먹는 사람이 몇이나 되겠는가. 특히 축구 경기 있는 날은 없어서 못 파는 게 치킨이니까 당연히 잘될 거라 생각했다. 치킨 가게가 한 집 건너 하나씩 있다는 것도 모른 채.

덕분에 보기 좋게 망했다. 어쩌면 당연한 일이었다. 입구를 나란히 쓰는 옆 가게는 쉬지 않고 문이 열리고 닫히는 동안, 우리 가게는 좀처럼 문이 열리지 않았다. 하필 같은 닭인데 결과물은 너무나 달랐다. 그래서 업종을 바꿨다. 중국집으로. 그때 붙어있던 치킨 스티커 흔적은 아직도 입구에 남아있다. 좀처럼 지워지지 않는 흉터 같아서 볼 때마다 마음이 쓰리다.

중국집으로 바꾸고 장사가 잘되었다, 그 후로 행복하게 잘 살았다, 동화처럼 행복하게 마무리되면 좋으련만. 한 번 망한 자리는 계속 망하는 건지, 지금도 우리 가게 문은 좀처럼 열리지 않는다. 나는 동화 속 왕자님이 아니었으니까. 어쩐지 세가 싸더라.

어느새 오토바이가 늘어나 있었다. 출발 신호를 기다

리는 기차처럼 길게 줄 서 있었다. 시끄럽게 부릉부릉하다가 흰 봉지를 하나씩 품에 안고 떠나겠지. 자유로운 나비처럼. '띠링띠링' 벽을 타고 주문 소리가 넘어왔다. 당연히 우리 가게의 것은 아니다. 뭔 놈의 건물이 이렇게 방음이 안 되는지.

"역시 닭이 진리인가 봐요."

입이 찢어져라 하품하는 유미 씨와 눈이 마주쳤다.

"유미 씨, 혹시 오토바이 탈 줄 알아?"

내 말에 유미 씨가 웃는다. 왜 웃지?

결국 배달원은 끝까지 나타나지 않았다. 쿵. 무겁게 내려앉는 셔터처럼 내 발걸음도 무거웠다. 추적추적 어둠이 깔린 길을 걸었다. 몇 시간 뒤면 새로 시작될 내일을 위해 대부분의 사람들이 집으로 돌아가고 있었다. 당연하지만 모두에게 해당하는 이야기는 아니다. 버스 기사는 여전히 불을 밝힌 채 덜컹대는 버스를 운전하고 있고, 밤하늘을 가득 채운 별빛처럼 학원가는 반짝반짝 빛을 내고 있다. 요란한 소리를 내며 오토바이가 지나갔다. 서두르느라 미처 닫지 못한 상자 안에서 흰 비닐이 나풀거리고 있었다. 누군가의 쉼을 위해 여전히 부지런히 움직이는 이들이 있다.

그때 꼬르륵 소리가 들렸다. 주변을 둘러보니 아무도 없다. 내 배에서 나는 소리구나. 생각해 보니 저녁 식사를 건너뛰었다. 속도 쓰리고 골치 아프다는 핑계로 굶었더니 이제야 요란하게 아우성친다. 마땅히 끼니 때울 곳이 보이지 않았다. 할 수 없지. 주하에게 전화를 걸었다.

뚜, 뚜, 뚜.

"여보세요."

"집에 가는 중이야. 오늘 일찍 끝났어. 입맛이 없어서 저녁을 안 먹었는데 김치볶음밥 좀 해줄래? 한 1C분 후면 도착할 것 같아."

최대한 불쌍한 목소리로 저녁 식사를 부탁하고 냉큼 통화 종료 버튼을 눌렀다. 주하가 무슨 말을 하는 것 같았지만 이미 통화는 종료된 후였다. 다시 걸어 물어볼까 했지만, 하지 않기로 했다. 통화가 길어져 봐야 내게 유리할 것 같진 않았다.

고작 십 분 정도의 거리가 한없이 길게 느껴졌다. 얼른 배를 채우고 침대에 눕고 싶다. 포근한 이불 속에 파묻히고 싶다. 하루 종일 골치 아팠던 모든 것들을 지워버리고 싶다. 그 골치 아픈 모든 것의 가운데, 어쩌면 내가 있는

지도 모르겠다.

집에 도착하니 매콤한 냄새가 코끝을 찔렀다. 빨간 김치볶음밥이 식탁 위에 놓여 있었다. 아, 배가 많이 고픈데 양이 조금 부족해 보였다.

"계란 후라이라도 하나 해주지."

아니, 두 개면 더 좋고. 하지만 주하는 못 들은 것 같았다. 그냥 주는 대로 먹어야지. 오늘 매출을 떠올리니 밥맛도 없다. 오히려 술이 한 잔 당기네. 냉장고를 열어 먹다 남은 소주를 꺼냈다. 어렸을 땐 아버지가 식사 때마다 소주 한두 잔씩 마시는 게 이해가 되지 않았는데, 이제는 알 것 같다. 가장의 삶이란 정말 고달프다니까.

소주 한 잔의 목 넘김이 종일 아팠던 하루를 달래주었다. 한 잔이 두 잔 되고, 결국 남은 소주를 전부 마셨다. 마지막 잔을 내려놓자 미친 듯한 피로감이 몰려왔다. 아이고, 정신 차려야지. 씻고 자야 하는데. 힘겨운 몸을 일으켜 욕실로 향했다. 대충 샤워를 마치고 그대로 침대에 쓰러지듯 누웠다. 드라이도 해야 하는데. 이것도 누가 대신 좀 해줬으면 좋겠다. 머리카락 끝에서 촉촉한 습기가 느껴졌다.

시끄러운 소리에 눈이 번쩍 떠졌다. 무슨 상황인지 정

리가 되지 않아 눈을 끔뻑거렸다. 아, 내가 코 고는 소리였구나. 내 소리에 놀라 잠에서 깼다니. 머쓱함에 이불을 당겼다. 방도, 주방도, 거실도 아직 불이 켜져 있었다. 주하가 텔레비전이라도 보고 있는가 보다. 정말 잠이 없다니까. 타고난 체력이 굉장한 것 같다.

"자기, 안 자? 들어올 때 불 좀 꺼줘."

유언처럼 한마디 남겨두고 까무룩 잠이 들었다.

아득히 먼 곳에서 스리가 들렸다. 뭔지 모르겠지만 상당히 바쁘게 움직이고 있었다. 소리는 점차 가까워지다가 멀어졌다. 아, 아침이구나. 주하와 건우가 준비하는 소리였다. 나는 아직 깨지 않은 척 이불을 뒤집어썼다. 두 사람이 모두 나갈 때까지 그 상태로 있을 생각이다. 가족들과 마주하는 게 어쩐지 불편하다. 나의 부족함이 가족들 앞에 발가벗겨질까 봐 겁이 난다.

건물 옥상에서 뛰어내리면 지나온 삶이 주마등처럼 스치고 지나간다고 한다. 그러고는 쿵, 순식간에 끝이다. 하지만 나는 지금 차가운 콘크리트 위가 아닌 폭신한 침대에 누워 있다. 바닥에 부딪혀 박살나는 대신 깨끗한 이불 속에서 눈만 끔벅이고 있다. 사라지는 대신 살아 숨 쉬고 있다.

지나온 삶보다 짧았던 어제가 떠올랐다. 고되기만 하고 별다른 소득 없는 그런 하루. 오늘이라고 다를까. 이러다 잠들 것 같아 스마트폰을 켰다. 나도 출근해야 하니까 잠들면 곤란하다. 어젯밤 올린 구인 광고를 열어봤다.

'가족같이 일하실 배달원을 구합니다.'

10개도 채 되지 않는 조회수라니. 초라한 숫자에 짜증이 솟구쳤다.

손가락을 움직여 창을 닫고, 뉴스를 검색했다. 깔끔하게 차려입은 남자 앵커가 입술을 움직이고 있었다.

"사상 최악의 취업난을 기록하고 있습니다."

깜짝이야. 재빨리 소리를 줄였다. 다행히 주하는 씻는 중이라 뉴스 소리를 듣지 못한 것 같았다. 여전히 뉴스에서는 취업난이 심각하다고 떠들어 댔다. 이 시대의 젊은이들은 갈 곳이 없다고 아우성쳤다. 이 시대의 중년도 갈 곳이 없는 건 마찬가지인데, 항상 젊은이들만 걱정해 준다. 아마도 뉴스를 만드는 이들이 젊은가 보다.

하지만 고용주 입장에서도 할 말은 있다. 이렇게 요란

한 취업난에 어째서 우리 가게 문을 두들기는 사람은 없는 거지? 일자리가 없는 게 아니라 당신들 눈이 높은 게 아닐까? 스스로 가슴에 손을 얹고 반성해 보란 말이야.

침대에 비스듬히 누워 뉴스를 보는 동안 현관문 닫히는 소리가 들렸다. 한 번, 그리고 두 번. 이제 모두 나갔다. 그제야 느릿느릿 몸을 일으켰다. 나의 아침 준비는 간단하다. 세수하고 옷을 갈아입는다. 그리고 집을 나선다.

툭, 현관문을 열자 작은 택배 상자가 발끝에 걸렸다. 택배 상자를 집어 들었다. 정주하. 익숙한 이름이 정갈하게 적혀 있었다. 대체 뭘 주문했는지 빈 상자만 입을 벌린 채 나뒹굴고 있었다.

이른 시간에도 택배 배송이 되는 세상이니 참 편하긴 하다. 밤에 주문하면 새벽에도 배달을 해준다. 이런 일을 하는 기사들은 일용직일까, 월급제일까? 밤새워 일하는 거니까 돈도 많이 벌겠지? 배달원 할만한 사람들이 전부 택배 일을 하러 간 게 아닐까? 질문이 꼬리에 꼬리를 물었다.

아차, 이러다 늦겠다. 택배 상자를 집 안에 밀어 넣고 현관문을 닫았다. 띠리릭, 도어락 잠금 소리를 듣고 난 후에야 등을 돌려 길을 나섰다

"배달원 문의 전화 온 거 있어?"

가게 문을 열자마자 다급하게 물었다. 헬멧 안에서 내 목소리가 윙윙 울렸다. 아직 사람이 구해지지 않아 내가 배달하러 다니는 중이다. 물론, 사장이 자리를 비우면 안 되지만 가장 큰 위기를 못 본 척할 수 없으니까. 내 질문에 유미 씨가 어깨를 으쓱거렸다. 있다는 거야, 없다는 거야? 커다란 가방을 뒤적거리는 유미 씨의 모습을 보니 아무 연락도 없었나 보다. 잠시나마 들떠 있던 어깨가 다시 내려앉았다. 앞으로도 덜덜덜 떨리는 건 내 심장이 아니라 오토바이 엔진일 거라 믿으며 골목길을 돌아다녀야 한다.

"전화 온 거 있어?"

화장실에 갔다가 돌아왔을 때도 물었다. 유미 씨는 다시 고개를 저었고, 그러는 동안에도 스마트폰을 들여다보고 있었다. 확 자를까.

"사장님."

깜짝이야. 유미 씨와 눈이 마주쳤다. 속마음을 입 밖으로 뱉은 줄 알고 화들짝 놀랐다. 하지만 유미 씨는 태연하게 말을 이었다.

"혹시 렌탈인간 아세요?

"그게 뭔데?"

"필요한 건 뭐든 구할 수 있는 사이트래요."

"중고마켓 같은 거야?"

"물건은 아니고 사람이에요. 채팅방에서 봤는데, 렌탈 인간이라는 사이트에서 사람을 빌려준대요."

유미 씨가 스마트폰을 가리키며 말했다. 그놈의 채팅 방은 종일 쉬지도 않나 보다. 채팅방을 말할 때마다 유미 씨의 눈동자는 반짝반짝 빛난다. 아무래도 채팅방이 그녀 삶의 전부인 듯했다. 누군지도 모르는 익명의 상대와 글을 주고받고 사진과 정보를 공유하는 게 재미있나 보다. 고민 상담을 하기도 하고 소소한 자랑도 하는 그런 곳이라고 했다.

솔직히 난 이해가 안 된다. 얼굴도 모르는 사람에게 내 이야기를 한다니. 하지만 유미 씨의 생각은 달랐다. 오히려 그렇기 때문에 부담 없이 이야기를 나눌 수 있다고 했다. 서로에게 적당히 친절하고, 소소하며, 무엇보다 필요 이상으로 다가오지 않는다고 한다. 내키지 않을 땐 '나가기 버튼'을 누르면 정리될 관계. 자신의 주변에 그려진 동그란 원 안으로 아무도 들어오려 하지 않는, 그 정도의 관계가 좋다고 했다.

"사람을 빌려줘? 물건이 아니고?"

"네, 사람이요."

"어머, 나도 그 사이트 들어봤어."

주방 이모가 자신의 영역에서 빼꼼 얼굴을 내밀며 대화를 이어받았다.

"밑져야 본전인데 한번 해보지 그래?"

주방 이모가 사뭇 진지한 얼굴로 우리를 바라보며 말했다.

"어차피 공짜라며. 빌렸다가 별로면 반납하면 되잖아. 유미 씨도 해 봐."

"전 마땅히 필요한 사람이 없는데요."

주방 이모의 말에 유미 씨가 또 어깨를 으쓱거렸다. 그 작은 움직임이 여유로워 보여서 조급해하는 내 모습이 하찮게 느껴졌다.

"자기의 욕망을 가만히 들여다보면 분명히 있을 거야. 꼭 대단한 게 필요한 건 아니거든. 렌탈인간을 이용하는 사람들의 글 좀 봐. 누군가를 위하는 척하지만 결국 다 자기를 위한 사람을 빌리는 거야. 소소한 일상을 유지하는 게 가장 어려운 일이거든."

"이모도 그 사이트 보셨어요?"

유미 씨가 반색하며 물었다. 주방 이모는 어색한 미소를 짓더니 입을 다물었다. 그리고 다시 자신의 세상으로 돌아갔다.

　"나의 욕망. 일상."

　나는 두 개의 단어를 낮게 읊조렸다.

　"사장님께 지금 가장 간절한 건 배달원 아니에요? 그 사이트에서 구해보는 거 어때요?"

　유미 씨의 목소리에 아득해지던 정신이 다시 현실로 돌아왔다.

　"수수료가 엄청 비싸겠지?"

　나의 대답이 마음에 들지 않았나 보다. 유미 씨는 다시 고개를 푹 숙이고 채팅방 속으로 사라졌다.

　"왈왈!"

　이번엔 어디서 개소리가 들렸다. 유미 씨와 내가 거의 동시에 고개를 들었다. 옆 가게 주인이 개 한 마리를 품에 안고 지나가고 있었다. 개 주제에 모자도 쓰고 선글라스도 낀 채 우리 가게를 힐끔거렸다. 돈 쓸데가 그렇게 없나. 개한테 무슨 짓이야. 그 꼴이 우습기도 하고 신기하기도 했다. 하긴, 닭꼴 장사가 저렇게 잘 되는데 개한테 쓰는 돈이 아깝겠어?

옛말이 틀린 게 없다. 개 팔자가 상팔자네. 차라리 개가 되고 싶다. 돈을 벌 필요도 없고, 무언가 책임질 필요도 없는 개가 부럽다. 아무 데나 똥오줌을 싸도, 새까만 눈동자로 꼬리를 힘껏 흔들어대면 예쁘다고 사랑받을 수 있을 텐데. 매일 무언가를 이루기 위해 애쓸 필요도 없고, 어제보다 성장하지 못했다고 동정받을 필요도 없을 것이다. 지금 내 모습은 이게 뭐야. 개만도 못한 인간이 나였다.

"일단 하루이틀 정도 더 기다려 보고 렌탈인간이든 뭐든 해 봅시다."

내 말에 유미 씨가 어깨를 으쓱거렸다. 그럴 줄 알았다는 것처럼.

인간이라는 존재는 끊임없이 칭찬을 갈구한다. 계속되는 칭찬은 상대의 자존감을 높여주고, 그 자존감이 성공의 궤도에 올려주기도 한다. 반대의 경우도 있다. 계속되는 실패와 비난은 하염없이 자존감을 깎아버린다. 자신의 존재 따위 누군가로 쉽게 대체될 거라 여기고 존재의 의미까지 의심하게 된다. 그런 생각이 깊어지다 보면 때로는 차라리 지우개로 자신을 지워버리고 싶어지기도 한다. 지금의 나처럼.

사람을 빌릴 수 있는 사이트라는 말에 가장 먼저 든 생각이 수수료 걱정이라니. 나의 무능함이 선명하게 드러났다.

"인간이랑 짐승이 뭐가 다른 줄 알아? 생각한다는 거야. 발전을 한다는 거고. 김상민 씨는 왜 생각을 안 하고 발전도 못 하지? 머리는 장식으로 달고 다니나? 그러면 그게 머리냐, 대가리지?"

언젠가 회사 선임에게 들었던 말이 떠올랐다. 신입사원 시절, 하루가 걸다고 나를 못살게 굴던 그 인간의 얼굴도 함께 떠올랐다. 목표만큼 실적을 이루지 못해서, 다른 회사에 거래처를 뺏겨서, 이유는 다양했다. 어쩌면 그냥 내가 싫었던 걸지도 모르겠다. 나를 세워놓고 다른 직원들 앞에서 큰 소리로 혼냈다. 우리 부모님도 내게 이런 짓은 안 했는데. 하지만 나는 그저 참기만 했다. 참는 것 외에 다른 방법은 없었다.

사실, 내가 그렇게까지 부족하다고는 생각하지 않았다. 나는 꽤 성실한 편에 속했다. 회식 자리에서도 가장 마지막까지 남아 뒷정리를 했고, 다른 사람들이 피하는 일에도 발 벗고 나섰다. 늦은 시간까지 야근해도 다음 날 가장 먼저 출근해 사무실을 정돈했다. 그렇게 열심히 살았지만, 그것만으로는 되는 게 없었다. 과정 따위보다 결과물이 중요한 세상이었으니까. 그것이 내가 회사를 떠나게 된 이유였으니까.

그렇게 도망쳐 나온 곳이 여기다. 찾는 이 없는 조용한 곳. 이 고요함이 나의 무능함을 다시 일깨워 주었다.

문득 정신을 차리고 보니 나 역시 유미 씨처럼 스마트폰을 들여다보고 있었다. 액정 화면과 눈싸움이라도 하는 것처럼 눈도 깜빡이지 않았다. 손에 들린 까만 화면에는 네 개의 글자가 적혀 있었다.

렌탈인간

내가 왜 이런 말도 안 되는 사이트를 보고 있는 거지? 생각과 달리 손가락이 멋대로 움직였다. 아무리 눌러봐도 특별히 눈에 띄는 건 없었다.

"이거 신종 피싱 같은 거 아냐?"

"아니라니까요. 요즘 엄청 난리래요."

나의 의심에 유미 씨는 확신으로 답했다.

"세상이 얼마나 빠르게 돌아가고 있는데요. 시대에 맞

취 사셔야죠."

무심한 목소리에 괜히 어깨가 움츠러들었다. "좀 타협하고 굽힐 줄도 알아야지. 무슨 사람이 이렇게 뻣뻣해."라고 말하던 상사의 목소리가 들리는 것 같았다. 실패라는 이름으로 꼭꼭 숨겨둔 기억이 쉴 새 없이 새어 나왔다.

어딘가 억울했다. 내가 뭘 그렇게까지 잘못했지? 내게 잘못이 있다면 열심히 한 것 말고는 없는데. 당신들이 원하는 게 뭔지 모르겠지만 내게 변화가 필요한 거라면, 그까짓 거 한번 해주지 뭐.

용기를 내기로 했다. 무심한 듯 초조하게 손가락을 액정에 올렸다가 내리기를 반복했다. 손바닥을 펼쳤다가 주먹을 쥐기도 하고, 손끝으로 화면을 톡톡 두들기기도 했다. 불신과 믿음, 도박과 제자리걸음, 말도 안 된다고 생각하면서 당장 누군가의 도움이라도 받고 싶은 양가감정. 그 가운데 내가 있었다.

글쎄, 누군가는 고작 배달원 하나를 구하는 것 가지고 이렇게까지 진지해야 하냐고 할지도 모른다. 글 하나 적는 게 뭐 어렵냐고 비웃을 수도 있겠지. 하지만 거듭된 실패와 고독에 지친 내게, 이건 몹시 중요한 문제다. 내가 인정받을 방법은 가게를 잘 운영하는 것이고 그러기 위해서 지금 꼭 배달원이 필요했다. '고작 배달원 하나' 가 타인으로부터, 그리고 스스로에게 인정받을 수 있는 최후의 방법이었다.

그래, 해보자. 엄지손가락 끝에 힘을 주고 자판을 꾹꾹 눌렀다.

'중국집 배달원을 구합니다. 최근 배달 담당 직원이 그만둬 새로운 분을 모시고자 합니다. 아르바이트, 직원 두 가지 다 가능합니다. 4대 보험 적용됩니다. 오래 일하실 분 우선으로 뽑습니다. 가족 같은 분위기……'

가족 같은 분위기? 요즘 믿고 거르는 단어라고 하던데. 아참, 이거 아르바이트 구인 구직 사이트가 아니지. 취소 버튼을 누르자 글자들이 사라졌다. 처음부터 존재하지 않았다는 것처럼. 마른침을 삼키고 다시 손가락을 움직였다. 이게 뭐라고 이렇게까지 긴장되는 될까.

'식당 배달원이 필요합니다. 오래, 그리고 성실하게 일할 수 있는 능력 있는 분을 찾고 있습니다.'

배달원이 손님도 몰고 왔으면 좋겠다. 말도 안 되는 상상에 피식 쓴웃음이 나왔다. 적은 내용은 조금 전과 크게 다르지 않았다. 토도독토도독. 손끝에서 피어난 문장은 까만 화면 속으로 옮겨갔다. 새로운 무언가를 바라는 간절한 마음을 담은 채. 내일은 부디 좋은 소식이 들리길 바라며. 무의미한 하루를 마쳤다.

"아, 일하기 싫다."

아침마다 한숨 섞인 말이 입 밖으로 튀어나왔다. 오늘도 마찬가지다. 누군가 내 속마음을 들었을까 싶어 다급하게 입을 틀어막았다. "그러니까 어떻게든 회사에 붙어 있지 그랬어."라고 손가락질할 것 같았다. 하지만, 다행인지 불행인지 주변에 아무도 없었다. 내 목소리는 누구에게도 닿지 않았다.

회사를 그만두고 내 일을 시작하면 신바람 날 줄 알았다. 더 이상 동료들의 눈치를 볼 필요도 없고, 자존감 깎아내리는 상사의 면박에서 벗어날 수 있을 테니까. 열심히 하는 만큼 주머니가 두둑해질 거라 믿어 의심치 않았다. 열심히 하는 건 자신 있었다.

하지만 현실은 생각했던 것과 많이 달랐다. 치열하고

가혹했다. '열심히'가 아닌 '잘' 해야 했다. 회사에 다닐 때보다 더.

장사가 잘되면 아침에 눈을 뜨는 게 즐거웠을까? 파리만 날리는 가게에 멀뚱멀뚱 앉아 있을 생각 하니 발걸음이 무거웠다. 그래도 매일 가야 했다. 내가 사장이니까.

장사에 필요한 재료들을 양손에 들고 느릿느릿 걸었다. 사실 재료 정도는 배달시켜도 되지만, 필요한 양이 많지 않았기 때문에 운동하는 셈 치고 발품 파는 쪽을 택했다. 그러는 편이 좋다고 생각했다. 직접 물건을 고를 수 있고 가격 흥정도 가능하니까.

양손에 짐을 나눠 들고 굳게 닫힌 가게 문을 열었다. 밤새 서늘했던 공기가 코끝을 간지럽혔다. 약간의 기름 냄새가 섞여 있었다. 손가락 끝으로 스위치 버튼을 톡 건드리자 매장 전체가 밝아졌다. 그리고 바닥에 쌓인 먼지를 쓸어냈다. 기름을 새 걸로 붓고 냉장고에서 유통기한이 지난 재료를 꺼내 모조리 버렸다. 주방 이모는 하루이틀 정도 지난 건 괜찮다고 했지만, 그건 나와의 약속이다. 좋아하는 음악을 틀어놓고 양파 손질도 했다. 나는 이 시간이 가장 짜릿하다. 세상의 조물주라도 된 것처럼, 모든 것이 내 손가락 움직임에 따라 형태를 갖추고 제 위치를 찾아간다.

이 정도면 꽤 괜찮게 준비한 것 같은데. 대체 뭐가 문제일까? 저 문을 열고 들어오는 사람이 너무 없다.

유미 씨의 말처럼 더 이상 이대로 두면 안 될 것 같다. 그렇다고 비용 문제 때문에 함께 일하는 사람을 해고하는 무책임한 사장이 되고 싶지는 않다. 주하가 들었다면 아직 배가 덜 고파서 그렇다고 비난할지도 모르겠다. 어쨌든 오늘은 직원들을 모아놓고 비상 회의라도 해야겠다. 어차피 일도 많지 않을 테니까.

잠시 후, 주방 이모가 출근했고 곧이어 유미 씨도 문을 열고 들어왔다. 장사가 잘되든 그렇지 않든 항상 제시간에 모습을 나타내는 두 사람이 항상 고맙다. 그들의 성실함은 역시 소속감 때문이겠지. 아무래도 배달 대행보다 배달원을 뽑는 게 맞는 것 같다.

"사장님, 문 앞에 택배 있던데요."

유미 씨가 택배 상자를 보이며 말했다.

"뭔데?"

"저야 모르죠. 사장님이 뭐 주문하신 거 아니에요?"

그랬나? 떠오르는 기억이 없다. 건네받은 상자는 작고 가벼웠다. 보내는 이가 누군지도 적혀 있지 않았다. 상자의 겉면에는 내 이름 김상민 석 자만 또박또박 적혀 있었다. 바로 테이프를 뜯고 상자를 열어봤다. 하지만 아무것도 들어 있지 않았다. 혹시 상자 접힌 부분에 무언가 끼어있는 게 아닐까 싶어 틈새도 살피고 뒤집어 털어보기도 했다. 여전히 아무것도 나오지 않았다. 단어 그대로 텅 빈 상자였다.

그때 스마트폰에서 진동이 울렸다.

"배송이 완료되었습니다."

발신 번호도 없는 메시지였다. 빈 택배 상자에 알 수 없는 메시지까지. 실없는 장난에 놀아난 것 같아 기분이 상했다.

그때였다.

"주문이 접수되었습니다."

상냥한 기계음이 매장에 퍼졌다. 또랑또랑한 한마디에 같은 공간에 있던 모두가 동시에 고개를 들었다. 바스락거리는 소리를 들은 놀란 미어캣처럼 허리를 세우고 서로를 바라봤다. 개시다!

오픈하자마자 주문이라니. 나의 간절함을 누가 듣기라도 한 걸까? 그래, 사람이 죽으란 법은 없지.

"짜장 2개, 미니 탕수육 1개. 포장이요."

유미 씨가 주문을 혼잣말하고 큰 소리로 외쳤다. 주방 이모는 마시던 믹스 커피를 내려놓고 주방에 들어갔다. 튀김기 전원을 켜고 좀 전에 내가 미리 손질해 놓은 재료를 꺼냈다. 그러는 동안 나는 배달지 주소를 확인해야 했다. 아직 배달원이 구해지지 않았기 때문이다. 스마트폰 앱을 켜고 주소지까지 가는 길을 체크했다. 유미 씨는 느릿느릿 움직이며 단무지나 젓가락 같은 기본 물품을 준비했다. 어쨌거나 제법 호흡이 잘 맞는 팀이다.

조용하던 매장 안에 활기가 넘쳤다. 단지 주문 하나 들어왔을 뿐인데 단 몇 분 전과 공기가 달랐다. 플라스틱 용기에 정갈하게 담긴 음식이 테이블 위에 올려지는 데까지 오랜 시간이 걸리지 않았다. 그것은 배달을 나가야 함을 알리는 신호탄이다. 오토바이 열쇠를 챙기는 동안 눈으로 헬멧을 찾았다. 하지만 어쩐 일인지 있어야 할 곳에 보이지 않았다.

"유미씨, 혹시 헬멧 못 봤어? 여기에 둔 것 같은데 안 보이네."

"헬멧은 왜요?"

유미 씨가 눈을 동그랗게 뜨고 나를 바라봤다. 엉뚱한

말을 들은 것 같은 표정이었다. 때마침 또 다른 주문이 접수되었다는 알림음이 들렸다. 우리의 시선이 마주쳤다. 대체 무슨 난리람. 평소와 달랐다.

이번에는 '딸랑' 소리와 함께 문이 열렸다.

"어서 오세요."

반가운 마음을 가득 담아 인사를 건넸다. 한 남자가 성큼성큼 매장 안으로 들어왔다. 그는 머리에 헬멧을 쓰고 있었다. 내가 애타게 찾고 있던 것이었다. '건우 짜장'이라는 스티커가 붙어 있었다.

저 사람 뭔데 내 헬멧을 쓰고 있는 거지? 사람이 너무 당황하면 입이 안 떨어진다던데, 지금의 내가 그랬다. 하지만 유미 씨와 주방 이모는 나와 달랐다. 낯선 사람이 매장에 들어왔는데 두 사람은 몹시 태연했다. 유미 씨는 비닐봉지에 꼭꼭 담긴 음식들을 헬멧 쓴 남자에게 전해 주는 태연함까지 보였다.

"다녀오겠습니다."

봉투를 받아 든 남자는 꾸벅 인사를 하고 유유히 자리를 벗어났다. 그러더니 가게 앞에 세워져 있던 오토바이에 올라탔다. 그의 손에는 좀 전에 내가 꺼내 둔 오토바이 열쇠가 들려 있었다. 헬멧에 쓰여 있는 것과 같은 이름이 적힌 오토바이가 그렇게 눈앞에서 사라졌다.

"지금 이거 나만 이상해?"

그런가보다. 주방 이모와 유미 씨가 오히려 나를 이상하다는 듯 바라봤다.

"사장님, 뭐 하세요? 포장 준비하셔야죠. 주문 밀렸어요."

"저 사람 누구야?"

여전히 멍한 얼굴로 유미 씨에게 물었다.

"누구긴 누구예요, 배달원이죠."

배달원? 우리 가게에 그런 게 있었어? 내가 모르는 사이에 누가 채용이라도 했다는 거야?

"사장님, 왜 그래요. 꿈꿨어요?"

그러게, 꿈인가? 내 볼을 꼬집었다. 정직한 통증이 느껴졌다. 그렇다면 꿈이 아니다. 하지만 오늘 일어난 모든 일이 꿈처럼 느껴졌다. 주문을 알리는 기계음이 연달아 들렸고, 낯선 이가 우리 가게 배달 오토바이를 타고 떠났다. 멍하니 오토바이가 떠난 자리를 바라봤다. 할 수 있는 건 아무 것도 없었다.

"사장님!"

짜증 섞인 유미 씨의 목소리가 나를 다시 불렀다. 혼날 것 같다. 일단 장사부터 하자.

'딸랑' 소리가 다시 들렸다. 이번에는 진짜 손님이 들어왔다. 호들갑스러운 목소리로 통화하는 덕에 의도치 않게 통화 내용까지 알게 됐다. 아마도 아이가 갑자기 친구 무리를 데리고 집에 온다고 했나 보다. 손님은 수화기 너머를 향해 다음부터는 미리 얘기해달라고 당부하고 전화를 끊었다.

"짜장 3개, 짬뽕 2개, 탕수육 2개 주문할게요. 아휴, 갑자기 애들이 온다고 해서. 포장하는 데 오래 걸려요? 아니면 배달도 되나요? 다른 것도 사러 가야 해서요."

"네! 포장도, 배달도 가능합니다! 주소 적어주시면 완성되는 대로 배달해 드릴게요. 결제는 선불로 해주시면 됩니다."

모처럼 주방이 후끈 달아올랐다. 포장도 하고 홀에 나갈 음식을 만드느라 바빴다. 출근하자마자 타 두었던 믹스 커피는 이미 식었지만, 이모님 역시 들뜬 표정이었다. 마치 자기 가게인 것처럼 신나 하는 모습이 고마웠다.

"음식 나왔습니다."

주문한 음식들이 차곡차곡 쌓였다. 고소하고 달짝지

근한 기름 냄새가 가득했다. 마치 상황을 알고 있었다는 듯, 그리고 기다리고 있었다는 듯 문이 열렸다. 그리고 좀 전에 떠났던 헬멧 쓴 남자가 다시 가게 안으로 들어왔다. 유미 씨가 손님이 적어 놓고 간 주소를 그에게 건넸다. 주소를 확인한 남자는 양 손에 음식을 나눠 들고 내게 고개를 꾸벅 숙였다.

"다녀오겠습니다."

"어, 어. 그래요."

얼떨결에 손까지 흔들며 답했다.

"오토바이 조심히 운전하고."

이미 닫힌 문을 향해 당부의 말까지 빼놓지 않았다. 딸랑, 작은 종소리와 음식 냄새만 남았다. 손등을 꼬집었다.

"아야!"

그날 이후에도 주문은 끊이지 않았고, 손님도 계속 몰려왔다. 항상 우리끼리만 존재하던 공간이 북적거렸다. 그때 스마트폰이 요란하게 몸을 떨었다. 동시에 액정 위로 '어머니'라는 이름이 떠올랐다. 평소에는 전화보다 메시지를 보내시는 편인데. 무슨 일이 생긴 걸까? 걱정되서 냉큼 통화버튼을 눌렀다.

"바쁘냐?"

"잠깐은 괜찮아요. 무슨 일이세요?"

"주하가 우리 집에 다녀갔나 보더라. 오늘 우리 결혼기념일이잖니. 애미가 밑반찬까지 냉장고에 꽉꽉 채워 놓고 청소까지 해놨지 뭐니. 케이크랑 꽃다발까지 사다 놓고, 어머님 아버님 결혼기념일 축하한다고 편지까지 적어 놓고 갔더라. 해가 서쪽에서 떴나. 이게 웬일이라니. 네가 시켰니? 아무튼 고맙다."

어머니는 그렇게 당신 할 말만 늘어놓고 전화를 뚝 끊어버리셨다. 주하가 그랬다고? 그럴 사람이 아닌데. 오늘은 정말 놀라운 일투성이다.

다시 진동이 느껴졌다. 이번에는 주하였다.

"지금 가게에 있을 시간 아니야? 왜 이렇게 시끄러워?"

"아니, 가게야. 일하고 있어."

"오늘은 손님이 좀 있나 봐?"

주하가 반색하며 물었다. 그러게. 손님이 가득한 매장을 둘러보니, 주하에게 자랑하고 싶어 입꼬리가 씰룩거렸다.

"참, 당신 오늘 엄마 집에 다녀왔어?"

"무슨 말이야?"

모르는 척하는 걸 보니 쑥스러운가 보다. 어머니께 들은 이야기를 주하에게 전해 주었다.

"엄마가 좋아하시더라. 오늘 회사 쉬었어?"

그때 '저기요' 하며 손님이 나를 부르는 소리가 들렸다. 맞다, 나 지금 바빴지.

"여보, 미안. 내가 이따 다시 전화할게."

급하게 전화를 끊어야 했다. 주문을 받고 주방에서 갓 만든 짜장면을 홀에 가져다주었다. 밀려든 배달 주문도 처리해야 했고, 끊임없이 홀에서 울리는 딩동 소리에도 대답해야 했다. 정신없이 행복했다.

"맛있게 드세요."

아빠와 나란히 앉아 있는 아이 앞에 새까만 짜장면을 하나, 아이 아빠 앞에는 해물이 가득 들어있는 짬뽕을 하나 내려놓았다.

"맛있겠다!"

아이의 목소리에는 설렘이 가득했다. 자신의 앞에 놓인 짜장면 한 그릇을 보며, 세상에서 가장 귀한 보물이라도 얻은 것처럼 행복한 표정을 지었다. 내게 "감사합니다."라고 인사하는 것도 빼먹지 않았다. 두 개의 윗니가 빠진 귀여운 미소에 내 얼굴에도 비슷한 표정이 번졌다. 단순히 배고픔을 없애는 역할이 아닌 누군가에게 행복한 순간으로 기억될 음식이라고 생각하니 행복하지 않을 수 없었다.

아이는 서툰 젓가락질로 짜장면을 야무지게 비벼 한 젓가락 가득 집어 들었다. 그 모습을 바라보는 아빠의 얼굴에는 내가, 입가에 잔뜩 짜장을 묻힌 아이의 얼굴에는 건우가 있었다. 우리 건우도 저만할 때가 있었는데.

건우의 모든 순간을 기억한다. 열두 시간이 넘는 진통 끝에 처음 세상에 태어난 날 터졌던 시원한 울음소리, 엄마 손가락 하나를 잡는 데에도 다섯 개의 손가락을 모두 써야 했던 작은 손, 토끼 같은 두 개의 앞니로 작은 과자를 우물대던 빨간 입술, 온 힘을 다해 기우뚱거리며 내디딘 발자국 하나까지. 모두 스마트폰 사진첩에 저장되어 있다. 다만, 그 시간에 나는 없었다.

주하가 진통을 겪는 동안 고속도로를 달리고 있었다. 하필 지방 출장이 잡혀 있던 날이라 초조한 마음으로 오른쪽 발끝에 힘을 줄 뿐이었다. 신생아실 간호사에게 안긴 아기를 투명한 유리 반대편에서 바라본 것이 건우와의 첫 만남이었다. 건우의 다른 시간 역시 비슷했다.

내가 알고 있는 건우의 모든 순간은 주하가, 어머니가, 어린이집 선생님이 사진과 영상으로 보내주어 스마트폰에 차곡차곡 쌓였다. 스마트폰을 새것으로 바꿔도 사진첩은 그대로 옮겨 담았고, 삶에 지쳤을 때마다 그것들은 무너진 나를 일으켜 세우는 힘이 되어주었다. 순간을 함께하지 못함이 안타까웠고 미안했지만, 가족을 위한 희생이라 여겼다. 어쩔 수 없잖아. 자식까지 생겼으니 먹고 살려면 더 부지런히 일할 수밖에.

그래서 더 바쁘게 움직였고 늦게까지 일했다. 당연히 집에 있는 시간은 전보다 줄었다. 주하도 그런 내게 딱히 불만이 있어 보이지 않았다. 가족 모두 서로의 상황에 익숙해졌다. 우리는 각자의 자리에서 열심히 살았고 어린 건우도 별다른 문제없이 잘 자랐다. 나의 퇴사가 가장 큰 고비였지만 그 또한 잘 지나가는 중이라 생각했다. 그렇게 안정감을 느꼈다. 최선이었다.

추억에 젖어 스마트폰 사진첩을 열어보았다. 여전히 어린 건우의 모습이 가득했다. 엄지손가락의 움직임에 따라 건우의 모습이 조금씩 달라졌다. 손가락을 밑으로 내릴수록 아기가 되었고, 다시 위로 올리니 조금씩 자랐다. 하지만 아무리 손가락을 움직인다 한들 어느 순간부터 건우는 자라지 않았다. 여전히 손바닥 안 세상에는 초 등학생이었던 어느 날에서 멈춰 있었다. 무표정한 얼굴 과 건조한 눈빛으로 스마트폰 밖에 있는 나를 바라봤다. 신생아실 유리 벽처럼, 서로의 앞에 세워져 있던 벽이 이 제야 느껴졌다. 익숙한 외로움이 짙게 깔렸다.

작은 물방울들이 모여 결국 한 잔의 컵을 채우듯, 작은 일들이 모이면 삶이 조금씩 변화한다. 퇴사하고 안정감 을 잃었다. 고민 끝에 가게를 열고 그나마 남아있던 잔고 를 잃었다. 사람에 대한 믿음의 대가로 배달 직원을 잃었 다. 얼마나 크게 뛰어오르려고 그러는 건지. 지구에 존재 하는 모든 것들이 힘을 합쳐 나를 바닥으로 끌어내리는 것 같았다.

하지만 새 직원이 생겼다. 장난처럼 느껴졌던 사이트 에 올린 글 덕분일까? 아무리 발을 동동 굴러도 구해지 지 않던 배달원이 거짓말처럼 나타났다. 그가 채용되는 과정은 잘못 끼운 뚜껑처럼 미묘하게 어색했지만 그런 건 상관없었다. 아무렴 어떠한가. 잘못 끼워졌어도 물만 새지 않으면 되는데. 박씨를 물고 흥부에게 날아든 제비 처럼 그의 등장과 동시에 가게 매출이 올랐다. 매일 상승

곡선을 그리며 뛰어올랐다. 그러니 그의 존재에 대해 따지는 것은 아무런 의미가 없다. 시간이 지날수록 그가 내 삶에 조금씩 스며들었다.

"다녀오겠습니다."

반듯하게 포장된 음식을 들고 가게를 나서는 뒷모습을 향해 내가 손을 흔들면, 그는 꾸벅 인사하는 걸로 대답을 대신한다. 꽉 잠긴 헬멧처럼 항상 입을 꾹 다물고 있다. 할 줄 아는 말이 저것뿐인 걸까. 인사할 때 외에는 그의 목소리를 들을 일이 거의 없었다. 낯을 많이 가리는 사람이라 생각했다.

그는 처음부터 그 자리에 있었던 사람처럼 완벽했다. 이제 그가 없는 가게는 상상할 수 없다. 거실에 TV가 있는 게 당연한 것처럼, 퇴근하면 돌아갈 집이 있는 게 당연한 것처럼. 그가 배달하고 돌아오는 모습 또한 당연해졌다.

오토바이에 시동을 걸고 떠나는 뒷모습이 눈에 들어왔다. 배달 상자 뚜껑에 끼어있는 비닐봉지 끝자락이 펄럭거렸다. 그 모습은 더 높은 곳을 향해 비상하는 작은 나비의 힘찬 날갯짓 같았다. 지금이라면 그 뒤를 쫓아 함께 날 수 있을 것 같다. 상상만으로 가슴이 세차게 뛰었다.

어쩌면, 지금까지의 고통은 나비가 되기 위한 애벌레의 고단함이었을지도 모르겠다.

처음 출근한 날 뒤늦게 이름을 물었더니 자신을 '김 군'으로 불러 달라고 했다. 제대로 된 이름이 아닌 김 군이라니. 조금 이상한 사람이 아닐까 싶었지만, 각자의 사정이 있을 거라 생각하고 더 이상 묻지 않았다. 당장 일손이 급했고 성실하기만 하면 문제 될 건 없었다.

그런 면에서 김 군은 내 마음에 쏙 들었다. 매일 같은 시간에 출근하고 퇴근했다. 정확한 시간에 울리는 알람처럼 어긋나는 법이 없었다. 심지어 모든 일에 능숙했다. 홀이 바쁠 때 주문이 들어오면 자연스레 카운터를 지켰고, 이모님이 조금 늦었던 날엔 대신 가스불을 켜고 음식을 만들었다.

처음엔 대수롭지 않게 생각했다. 중국집에서 일해 본 적 있었나 보다 생각했다. 하지만 그의 노련함은 비단 주방을 활개 치고 카운터를 지키는 것에서 끝나지 않았다. 어느 장소에 어떤 물건이 있는지 모두 알고 있었다. 알려 준 적 없는 물건의 위치까지 어떻게 알고 있는지 필요한 물건을 척척 꺼내 오곤 했다. 누구 하나 잠시라도 자리를 비우면 김 군이 바로 나타나 그 자리를 채웠다. 부족함은 커녕 오히려 빈자리가 느껴지지 않을 정도였다. 원래 그 것이 김 군의 자리였다 해도 믿을 정도였다.

"어디서 저런 복덩이가 굴러들어 왔대. 가게 일 하나하나 김 군이 못 하는 게 없더라고. 이러다 사장님 자리까지 뺏기겠어요. 호호.'

주방 이모가 내 어깨를 툭툭 치며 말을 건넸다. 김 군은 때가 되면 이모님께 믹스커피를 타 주었는데 자신의 입맛에 딱 맞게 물 조절을 잘한다며 무척 마음에 들어 하는 눈치였다. 믹스커피가 다 거기서 거기 아닌가.

"그러게요, 저도 분발해야겠어요. 이모님도 자리 지키려면 긴장 좀 하셔야겠어요. 하하하."

농담인지 진담인지 구분이 모호한 말을 주고받으며 우리는 웃었다. 입은 분명 웃고 있었지만 어딘가 석연치 않은 기분이 들었다. 동시에 나의 빈자리를 느끼게 해주고 싶다는 삐뚤어진 마음이 틈새를 비집고 나왔다.

"주문이 접수되었습니다."

선명한 기계음이 매장에 울리며 웃음 속을 파고들었다. 이제 준비 운동은 끝이다. 날아오를 일만 남았다. 이 웃음이 유지될 수 있도록.

"우리 가게에도 이런 일이 생기네요."

"그러게, 파티라도 해야 하는 거 아니야? 하하."

다들 기분 좋은 표정이었다. 가게 문을 닫고 흰 종이를 붙이는 내 얼굴에도 비슷한 행복이 담겨있었다.

'재료 소진으로 인한 금일 영업 종료. 내일 뵙겠습니다.'

종이에 적힌 반듯한 글씨에 가슴이 벅차올랐다. 그건 지난 시간들이 꿈이 아니라는 걸 말해주는 결과물이었다. 장사가 되지 않아 준비해 놓은 재료를 얼리고 폐기하기만 했던 시간이 있었기에, 재료를 과하게 준비하지 않는 탓일 수도 있다. 하지만 매출이 늘어난 것도 사실이고, 재료가 다 떨어져 영업을 일찍 끝내는 것도 꿈같지만 사실이다.

"어? 벌써 문 닫았나 봐."

다가오던 커플이 말했다.

"죄송합니다. 오늘 재료가 다 떨어져서요. 다음에 다시 찾아 주시면 서비스 음료수도 챙겨드릴게요. 꼭 다시 오세요."

내 말에 커플은 웃으며 알겠다고 답했다. 네가 늦게 와서 못 먹었다며 샐쭉해진 여자 친구를 달래며 남자는 옆 가게를 가리켰다.

"어쩔 수 없으니까 이거라도 먹을래?"

"아니, 닭발은 징그러워서 싫어."

여자가 인상을 잔뜩 찌푸렸다.

커플 뒤로 두 사람과 우리 가게를 번갈아 보는 시선이 있었다. 닭발집 사장이었다. 가게 앞에 쭈그리고 앉아 있는 그의 앞에 강아지가 똥을 누고 있었다.

"저 닭발집에서 배달시켜 먹은 음식에서 개털이 나왔대요. 전에도 몇 번 그런 적 있었는데 이번에 음식 받은 사람이 난리 쳤나 봐요. 그 후로 손님이 뚝 끊겨서 지금 저러고 계신 거예요."

유미 씨가 작은 목소리로 속닥거렸다. 비 오는 날엔 우비도 입히고, 햇빛 강한 날엔 선글라스까지 씌워가며 애지중지 키웠던 강아지가 그의 발목을 잡은 셈이다. 사람 인생 어떻게 될지 알 수 없다더니. 우리 둘의 신세가 바뀌게 될 줄 누가 예상이나 했겠는가.

자신을 바라보던 우리의 시선이 느껴졌나 보다. 닭발집 사장은 바닥에 침을 탁 뱉고 강아지를 안은 채 가게로 사라졌다. 바닥에는 강아지 똥이 떨어져 있었다.

"일찍 끝났으니까 가볍게 맥주 한잔 할래요?"

내가 먼저 입을 뗐다.

"아이고, 모처럼 회식인데 미안해서 어쩌누. 요즘 일이 많아져서 그런가? 몸이 좀 무거워서 사우나 가려고. 뜨거운 물에 지져야 내일 열심히 칼질하지."

주방 이모는 요리하는 자세를 흉내 내며 먼저 간다고 자리를 떠났다.

"저는 동영상도 보고 채팅하면서 쉴래요. 요 며칠 대화방에 제대로 참여 못 했더니 쌓인 글이 산더미 같거든요."

유미 씨가 덤덤한 목소리로 스마트폰을 들여다보며 말했다. 그러고 보니 최근엔 그녀가 스마트폰을 붙잡고 있는 시간이 줄었다. 일이 바빴으니 그럴 수밖에. 유미 씨는 말을 마치자마자 총총 사라졌다. "그놈의 채팅방."이라고 중얼거리는 내 목소리를 들었는지는 모르겠다. 두 사람이 떠난 후 김 군을 향해 돌아섰다.

"우리 둘만 마시는 건 좀 부담스럽겠죠? 에잇, 김샜네. 김 군도 모처럼 일찍 들어가 쉬어요."

말이 끝나기가 무섭게 그도 꾸벅 인사를 건네고 돌아섰다. 가라고 진짜 가냐.

"수고했어요."

상대의 뒷모습을 향해 큰 소리로 한마디 얹었다. 멀어지는 옷자락을 끌어당기지 못하는 수줍은 내 마음을 읽어주면 좋았을 텐데. 김 군은 돌아서서 다시 꾸벅 인사를 할 뿐이었다. 모두가 떠난 빈자리가 어쩐지 쓸쓸했다. 눈앞에서 먹이를 놓친 사자처럼 입맛을 쩝 다셨다. 불 꺼진 가게 안에 냉장고가 불을 밝힌 채 있었다. 꿀꺽. 마른침이 목젖을 흔들었다.

'오늘 일찍 끝났어. 가게에서 맥주 한잔하고 갈게.'

토도독토도독 빠르게 움직이는 엄지손가락은 한참을 망설이다 단어 하나를 추가했다.

'오늘 일찍 끝났어. 가게에서 혼자 맥주 한잔하고 갈게.'

문장을 완성한 후 전송 버튼을 눌렀다. 종이비행기 모양의 아이콘은 나의 행방을 주하에게 전했다. 스마트폰을 다시 내려놓기도 전에 진동이 울렸다. 빨간 하트와 주하의 이름이 화면에 떠올랐다.

"혼자? 가게에서? 무슨 일 있는 거 아니지? 장사는 왜 벌써 끝났는데?"

"하하. 하나씩 물어봐."

'여보세요'라는 말도 하기 전에 다다다 쏟아내는 목소리에 웃음이 터졌다. 다행이다. 주하가 나의 뜻을 정확히 알아들은 것 같다. 항상 그랬다. 주하는 내 목소리만 들어도 단번에 눈치채곤 했다. 짧은 단어 하나에 들어있는 뜻을 정확하게 파악했다. 다른 사람이었다면 바람처럼 그냥 흘려보냈을 말도 그 속에 포함된 뜻을 이해해 줬다.

"요즘 장사가 좀 잘됐어. 덕분에 재료가 다 떨어져서 일찍 정리한 거야. 모처럼 일찍 끝나서 회식이나 할까 했는데, 다들 간다더라고. 혼자서라도 맥주 한잔 마시고 싶어서 가게에 남았어. 이제 물어본 거 전부 대답 들었지? 하하."

어린아이에게 가르쳐주듯 하나하나 상냥하게 대답했다. 서로에 대한 이야기를 주고받는 게 얼마 만인가 싶었다. 그제야 안심이 됐는지 주하의 목소리 톤이 한층 차분하게 내려앉았다.

"나도, 가도 돼?"

조심스러운 목소리에 입꼬리가 살짝 올라갔다. 더 이상 혼자가 아니다.

오래 걸리지 않아 주하가 도착했다. 어색한 표정으로

마주 앉은 얼굴을 보니 수줍어하던 연애 시절의 기억들이 떠올랐다. 우리는 그때처럼 서로의 하루를 궁금해했고, 차곡차곡 쌓여가는 이야기에 귀 기울였다. 그동안 소홀했던 우리의 시간을, 도란도란 나누는 이야기로 빼곡히 채웠다.

"오늘은 어쩐 일로 일찍 끝났어?"

"그동안 엄청 바빴어. 일찍 끝나는 날도 있어야지. 나도 사람이잖아."

나의 질문에 주하는 미간을 찌푸리며 툴툴거렸다. 그 모습이 제법 귀여웠다. 그러고는 한참 동안 회사 이야기를 늘어놓았다. 언젠가의 나였다면 이런저런 훈수를 늘어놓거나 억지로 공감해 주려고 노력했을 텐데. 어느 순간부터 그녀의 이야기에 아무런 말도 더할 수 없었다. 더 이상 회사에 다니지 않는 나와, 여전히 회사에 다니고 있는 주하와의 거리가 문득 크게 느껴졌다. 손만 뻗으면 닿을 곳에 주하가 있었지만 차마 손을 뻗을 수 없었다.

그때였다.

"회사에서 팀장급 중에 해외 지사 파견 보낸대. 나한테 해보면 어떻겠냐고 물어봐서서 알겠다고 했어."

갑작스러운 말에 말랑했던 공기가 순간 차갑게 얼어붙

었다.

"해외에 간다고? 어디로? 얼마나? 언제?"

"아직 확실한 건 아니야. 내가 가고 싶다고 갈 수 있는 것도 아니고. 아마 1, 2년 정도 될 것 같긴 한데. 다녀오고 나면 회사에 굳히기 할 수 있는 좋은 기회야. 놓치고 싶지 않아."

주하의 눈빛은 사뭇 비장했다.

"그럼, 건우는? 나는?"

내 말에 주하 이마의 주름이 좀 전보다 깊어졌다.

"나는 항상 희생만 해야 해? 이 정도 했으면 나도 나를 위해 살아도 되지 않아?"

틀린 말은 아니다. 하지만 너무나 갑작스러운 통보에 머리가 멍해졌다. 바로 앞에 있지만 아득하게 느껴졌던 거리감이 무엇 때문인지 그제야 이해됐다. 하늘을 향해 훨훨 날아갈 준비를 하고 있는 주하와, 여전히 같은 자리를 뱅글뱅글 돌고 있는 나. 우리는 점점 멀어지고 있었다.

"참, 집에 일찍 가봐야 하는 거 아니야? 건우 몸 안 좋다고 하지 않았어?"

어색한 침묵을 깨려고 던진 말에 돌아온 대답은 잔뜩 날 선 주하의 목소리였다.

"나만 엄마고 당신은 아빠 아니야? 당신도 여기 있는데 나만 쪼르르 가야 해?"

마른침을 꿀꺽 삼키는가 싶더니 한마디 덧붙였다.

"그리고 집에 나 말고도 건우를 돌봐줄 사람 있잖아."

주하가 시원하게 맥주를 한 모금 들이켰다.

"집안일 신경 안 써도 되니까 좋다."

그리고 웃었다. 그녀의 웃음에 나도 따라 웃었다. 불명확한 이유로 불안해하는 나의 마음 따위 잠시 숨겨두기로 했다. 주하는 내 앞에 놓인 맥주병을 집어 들더니 능숙하게 자신의 잔을 채웠다. 그러고 보니 가사도우미를 고용한 뒤로 꽤 편안해 보였다.

"당신 렌탈인간이라고 알아? 그 도우미 렌탈인간에서 구했어. 아니 빌렸다는 게 맞는 건가?"

한 잔 시원하게 들이켜더니 주하가 입을 열었다. 흰 거품이 그녀의 입가에 뽀얗게 남아있었다.

"요즘 그게 진짜 유행이긴 한가 보네. 우리 가게 배달원도 렌탈인간에서 구했어."

"당신도 렌탈인간을 알아?"

내 말에 주하가 놀란 표정을 지었다. 세상 흐름과 동떨어진 재미없는 남자라 생각했겠지. 이런 내가 그 사이트에서 사람을 빌렸다니 놀랄 수밖에.

나는 주하에게 김 군에 대해 이야기를 해주었다. 갑자기 잠수 탄 배달원 이야기부터, 유미 씨를 통해 렌탈인간을 알게 되고, 그곳에서 김 군을 빌린 이야기까지 털어놓았다. 실없는 소리 하지 않고 성실하게 일하는 그를 향한 칭찬을 아끼지 않았다. 무엇보다 그가 가게에 나타난 후로 매출이 상당히 늘었다는 말도 빠뜨리지 않았다. 매출이 오른 게 결코 김 군의 등장 때문이라는 증거는 없지만, 오른 건 사실이었으니까.

"배달만 하는 게 아니야. 카운터도, 주방도, 홀도. 김 군이 못하는 영역이 없더라니까. 티슈 같은 것도 떨어지기 전에 채워 넣고, 굳이 뭘 시킬 필요가 없어. 그냥 알아서 척척 하거든. 딱 내가 원하던 직원상이야. 책임감 있고 성실한데 능력까지 좋아."

"당신이 누구를 이렇게 칭찬하는 거 처음 보는 것 같아. 꽤 마음에 드나보다."

주하가 반색하며 말했다.

"이젠 나 없어도 김 군만 있으면 가게 운영하는 데 걱정 없을 것 같다니까. 하하."

"그래? 잘됐네. 이참에 당신도 자기 시간 좀 가져봐. 운동을 좀 하든가. 지금 보니 배가 많이 나왔네.”

“그래야겠다.”

주하가 웃으며 내 잔을 채워 주었다. 다시 처음의 분위기로 되돌아간 것 같았다. 잠시 머뭇거리는가 싶더니 주하가 다시 입을 열었다.

“사실 집에 가는 게 좀 어색해. 집안일을 대신 해주는 사람이 있으니 좋긴 한데, 어딘가 좀 불편하달까. 분명 내 집인데 내가 머물 수 있는 공간이 사라진 것 같아.”

“어째서?”

내 물음에 주하가 빤히 바라봤다.

“당신은 좀 이상하지 않아? 그 여자 말이야.”

“응? 뭐가?”

“하다못해 못 보던 물건이 집에 있으면 신경 쓰이지 않아? 물건도 아니고 사람이잖아. 낯선 사람이 집안을 돌아다니는 데 이상하지 않았어?”

주하가 물었다.

“이상할 게 뭐 있어? 늘 힘들어했잖아.”

나는 대수롭지 않게 대답했다. 그러자 맥주잔을 만지작거리던 주하가 조심스레 말을 이었다.

“그런데, 렌탈인간에서 빌린 사람들은 어떻게 반납해

야 하는 걸까?"

필요해서 빌려 놓고 금세 마음이 바뀌었나 보다. 하긴, 모든 걸 자기 손으로 해결해야 만족하는 사람이니까 그럴 수도 있겠다. 이해가 됐다.

"꼭 반납해야 하나? 난 김 군 좋은데."

잔을 들어 주하의 잔과 살짝 부딪혔다. 다른 사람 이야기는 그만하고 싶었다. 주하가 눈치챘는지 눈을 흘기며 웃었다. 아, 좋다.

모처럼 주고받은 한 잔이 한 병이 되었고 그 후로 몇 병을 더 비웠다. 우리는 빨갛게 달아오른 얼굴로 집에 돌아왔다.

"건우야, 우리 왔다."

문이 열리자마자 아들 녀석을 찾았다. 멀뚱한 표정으로 우리를 바라보는 건우의 시선이 느껴졌다. "사춘기잖아."라고 속삭이며 주하가 내 옆구리를 쿡 찔렀다.

"함께 오셨네요. 식사 준비할까요?"

여자가 물었다.

"밖에서 같이 한잔하고 와서 밥 생각 없어요."

밥은커녕 산소도 들어가지 못할 정도로 부푼 배를 보

이며 웃었다. 하지만 여자는 웃지 않았다.

"그래도 식사를 챙겨 드셔야죠."

"배불러요. 오늘은 우리 남편이 모처럼 솜씨를 발휘해서 안주까지 배부르게 먹었거든요."

주하의 말에 웃음이 실실 새어 나왔다.

"그래도 드셔야 해요!"

여자의 목소리가 조금 커졌다. 밥 못 먹여 죽은 귀신이 붙었나. 말 잘 듣던 강아지가 주인을 향해 으르렁거리는 것 같았다.

"그럼 안주라도 만들어서 한잔 더 하시는 건 어때요?"

건우가 우리 사이를 중재하고 나섰다.

"씻고 옷 갈아입고 오세요. 그동안 준비해 놓을게요."

그제야 여자는 한 걸음 물러섰다. 우리가 편한 옷으로 갈아입고 다시 나왔을 때, 식탁 위에 먹음직스러운 오징어볶음과 시원한 맥주가 놓여 있었다. 그리고 그 곁에 여자가 만족스러운 얼굴로 서 있었다. 분명 방금까지 요리했을 주방은 이미 깨끗하게 정돈된 상태였다. 솔직히 주하보다 나은 것 같다. 정말 완벽해!

술자리가 이어지자 어긋난 듯 딱딱했던 분위기가 다시 부드러워졌다. 마주 앉은 우리는 했던 말을 반복하며 한참 웃었다. 지금까지 하지 못했던 이야기를 모조리 뱉고 싶은 건지, 대화가 끊이지 않았다. 한 번씩 맥주로 목을 축이기는 했지만 배가 불러 그마저도 더뎠다. 먹지 않아도 배부른 기분. 그 말을 백 퍼센트 이해할 수 있는 날이었다.

"안 일어날 거야?"

주하의 목소리가 머리맡에서 들렸다. 내가 언제 잠들었지? 벌써 아침이구나. 자리에서 일어나려 했지만 지독한 두통에 다시 베개에 머리를 박았다. 그래. 내가 이래서 술을 안 마셨는데. 기분에 취해 잊고 말았다. 나란 인간은 여전히 망각의 동물인가 보다. 가늘게 뜬 눈 사이로 주하의 모습이 보였다. 겉옷을 걸치며 출근 준비를 하고 있었다.

"머리가 너무 아파. 오늘은 그냥 집에서 쉬어야겠어."

한 음절 뱉는 것만으로 머리가 울리는 것 같았다.

"가게는? 오늘 휴무 날 아니잖아."

"나 없어도 잘 돌아갈 거야."

다시 이불을 머리 위까지 끌어당겼다. 내가 돌고 있는 건지, 세상이 돌고 있는 건지. 빈 깡통을 타고 굴러가는 것처럼 어지럽기만 했다. 정상적인 활동이 불가능할 것 같았다.

지독한 숙취에 다시 잠들지도 못했다. 헛구역질이 나오고 심한 갈증이 느껴졌다. 그렇다고 냉장고까지 갈 기력도 없었다. 일어나야 하는데, 장사 준비도 해야 하는데. 할 일이 하나씩 머릿속에 떠올랐지만 선뜻 움직일 수 없었다.

깜빡 잠이 들었던 걸까. 아니, 순간 정신을 잃었다는 게 맞는 표현일 것이다. 어렴풋이 도어락 잠기는 소리가 들렸다. 한 번, 두 번. 시간 차를 두고 들리는 소리에 건우와 주하가 집을 나선 것을 확인했다. 이제 나도 일어나야 하는데 도통 몸이 말을 듣지 않는다.

우선은 자리에 누운 채 지난밤 조각난 기억을 이어 붙이기로 했다. 가게에서 주하와 술을 마셨다. 꽤 많이 마셨다. 그러고 보니 빈 병을 치우고 왔던가? 아마 했을 거다. 환기도 시켰던 것 같다. 아닌가. 그게 어제가 아니었나? 모르겠다. 온통 뒤죽박죽이다.

드문드문 순간의 기억이 떠올랐다. 건우에 관한 이야기를 나눴고, 렌탈인간에서 빌린 사람들에 대해 이야기한 것도 기억났다. 그리고 주하가 떠나고 싶다고 했다. 직장이든 학교든 가족이든 모두 맡은 역할이 있는 건데. 주하는 엄마와 아내는 버리고 자신의 이름만을 택하려 했다. 우리를 떠나고 싶어 했다. 그동안 참아왔던 욕망을 지금에 와 터뜨리려 하고 있다. 하, 머리 아프다.

그리고 주하와 함께 집에 돌아왔다. 술에 취한 탓일까. 손을 잡고 왔던 것 같다. 누가 먼저 잡았는지 모르겠다. 모처럼의 촉감이 꽤 마음에 들었다. 그리고 집에 와서 술을 더 마셨지. 오징어볶음을 본 것 같은데. 누가 했는지 맛이 어땠는지 떠오르지 않는다. 누군가 가위로 싹둑 잘라낸 것처럼 기억이 온전한 형태를 갖추지 않았다. 그 후로 기억나는 게 없다.

고개를 들면 누군가 내 머리를 잡아당기는 것처럼 바닥을 향해 고꾸라졌다. 중력을 거스르고 싶어 하는 머리는 뱅글뱅글 도는 하늘을 멍하니 바라보는 것 말고는 할 수 있는 게 없었다. 생각과 육체가 제각각 움직이고 있었다.

아무리 술을 마셔도 이런 적 없었는데. 확실히 몸이 예전 같지 않다. 그러고 보니 지금 몇 시쯤 됐지? 나도 내 역할에 충실하려면 이제 일어나야 할 텐데. 힘겹게 손을 움직여 침대 머리맡에 놓여 있는 스마트폰을 찾아 전원을 켰다.

　재료 소진으로 인해 금일 영업 종료라고 당당하게 붙여놨던 게 생각났다. 재료 사러 가야 하고 할 일이 태산이다. 하지만 여전히 이불 속을 벗어나지 못했다. 이런 나를 비웃듯 스마트폰 배터리 부족 알림이 떴다. 충전기도 꽂지 않은 채 잠들었나 보다. 너나 나나 방전됐구나. 스마트폰을 품에 안고 스르륵 감기는 눈에 힘을 잔뜩 줬다.

　우선 충전기에 몸체를 꽂았다. 힘없이 꺼져가던 스마트폰의 빛이 좀 전보다 선명하게 밝아졌다. 가게 식구 중 누구에게라도 전화를 걸어 부탁해야겠다고 생각하던 찰나, 메시지 알림창이 눈에 들어왔다. 작은 편지봉투 모양의 버튼을 누르니 김 군에게 메시지가 와 있었다.

　"네, 알겠습니다. 걱정하지 마세요."

　뭘 걱정하지 말라는 거야? 대화 내용을 살펴보니 잠결에 그에게 메시지를 보냈나 보다. 오늘 몸이 안 좋아 장을 대신 봐달라고 부탁까지 했던 게 아닌가. 상황 봐서 가게 운영시간에 나가보겠다고 메시지를 보내고는 답을 미처 확인하지 못한 채 잠들었나 보다. 취중에도 가게가 어지간히 신경 쓰였던 게 틀림없다.

　그런데 왜 김 군에게 보냈을까? 오래 일한 유디 씨나

렌탈인간　　　　　　　　　　　　　　　　145

이모님이 아니었다. 그렇게까지 그를 신뢰하게 된 걸까. 순간 머리가 몹시 아팠다. 그냥 아픈 것도 아니고 거대한 까마귀 두어 마리가 내 머리 위에 달라붙어 날카로운 부리로 쪼아대는 것처럼 고통스러웠다. 짧고 투박한 신음이 흘러나왔다. 마치 그 소리가 알림음이라도 된 것처럼 방문을 두들기는 소리가 들렸다. 짧고 경쾌한 소리였다.

"일어나셨어요? 어제 술 많이 드신 것 같아서 꿀물을 타 왔어요."

빼꼼 열린 문틈 사이로 여자의 모습이 보였다. 부스스한 내 모습과 달리 정돈된 모습이었다. 짧은 단발머리는 찰랑거렸고 구김 하나 없는 옷 위로 앞치마를 입고 있었다. 그건 가게에서 내가 사용하는 것과 같은 모양이었다. 집에도 몇 개 가져다 놨었는데 그건가 보다. 주하가 사용하지 않길래 버린 줄로만 알고 있었던 것을 저 여자가 입고 있었다.

여자는 두 눈을 동그랗게 뜨고 나를 바라보고 있었다. 여자는 우리가 집에 있는 동안 절대로 방에 들어오는 법이 없었다. 당연하지만 여자를 침실로 부를 일도 없었다. 역시나 여자는 쟁반에 컵을 올려둔 채 문밖에서 내가 나오길 기다리고 있었다.

하지만 도저히 그곳까지 갈 수가 없었다. 고작 몇 걸음만 움직이면 될 거리가 서울에서 부산까지의 거리라도 되는 것처럼 아득하게 느껴졌다. 두통은 더 심해졌다. 조금만 움직여도 모든 걸 입 밖으로 쏟아낼 것만 같았다. 방문까지 가기는커녕 침대 밑으로 굴러떨어질 것 같았다. 그럴수록 입이 바짝 타들어 갔다. 당장 꿀물을 마시지 않으면 파스스 부서질 것 같았다.

"제가 지금 거기까지 가기 힘들 것 같아요."

"숙취에는 꿀물이 좋다고 해요. 술을 해독하는 능력이 있답니다."

저 사람은 가끔 뜬금없는 말을 한다. 분명 내가 던진 말에 대답하긴 하지만 대화한다는 느낌은 아니다. 잘 훈련된 앵무새처럼 일방적으로 단어만 나열하는 것 같달까? 어딘가 모르게 단호한 그녀의 태도는 내가 꿀물을 마시러 나가기 전까지 그곳에서 물러서지 않을 것 같았다. 나도 모르게 한숨이 나왔다. 숨결에서도 술 냄새가 났다. 그러고 보니 양치하고 잤던가. 그조차도 기억나지 않았다.

"좀 가져다주시겠어요?"

바짝 마른 입술을 힘겹게 움직였다. 그러자 여자의 눈썹이 꿈틀거렸다.

"제가 방에 들어가도 되는 건가요?"

제발 말 좀 그만 걸어! 목 놓아 외치고 싶었다.

"제가 도저히 거기까지 가지 못할 것 같아요. 부탁 좀 할게요."

비명 대신 정중함을 택했다.

가로등 불빛조차 길을 밝히지 못한 어두운 밤, 까만 길 고양이를 본 적이 있다. 어둠 속에 파묻혀 몸이 보이지 않고, 두 개의 동그란 눈동자만 허공에 떠 있는 것 같았다. 녀석의 눈은 동그란 구슬 같았다. 아니, 보석에 가까웠다. 섬뜩할 만큼 아름다웠다. 당장 고양이를 잡아 두 눈을 꺼내 품고 싶다는 욕망에 휩싸였다. 나도 모르게 뒤를 쫓았다.

사람의 손에 길든 고양이도 쉽게 곁을 내어주지 않는데, 길에서 만난 고양이가 낯선 이에게 잡힐 리 없었다. 그럼에도 꼭 두어 걸음 정도 떨어진 거리에 멈춰 뒤를 돌아봤다. 나를 살피는 모습이 잘 따라오고 있는지 확인하는 것처럼 보였다. 곧게 뻗은 꼬리는 뱀의 몸뚱이처럼 매끄럽게 자기 몸을 훑었고, 그 모습은 나를 향한 손짓처럼 느껴졌다. 당장 자신을 만져달라는 유혹의 손길 같았다.

꽤 떨어져 있던 녀석과의 거리는 어느새 손만 뻗으면 닿을 만큼 가까워졌다. 저 까만 털을 쓰다듬고 두 개의 보석을 만지고 싶었다. 그것을 취하고 싶었다. 깊게 숨을 들이켜고 손을 뻗는 순간 몸이 기우뚱하더니, 그대로 언덕 밑으로 떨어졌다.

왜 지금 그 기억이 떠올랐는지 모르겠다. 꿀물을 가져다 달라는 나의 말에 여자가 눈을 반짝 떴는데, 그 모습이 까만 고양이의 그것과 닮아 보였다. 그러고 보니 새까만 머리카락도 작은 체형도 모두 그 고양이를 닮았다. 술이 덜 깼나 싶어 고개를 저었더니 두통이 더 크게 몰려왔다. 어지러움에 머리를 짚은 나의 손 위로 여자의 손이 겹쳤다.

"괜찮아요?"

어느새 코앞까지 다가온 여자의 얼굴이 낯설었다. 그러고 보니 이렇게 가까이에서 본 게 처음인 것 같다. 지금껏 함께 지내는 동안 그녀의 얼굴을 자세히 본 적 없었다. 잠잠했던 위장이 다시 꿈틀거렸다. 여자의 얼굴 위로 주하의 얼굴이 잠시 스쳐 지나갔다. 술이 아직 덜 깬 탓일까. 얼핏 닮은 것 같기도 했다. 어딘가 익숙했다.

그래, 내가 영업일을 하던 당시 자주 봤던 표정이다. 몸도 가누지 못한 채 잔뜩 취해 들어온 날, 얼핏 잠에서 깨면 항상 이 얼굴이 나를 내려다보고 있었다. 걱정과 안쓰러움이 가득한 그 눈빛이 떠올랐다. 어쩐지 코끝이 시큰거렸다.

"그때로 돌아갈 수 있으면 좋겠어."

무슨 뜻인지도 모를 말이 입 밖으로 튀어나왔다.

"지나간 시간을 되돌릴 수는 없어요. 하지만 앞날은 충분히 바꿀 수 있답니다."

여자가 나지막이 속삭이며 내 이마를 쓰다듬었다. 그녀의 손끝에서 온기가 전해져오자 마취라도 된 것처럼 통증이 조금 나아졌다. 가늘게 뜬 눈 사이로 여자의 얼굴이 선명하게 보였다. 어라, 지금 너무 가까운데.

여자의 손이 천천히 내 몸을 훑으며 내려왔다. 작은 새가 날갯짓하듯 어느새 내 손등 위에 살포시 안착했다. 뿌리칠 수가 없다. 아니, 그러고 싶지 않았다. 내가 아직 술이 덜 깨서 그럴 거야. 그래, 그래서 그런 거야. 내 무게가 조금씩 그녀의 몸에 실렸다. 술 냄새가, 아니 살냄새가 가득 채워졌다.

아바타

  눈앞이 온통 흐릿했다. 하얀 건 종이고 검은 건 글씨라는 것만 알 뿐, 그것들이 대체 뭘 의미하는 건지 모르겠다. 미적분, 함수, 도형의 넓이 따위가 사는 데 무슨 도움이 된다고 피 끓는 젊음을 바쳐야 하는지 이해할 수 없었다. 덧셈과 뺄셈만 잘하면 물건 사고 거스름돈 받는 데 지장 없는데. 심지어 대부분 카드를 사용하고 계산기가 전부 계산해 주는데. 수학이란 건 대체 누가 만든 거냐.

  딩동댕동. 수업 끝나는 종소리가 들렸다. 성실한 녀석. 조금의 오차도 없이 할 일을 해낸다. 순식간에 교실이 소란스러워졌다. 분명 조금 전까지 꾸벅꾸벅 졸고 있던 녀석들 투성이였는데, 언제 그랬냐는 듯 활개 치고 있다. 축구공을 꺼내고, 책상 위를 정리하고, 이어폰을 꽂는다. 늘어져라 하품하고, 기지개를 켠다. 팽팽하게 감겼던 태엽이 풀린 장난감처럼 부지런히 움직인다.

"내가 너희들 이러는 모습 보려고 피 터지게 공부해서 교대를 갔나 보다."

수학 선생님이 교탁을 두들기며 말했다. 농담인가? 웃어야 하나? 고민하는 동안 선생님 얼굴이 교실 밖으로 사라졌다.

"뭐하냐? 오늘 종례 없대. 집에 가자."

태영이의 목소리가 들렸다. 동시에 녀석의 얼굴이 눈앞에 나타났다. 녀석은 내 앞에 놓인 종이를 잽싸게 들어 올리더니 적혀 있는 글자를 읽기 시작했다.

"지루해, 지루해, 지루해. 지루해. 이게 뭐야?"

"내놔."

종이를 뺏어 구겼다. 그러고는 쓰레기통에 던져 버렸다.

"별거 아냐."

"이 자식 또 중2병 시작이네."

태영이는 대수롭지 않다는 듯 가방을 들었다.

"PC방 갈래?"

"안 가."

"그럼, 노래방?"

"아니."

"축구?"

"너 혼자 해."

"아, 왜!"

끊임없는 거절에도 개의치 않고 끈질기게 달라붙었다. 어미 오리의 뒤를 쫓는 새끼처럼 끊임없이 꽥꽥거렸다.

"너 때문에 덜 심심한 건가?"

태영의 눈을 보며 말했다. 짙은 갈색 눈동자와 마주쳤다.

"이제야 내 가치를 알아주는 거야?"

"미친놈."

태영이는 나의 가장 친한, 아니 유일한 친구다. 다른 애들이 '그냥 아는 사이'인 반면, 이 징그러운 녀석은 정말 나의 '친구'라는 뜻이다. 초등학교 입학 전부터 친구였고 마음이 잘 맞는 탓에 지금도 친구다.

우리는 자연스레 운동장 구석 벤치를 향했다. 태영이는 자리에 앉자마자 스마트폰 전원을 켰다. 수업 시간 내

내 교무실에 있는 담임선생님 책상 위에 있다가 조금 전 돌려받았다. 나 역시 전원을 켰다.

"어차피 스마트폰만 보고 있을 거면서 왜 자꾸 달라붙어."

나의 구박 따위 들리지 않는 듯했다.

"내가 어제 정말 끝내주는 걸 봤거든."

태영이의 목소리에 설렘이 가득했다. 녀석을 바라봤다. 온통 지루하고 의미 없는 무채색 삶에 오직 저 녀석만 통통 튀는 무지갯빛이다. 항상 무언가를 찾아내고 끊임없이 움직인다. 지치는 법이 없다. 가끔은 태영이의 무지갯빛에 물들까 봐 겁나 한 걸음 물러서기도 했다.

"예쁘냐?"

"그런 거 아니야."

내 말에 태영이가 키득거렸다. 그리고 손가락을 바쁘게 움직이더니 눈앞에 스마트폰을 들이밀었다. 온통 새까만 배경에 딱딱한 흰 글씨로 '렌탈인간'이라고 쓰여 있는 게 전부였다.

"이게 뭐야?"

"여기 쓰여 있잖아. 렌! 탈! 인! 간!"

"그러니까 이게 뭐냐고."

"렌탈도 모르냐? 빌려준다는 뜻이잖아."

"이게 누굴 등신으로 아나."

내 말에 태영이가 자지러지게 웃었다. 참 웃음이 헤픈 녀석이다.

"이거 요즘 SNS에서 엄청 유명해. 본인 인증이나 회원 가입 같은 귀찮은 절차도 없대. 그게 무슨 뜻이냐. 우리 같은 미성년자도 보호자 동의 없이 가입할 수 있다는 뜻 이지."

"그래서 그게 뭐 하는 건데?"

"렌탈인간은 필요한 걸 빌려주는 사이트야."

"그게 뭐야. 물건 빌려주는 사이트는 많잖아."

하마터면 기대할 뻔했다. 별것도 아닌 거로 수군거리 다니.

"맞아. 명품 가방이나 자동차 같은 걸 빌려주는 사이트 는 많지. 그런데 여긴 달라. 사람을 빌려주거든."

"사람?"

아차, 실수했다. 내가 관심 두는 눈치를 보이자, 태영이 의 입은 부스터 달린 오토바이처럼 빠르게 움직였다.

"폭력이나 범죄 같은 불법적인 목적을 위한 건 렌탈 할 수 없대. 보통 주문하고 나면 하루이틀 정도면 고객한테 전달된다나 봐."

"하객 알바 같은 거야?"

"그거랑은 좀 달라. 말했잖아. 딱 하나만 빌려준다고. 둘 이상을 빌리려고 하면 오히려 아무것도 빌릴 수 없어."

"판매자 마음대로네. 그나저나 사람 빌리는 거면 꽤 비싸겠다."

"이게 가장 대박인데."

태영이가 주변을 살피더니 목소리를 낮췄다. 또 별거 아니기만 해 봐. 등 뒤로 주먹을 숨긴 채 귀를 기울였다.

"공짜야."

이 새끼, 또 뻥치네. 세상에 공짜가 어디 있냐. 바라는 게 있다면 대가를 치러야지. 하다못해 친구한테 체육복을 빌려 입으면 초코 우유라도 대가로 내놓는 게 예의인데. 공짜라니, 공짜로 사람을 빌려준다니. 그걸 믿는다고?

"상식적으로 그게 말이 되냐? 회원 가입이 없다는 것부터가 수상하잖아. 게다가 개인정보도 없이 어떻게 빌려주냐?"

"요즘 사람들은 이게 문제야. 조건 없이 상대를 믿을

줄 모른다니까.”

　또 쓸데없는 말 듣느라 시간 낭비했다. 내가 자리를 털
고 일어서자 태영이가 구시렁대며 쫓아왔다.

　“그래서, 넌 어떤 사람이 필요한데?”

　한참을 걷다 내가 먼저 물었다. 스마트폰을 보며 걷던
태영이가 반가운 표정으로 나를 바라봤다. 그러고는 기
다렸다는 듯 자신의 장바구니 목록을 떠들어 댔다. 조금
전 렌탈인간을 소개할 때보다 더 신난 눈치였다.

　“밤새 같이 게임을 해 줄 형이 있었으면 좋겠어. 아무
래도 게임은 같이 해야 재밌으니까. 아니면 귀여운 여동
생 어때? 오빠, 오빠 하면서 쫓아다니면 난 정말 녹아서
사라져 버릴지도 몰라.”

　“그냥 내 눈앞에서 사라져 버려.”

　당장 이 녀석의 입을 틀어막지 않으면 밤새 떠들어 댈
지도 모른다. 괜히 물어봤다. 오늘도 후회 가득한 하루다.

　“너는? 빌리고 싶은 사람 없어?”

　태영이의 눈동자가 나를 뚫어져라 바라봤다. 태영이에
게 가끔 보이는 진지한 눈동자. 난 이 눈빛이 무섭다. 나
도 모르게 내 마음을 털어놓을 것 같다. 그래서 하마터면
말할 뻔했다. 움찔거리던 내 입술은 ‘엄마, 아빠’라는 단

어를 밖으로 뱉지 않았다. 다행이다.

　태영이와 나는 한참 만에 떨어졌다. 각자의 집을 향해 가며 서로에게 안녕을 고했다. 그제야 조용해졌다. 그리고 외로워졌다.

　부모님을 빌리고 싶다고 생각했지만, 내게 부모님이란 존재가 없는 건 아니다. 하지만 항상 혼자다. 내가 지금보다 한창 어렸을 때부터 내 기억 속에 부모님과의 추억 따위 존재하지 않았다. 왜냐하면 우리 부모님은 항상 바빴기 때문이다. 어쩌면 태어나기 전부터 그랬을지도 모른다.

　그렇다고 특별히 불만은 없다. 이젠 익숙하기도 했고, 때론 편하다. 초등학교 소풍 날 친구들 도시락에 들어있는 눈알 빠진 문어 소시지 같은 건 전혀 부럽지 않았다. 일찍 문 여는 단골 김밥집의 가지런한 치즈김밥이 더 맛있었으니까. 태영이처럼 몰래 학원을 빠졌다가 엄마에게 등짝을 맞은 적도 없었고, 윤재처럼 아빠랑 축구 경기를 보러 다닌 적도 없다. 내가 하고 싶은 대로 시간을 보낼 수 있으니 아주 나쁘다고만은 할 수 없다.

　게다가 부모님은 나쁜 사람이 아니다. 항상 바쁠 뿐이

다. 덕분에 늘 용돈이 넉넉했고, 용돈이 넉넉했으며, 용돈이 넉넉했다. 용돈을 넉넉하게 쥐여주는 것 외에 떠오르는 건 없다. 어쨌든 부모라는 것을 좋은 사람과 나쁜 사람으로 굳이 나눠야 한다면 나쁜 쪽은 아니었다. 차라리 나빴다면 미워하기라도 했을 텐데.

에잇, 모르겠다. 태영이 녀석 때문에 괜한 생각만 하고 있다. 그때 스마트폰이 반짝 빛을 냈다. 태영이로부터 메시지가 도착했다.

'너도 한번 생각해 봐. 혹시 알아?'

알긴 뭘 알아. 녀석의 메시지 뒤로 홈페이지 주소 하나가 따라붙었다. 보나 마나 렌탈인지 대여인지 분명 그 사이트 주소겠지. 스마트폰이 다시 빛을 반짝였다. 끈기 있는 놈. 왜 자꾸 귀찮게 굴어? 생각은 그렇게 했지만 몸은 스마트폰을 집어 들었다. 기대와 달리 이번 빛의 주인은 엄마였다. 눈썹이 꿈틀거렸다.

'오늘 늦어?'

늦냐니. 이미 집인걸. 엄마에게 짧은 답장을 보냈다. 어쩐지 낯설다. 새삼스럽게. 언제부터 나를 궁금해했다고.

엄마는 아직도 내 스케줄을 모른다. 어느 요일에 어떤 학원에 가는지, 몇 시에 끝나는지, 성적은 어떤지. 학원비만 밀리지 않고 내면 부모의 역할이 끝나는 건가? 내가 갑자기 학원을 빠지면 엄마도 내 등짝을 때리려나? 그럴 리 없지. 옅은 한숨이 일그러진 입술 사이를 비집고 나왔다.

다시 빛이 번쩍이더니 이번에는 아빠의 단답형 대답이 화면 위로 떠올랐다. 손바닥만 한 작은 기계 안에서만 소통하는, 이게 나의 가족이다. 숨이 막혔다.

'나는 아무도 필요하지 않아. 차라리 내가 없어질 수 있다면 그쪽을 택하겠어.'

태영이에게 답장을 보내려다 멈췄다. 그리고 조심스레 손가락을 움직였다.

별다른 이유는 없다. 녀석이 알려준 사이트가 궁금했던 건 아니다. 그냥 심심했을 뿐이다. 침대에 누운 채 태영이에게 답장을 보내려다 손가락이 미끄러진 것뿐이다. 그래서 어쩔 수 없이 링크가 열린 거다.

화면이 바뀌는 데까지 1초도 걸리지 않았다. 렌탈인간 홈페이지는 무척 단순했다. 고객을 유혹하는 화려한 영상도, 사용 방법에 대한 자세한 설명도 없었다. 보통의 쇼핑몰은 사진도 다양하고 베스트 상품, 신제품, 할인 상품 따위의 아이콘과 팝업 페이지가 덕지덕지 붙어있던데 렌탈인간은 달랐다. 태영이가 보여줬을 때와 같은 모습이다. 까만 배경에 흰 글씨. 그게 끝이었다.

　달랑 게시판 하나만 활성화되어 있었다. 손가락을 천천히 움직여 내키는 제목을 골라 하나씩 눌러봤다.

　(후기) 근사한 남자 친구 잘 받았습니다.

　안녕하세요,

　얼마 전 렌탈인간에서 남자 친구를 빌렸습니다. 저의 구 남친 결혼식장에 함께 갈 남자가 필요했거든요.. 솔직히 안 가고 싶었지만 같은 직장 동료였기 때문에 빠지기 곤란한 상황이었습니다. 몇 달치 월급을 모아 가방과 원피스를 샀지만, 아무리 노력해도 남자 친구가 생기지 않더라고요. 최소한 구 남친보다는 멋있어야 하는데 그게 가장 어려웠어요. 하지만 렌탈인간에서 간단하게 고민 해결됐어요. 덕분에 신랑·신부보다 더 주목받은 것 같아요. 오늘도 남자 친구와 데이트할 거예요. 잘 쓰고 반납하겠습니다.

　(후기) 빌려주신 베이비시터 최고예요!

　복직하려고 미리 베이비시터를 알아봤었는데요, 며칠 안 남겨두고 갑자기 못 하게 됐다고 연락을 받아 당황했습니다. 하지만 렌탈인간에서 좋은 시터를 구해 무사히 복직했습니다. 저희 아기에게 또 다른 엄마를 만들어주신 렌탈인간, 정말 고맙습니다.

(구함) 아버지의 친구를 빌려주세요

저는 직장 때문에 가족과 떨어져 살고 있습니다. 얼마 전 어머니가 돌아가시고 난 후, 아버지가 부쩍 우울해하시는데요. 제가 자주 찾아갈 수도 없는 상황이고, 아버지도 동네를 떠나고 싶어 하지 않으셔요. 전화했는데 연락이 닿지 않으면 무슨 일이 생겼나 걱정됩니다. 저와 연락이 잘 되고, 아버지가 믿고 의지할 수 있는 분이었으면 좋겠어요. 아버지에게 좋은 친구를 구해주세요.

렌탈인간을 필요로 하는 사람의 종류는 다양했다. 베이비시터를 구한 부부는 무사히 회사 생활을 하게 돼서 기쁜가 보다. 하지만, 아이는? 시터의 손에 자라게 될 아이가 얼마나 외로울지 생각은 안 하나? 남이 키우게 할 거면 대체 애는 왜 낳는 거냐고. 어린 시절의 내가 떠올라 화가 났다. 효자 코스프레 하는 자식의 글은 또 어떻고. 걱정되는 척하지만 결국엔 자기가 책임지기는 싫다는 거잖아. 효도는 셀프라는 말도 모르나? 아버지에게 친구를 구해줬으니 이제 마음 편히 놀러 다닐 생각이나 하겠지? 소원해진 아들을 그리워할 아버지는 더 큰 외로움에 잠식될지도 모르는데.

처음에는 짜릿했다. 누군가의 일기장을 훔쳐보는 것 같은 재미가 있었다. 하지만 곧이어 얼굴도 모르는 상대에 대한 연민과 분노가 뒤섞였다. 그들의 무책임함과 비겁함에 화가 났다.

그럴수록 손가락은 바쁘게 움직였다. 그에 따라 글이 보였다가 사라지고 다시 켜지길 반복했다. 사람들의 은밀한 욕망을 담은 자음과 모음 속으로 점차 빠져들었다. 사기는 아닌가 보네. 어느새 인정하고 있었다.

그러면 뭐하냐. 결국 빌린 건 반납해야 하는데. 반납하고 나면 그땐 더 큰 공허함을 느끼지 않을까? 손에 가득 담긴 줄 알았지만 어느새 틈새로 빠져나가는 모래처럼 말이야. 에이씨, 알 게 뭐야. 내가 렌탈할 것도 아닌데.

갑자기 눈꺼풀이 무거워졌다. 학원에 가야 한다는 생각과 달리 정신이 몽롱해졌다. 이성과 본능이 분리되기 시작했다.

삑삑 도어락 버튼 누르는 소리가 어렴풋이 들렸다. 꿈인가?

"엄마 왔어."

현실이구나. 의식에 육체가 지배당했는지 몸이 꿈적도

하지 않았다. 조금만, 조금만 더 누워 있어야지 하다가 다시 정신이 아득해졌다.

어렴풋이 뚝딱거리는 소리가 들렸다. 엄마의 한숨에 이어 비닐봉지 바스락거리는 소리가 들렸다. 전자레인지가 돌아가고 고기 굽는 냄새가 났다. 꼬르륵. 강력한 허기가 느껴졌다. 몸은 솔직하다.

"나와서 밥 먹어."

주어는 없지만 나를 부르는 게 분명했다. 습관적으로 스마트폰을 쥔 채 식탁 앞에 앉았다. 그러고 보니 엄마가 왜 지금 있지? 젠장, 학원 갈 시간이 한참 지나 있었다. 스마트폰에는 학원에서 온 부재중 전화가 찍혀 있었다. 엄마는 아직 모르는 걸까, 모르는 척하는 걸까? 차라리 화를 내지. 불편해 죽겠다.

"뭐가 그렇게 재밌어?"

스마트폰을 쥐고 있는 내게 엄마가 물었다. '내가 자다가 학원을 못 갔는데, 엄마가 아는지 모르는지 궁금해서요.'라고 솔직히 말할 순 없다. 다른 말을 해야겠다. 그런데 떠오르는 게 없다. 오늘 무슨 일이 있었지? 기억해 내라, 뇌야.

"엄마, 혹시 렌탈인간이라고 들어봤어?"

드디어 한마디 떠올랐다. 태영이가 나를 살렸다. 내일 만나면 엉덩이라도 두들겨 줘야겠다. 나의 물음에 엄마가 눈을 동그랗게 떴다. 아직 학원에서 연락을 못 받은 게 분명하다. 엄마를 정신없이 만들어야겠다고 생각하자 입이 빠르게 움직였다. 태영이가 내게 빙의한 것 같았다.

그런데 왜 하필 렌탈인간을 골랐을까. 잘 알지도 못하는 사이트에 대해 떠들어야 했다. 잠들기 전에 봤던 글과 태영이의 말을 조합해서 제법 근사하게 포장해 내놨다. 엄마가 홀린 것 같았다. 다행이다, 다행이야.

"혹시 친구 필요하니? 요즘 애들이랑 사이 안 좋아?"

이건 또 무슨 말이람. 아, 진짜 꼰대. 엄마랑 대화가 가능할 거라 생각했다니, 내가 등신이다. 밥이나 먹자.

밤이 지나면 아침이 오고 어김없이 하루가 시작된다. 알람 소리에 맞춰 눈뜨는 게 가장 괴롭다. 하루의 시작을 고통과 함께했으니 당연히 유쾌할 리 없다. 내가 씻는 동안 엄마가 준비해 놓은 토스트를 챙겨 들고 집을 빠져나왔다. 어제 학원에 가지 않은 걸 엄마는 여전히 모르는 눈치다. 괜히 뭉그적거리다 걸리기 전에 서둘러야 했다.

학교가 보이자 집을 무사히 벗어났다는 안도감에 걸음

속도가 느려졌다. 아침부터 긴장했는지 아랫배가 살살 아픈 것 같았다. 다시 속도를 내려던 찰나, 몸이 휘청거렸다. 누군가 뒤에서 내 가방을 잡아당겼다.

"생각해 봤어?"

태영이였다.

"뭘?"

짜증 섞인 내 목소리 따위 아랑곳하지 않는 눈치였다.

"생각해 봤냐고."

주어도 목적어도 생략한 말이지만 녀석이 뭘 묻는지 알고 있다. 분명 렌탈인간이다. 하지만 아는 체하고 싶지 않았다. 심드렁한 내 반응에도 개의치 않고 재차 물었다. 태영이는 뭔가 하나에 꽂히면 몇 날 며칠을 파고드는 성격이다. 듣고 싶은 답이 나올 때까지 계속 물어볼 게 뻔했다. 한 번이라도 공부에 관심이 꽂혔다면 효도라도 했을 텐데. 그건 좀 안타깝다.

"몰라."

"뭘 물어본 줄 알고?"

"렌탈인간."

"맞아! 역시 너도 관심 있던 거지?"

"그게 왜 그렇게 해석되냐?"

내 대답에 태영이의 목소리가 한껏 들떠 올랐다.

"밤새 고민해 봤어. 나한테 가장 필요한 사람이 누군
지."

"그렇게까지 고민할 일이야? 꼭 렌탈할 필요 없잖아."

나무라듯 말했지만, 타격감이라고는 전혀 없는 얼굴로
녀석이 다가왔다.

"이건 너한테만 얘기해주는 건데."

태영이는 목소리를 낮추고 주변을 살폈다. 아무도 궁
금해하지 않는 것을 굉장한 비밀이라도 되는 것처럼 굴
었다.

"아바타를 빌릴 거야."

"아바타? 영화에서 봤던 시퍼런 그거? 기껏 생z해 낸
게 외계인이라니. 사람도 아닌 걸 어떻게 빌리냐?"

애는 내 친구지만 가끔 보면 정말 바보 같다.

"영화 말고 게임 커릭터 같은 거야. 게임 속에서는 내
가 만든 캐릭터가 나잖아. 그러니까 나 대신 내 삶을 살
아줄 아바타를 빌리는 거야."

뭔가 그럴듯했다. 하지만 녀석의 말에 동의하고 싶지
않았다.

"네 삶을 대신 살아주면 그게 네 삶이야? 아바타 삶이

지."

"네네, 굉장한 선생님 나오셨네요."

태영이는 오히려 나를 비웃었다. 그러고는 아바타가 숙제와 공부를 대신해 주는 동안 자신이 얼마나 창의적인 일을 할 건지, 물어보지도 않은 계획을 늘어놓았다.

"내 아바타가 학교에 가서 공부하는 동안 나는 아르바이트를 할 수도 있어. 물론 반대로 그 녀석이 일을 해도 되겠지. 난 공부보다 차라리 일하는 쪽이 나을 것 같아. 공부라면 끔찍하거든. 아닌가? 그래도 몸이 편한 게 나은가?"

"아바타가 대신 살아주는 거면 넌 뭐하게? 굳이 세상에 존재할 필요가 없는 거 아니야? 학원이든 학교든 대신 가 줄 테고, 부모님과 식사도 대신 할 텐데. 그럼 넌 그저 침대에 누워 숨만 쉬면 되는 거야?"

"여행 갈 거야. 평소의 부모님이었다면 절대 허락하지 않겠지만, 아바타가 대신 내 삶을 살고 있으니 내가 떠났다는 것도 모르겠지. 어때, 근사하지?"

이 녀석 진심이다. 주절대는 말을 계속 듣다 보니 제법 괜찮은 생각처럼 들렸다. 렌탈인간 게시판에 자신의 욕망을 적어두었던 사람들 역시 결국 스스로 해결할 수 없는 것들을 타인의 손을 빌려 해결하려 했던 거니까. 넓게 보면 태영의 계획과 크게 다르지 않아 보였다.

"다른 사람은 몰라도 어머니는 네가 아닌 걸 알아채지 않을까?"

"그럼 곤란한데."

빈틈 많은 녀석. 당황하는 표정에 헛웃음이 나왔다.

"언제 빌리게?"

"글쎄."

"막상 빌리려니 겁나지? 이왕이면 네 아바타는 갈수가 좀 적었으면 좋겠는데. 그런 옵션은 없냐?"

이야기를 나누는 사이 학교에 도착했다. 태영의 허무 맹랑한 계획을 듣고 있자니 어느덧 수업 시작을 알리는 종이 울렸다.

평소와 같은 하루였다. 수업은 지루했고 아이들은 집 중하지 않았다. 그건 나 역시 마찬가지였다. 고개를 들고 천천히 주변을 살폈다. 네모난 교실에 함께 갇혀있는 녀 석들에게 어떤 욕망이 숨겨져 있을지 궁금했다. 가장 먼 저 들어온 건 학급 회장의 뒤통수였다. 유일하게 고개를 빳빳하게 세우고 칠판을 바라보고 있었다.

저 녀석은 요즘 연애하고 싶다고 난리던데. 여자친구가 필요하려나? 공부도 잘하고 성실하긴 한데. 입바른 소리만 하는 게 어쩐지 얄밉단 말이야. 저런 녀석의 여자친구라니, 존재하지 않는 상대방에게 미안했다. 넌 그냥 평생 혼자 사는 게 낫겠다.

이번엔 앞자리에 앉은 민혁이의 뒤통수를 바라봤다. 민혁이는 삼 형제 중 막내다. 형들이 공부를 너무 잘해서 스트레스받는다고 했다. 녀석에게 필요한 건 족집게 과외 선생님이 아닐까? 하지만 좋은 선생님을 만난다고 민혁이의 성적이 오를지 의문이다. 아무리 생각해도 민혁이 부모님께서 물려주신 학습 유전자는 형들이 다 가져간 것 같으니까.

대각선 자리에 앉은 준수가 보였다. 교과서 속에 만화책을 숨겨놓고 혼자 키득거리고 있었다. 누가 봐도 공부하는 모양새가 아닌데 본인만 모르는 눈치다. 선생님이 가끔 한심하게 바라보는 것 또한 본인만 모르고 있는 듯하다. 준수는 워낙 잘 넘어지고 체력도 약한 편이다. 그런 주제에 운동을 무척 좋아한다. 준수는 자신을 만능 스포츠맨으로 만들어 줄 운동 선생님을 필요로 할 것 같다. 그렇게 해서 운동을 잘하게 되면 준수는 행복해질까?'

필요한 것을 얻게 되면, 우리는 과연 행복해질까?

교과서 한 쪽에 '헝복'이라고 적었다. 애초에 행복이라는 게 있긴 한 걸까. 유니콘이나 용처럼 환상 속에서만 존재하는 게 아닐까. 검은색 볼펜을 들고 벅벅 선을 그어 글자를 지워버렸다. 그런 게 있을 리 없으니까. 이미 지워진 글자 위로 끊임없이 줄을 그었다. 종이가 찢어지든 말든 상관없다. 다른 사람들이 행복하든 말든 알게 뒤람. 당장 내가 그렇지 못한데. 괜히 화가 나서 펜을 잡은 손에 잔뜩 힘이 들어갔다.

인간은 나약하다. 그리고 이기적이다. 다른 사람의 행복 따위 당장 내 일이 아니면 결국 관심 가질 필요가 없다. 거대한 스크린 속에 펼쳐진 영화처럼 그저 다른 이들의 삶일 뿐이다. 애써 시간을 들여 타인에 대해 생각할 필요 따위 없다.

톡톡, 누군가 등을 건드리더니 뒷자리에서 작은 쪽지가 넘어왔다. 내 이름이 날림으로 적혀 있었다. 태영이의 글씨가 분명했다.

"아바타 진짜 끝내주지 않아? 진짜 빌려볼까? 오늘은 정말 학원 갈 기분이 아니거든."

태영이의 글 밑에 '언제는 기분이 내켜서 갔냐?'까지

적다가 구겨버렸다. "야!"라고 속삭이는 소리가 들렸지만 못 들은 척 서랍에 넣어 버렸다. 쪽지를 구겨 넣는 모습을 보며 약 올라 할 녀석을 상상하니 입꼬리가 씰룩거렸다.

예상했던 대로 태영이는 쉬는 시간을 알리는 종이 울리자마자 득달같이 달려왔다.

"내가 못 할 것 같아?"

"하든가."

그 후로도 쉬는 시간만 되면 내 자리로 찾아와서 끊임없이 아바타에 관한 이야기를 늘어놓았다. 반복되는 이야기에 짜증이 나려 할 때쯤 7교시가 끝났다. 책가방을 둘러메고 교실을 빠져나가는 아이들은 돌려받은 스마트폰 전원을 켜느라 모두 고개를 숙인 채였다. 느릿느릿 움직이는 모습이 흡사 좀비처럼 느껴졌다.

"매정한 새끼. 내 아바타한테는 좀 친절하게 대해줘라."

태영이가 어느새 다가와 내 눈앞에 스마트폰을 들이대며 말했다.

제 삶을 대신 살아 줄 아바타를 빌리고 싶습니다.

저는 17살 학생입니다.

저를 대신해 학교에서 공부하고, 숙제하고, 부모님께 효도해 줄 아바타가 필요합니다.

제 삶을 성실하게 살아주었으면 좋겠습니다.

마침표 옆에 커서가 깜빡거리고 있었다. 본인이 얼마나 한심한지 자기소개라도 하는 걸까?

"너도 성실하게 살지 않는 삶인데, 누구더러 성실하게 살아달라는 거야."

"내가 못 할 것 같아?"

"네 아바타에게는 상냥하게 대해줄게."

태영의 손가락이 잠시 망설이는 듯하더니 보란 듯이 등록 버튼을 눌렀다. 곧이어 '주문이 접수되었습니다'라는 문구가 떠올랐다.

"끝이야?"

깜짝 놀랄 만큼 아무 일도 일어나지 않았다. 주의 사항 같은 안내 메시지도 없었다.

"모르지. 나도 처음인데."

"그냥 개인 정보만 털린 것 같은데?"

내 말에 태영의 얼굴이 빨갛게 달아올랐다.

"너 이제 어머니께 죽도록 맞을 일만 남았다. 스팸 문자가 맨날 백통씩 날아올지도 몰라. 경찰이 찾아오면 모르는 애라고 해줄게."

어쩔 줄 몰라 하는 태영의 얼굴을 보니 웃음을 참을 수 없었다. '똥멍충이'라며 초등학교 때처럼 놀려댔다. 녀석의 바보 같은 에피소드가 하나 더 추가되는, 그런 날이었다.

"다녀왔습니다."

현관문을 밀고 들어가며 말했다. 당연하지만 돌아오는 대답은 없다. 아빠는 가게에, 엄마는 회사에 있을 시간이니까. 아무리 인사를 건네도 답하는 이가 없다는 것쯤은 나도 알고 있다. 그저 어렸을 때부터 해왔던 습관일 뿐이다. 혹시라도 나쁜 아저씨가 쫓아왔을 때 "다녀왔습니다."라는 목소리를 들으면, '집에 어른이 계신가보다.' 하고 돌아서지 않을까 하는 마음으로 시작한 습관이다. 더이상 깜깜한 복도에서 마음 졸이며 도어락을 누르던 꼬맹이는 아니다. 하지만 다녀왔다는 말 한마디에 집안 가득 온기가 채워지길 바라는 마음은 아직 자라지 못했다.

문을 열자 작은 택배 상자 하나가 보였다. 상자 겉면에는 엄마 이름이 적혀 있었다. 발끝에 힘을 줘 구석으로 쓱 밀어 넣자 상자가 힘없이 미끄러졌다. 현관을 지나 거실로 들어서니 코끝이 간질거렸다. 평소와 달랐다. "다녀왔습니다."라는 말에 대답이라도 하듯 따뜻한 공기가 피부에 와닿았다.

"엄마 왔어?"

안방 문을 열었지만, 엄마는 물론 아빠도 보이지 않았다. 빈 침대만 덩그러니 놓여 있었다. 평소와 같은 침묵만 가득했다.

"맛있는 밥이 완성되었습니다."

요란한 소리와 함께 김을 뿜어내는 밥솥이 대답을 대신했다. 밥솥에서 빠져나온 냄새에 허기가 느껴졌다. 갓 지은 밥과 방금 끓인 찌개라니, 냉장고에서 다른 반찬을 꺼낼 것도 없이 숟가락부터 들었다. 교복 재킷도 벗지 않았다. 식탁 의자를 꺼내 앉아 뽀얀 밥에 국물을 쓱쓱 비벼 허겁지겁 밥을 먹기 시작했다.

그때, 삐리릭 도어락 소리가 들렸다. 문이 열리고 닫히는가 싶더니 누군가 고개를 빼꼼 내밀었다.

"건우 왔구나? 밥 먹고 있었어?"

엄마였다. 퇴근길에 마트에 들렸다며 커다란 봉투 두

개를 내려놓았다. 재활용할 수 있는 쓰레기봉투에는 각종 인스턴트와 밀키트 제품이 가득 담겨 있었다.

"쓰레기봉투에서 음식을 꺼내는 거 아무리 봐도 이상하지 않니? 쓰레기를 주워 먹는 것 같단 말이야. 다들 아무렇지 않은가? 가끔은 이상하다고 생각하는 내가 이상한 것 같다니까."

평소답지 않게 주절주절 이야기를 늘어놓는 엄마야말로 이상하다고 생각했다. 하지만 포슬포슬한 밥을 한가득 욱여넣은 덕에 생각을 말로 뱉지 않았다.

"어머, 된장찌개 맛있겠다."

엄마가 밥솥에서 한가득 쌀밥을 퍼 맞은편에 앉았다. 구수한 음식 냄새가 우리 둘 사이의 침묵을 파고들었다. 숟가락이 밥그릇 긁는 소리만 쉬지 않고 들렸다. 부드러운 두부와 국물을 덜어 밥에 비볐다. 으깨어진 두부는 흰쌀밥에 스며들었고 밥그릇에 담겨있던 것들은 찌개를 닮은 색으로 옷을 갈아입었다.

"집에 버섯이 있었나?"

엄마는 숟가락 가득 버섯을 담아 입으로 가져갔다. 오물오물, 우리의 입은 쉬지 않고 움직였다. 별다른 대화 없이 공간만 함께 할 뿐이었다.

"청소했어?"

식사를 마친 후 엄마가 물었다. 아무런 대답도 하지 않았다. 청소한 건 아니지만 어지럽히지도 않았으니까 그게 그거겠지. 엄마는 만족스러운 표정이었다. 초등학교 3학년 때 처음으로 학급 회장 당선증을 가지고 왔던 날처럼. 사랑과 대견함이 듬뿍 담긴 얼굴로 나를 바라보고 있었다. 그 시선이 부담스러웠다.

다음 날 아침, 부지런히 울리는 메시지 알림음에 눈이 떠졌다. 시간을 확인해 보니 알람이 울리기 전이었다.

"나 오늘 학교 안 감."

태영이었다.

"미친놈, 새벽부터 무슨 짓이야."

"나 보고 싶다고 울지마. 내 몫은 보낼게."

두 번째 메시지가 도착했지만 스마트폰을 손에 쥔 채 스르륵 다시 눈을 감았다. 답장은 언젠가의 내가 보내겠지.

곧이어 알람이 울렸다. 중간에 한 번 깬 탓에 신경이 날카로워져 태영이의 메시지에 답하지 않았다. 나름의 소심한 복수랄까. 분명 밤새 게임을 하고 날 깨우려고 메시지를 보냈을 것이다. 무언가 쓸데없는 짓을 하는 데 늘 열심히 하는 녀석이니까.

하지만 내 예상은 틀렸다. 태영이는 정말 학교에 나오지 않았다. 왁자지껄한 교실에 태영이의 목소리가 들리지 않았다. 통화 버튼을 눌렀지만 전원이 꺼져있다는 안내 멘트만 흘러나왔다. 메시지 보내놓고 잠들었나 보다. 대수롭지 않게 생각했다.

당번이 자리를 돌아다니며 모두의 스마트폰을 걷기 시작했다. 상자에 다소곳하게 내 것을 내려놓았다. 혹시나 해서 상자 안을 살폈지만 태영이의 스마트폰이 보이지 않았다. 이제야 눈을 뜨고 헐레벌떡 뛰어오고 있는지도 모르겠다. 하지만 예비종이 울리고 선생님이 교실에 들어온 후까지도 녀석의 모습은 보이지 않았다. 그리고 아무도 태영이를 찾지 않았다.

고작 한 명의 학생이 결석한다 해도 교실의 시계마저 멈추진 않는다. 교실 문이 열리면 해당 과목 교사가 들어와 소란스럽던 아이들을 진정시켜 수업을 진행한다. 시작과 동시에 연신 하품을 하는 녀석도 있었고, 꾸벅꾸벅 졸기 시작하는 녀석도 있었다. 그런가 하면 흘러내리는 안경을 추켜올리며 선생님 말씀에 집중하는 녀석도 존재

했고, 교과서 뒤에 숨어 채 끝내지 못한 학원 숙제를 하는 녀석의 모습도 보였다. 복도를 통해 다른 교실에서 아이들이 웃거나 환호하는 소리가 한 번씩 전해졌다. 평소와 같은 모습이었다.

하지만 오늘은 어딘가 다르다. 무엇이 다르냐고 물어본다면 특별히 하나 집어 이야기를 할 수 없었지만, 분명 평소와 다른 공기였다. 마치 꿈속을 걷는 것처럼, 걷고 있는데 공중에 떠 있는 것처럼. 뻔한 풍경에서 이질감이 느껴졌다.

쏟아지는 잠을 쫓아내려고 천천히 교실을 둘러보다가 소스라치게 놀랐다. 하마터면 '악!'하고 소리를 지를 뻔했다. 당연히 비어 있어야 할 태영이의 자리에 누군가 앉아 있었다. 고개를 푹 숙이고 열심히 필기하고 있었다. 모두 같은 옷을 입고 있는 무리 속에 자연스레 스며들어 있었다.

왔으면 됐지, 뭐. 의심은 이내 사그라졌다. 분명 일찌감치 학교에 도착했을 테고, 날 놀리기 위해 숨어 있었겠지. 그러고도 남을 녀석이니까. 녀석을 걱정했던 시간이 아깝다. 그제야 안도감이 밀려왔고 동시에 눈꺼풀이 무거워졌다. 정신이 점점 아득해졌다.

공기 중에 뿌려진 수면제에 모두 취해갈 때쯤 종이 울렸다. 쉬는 시간을 알리는 소리다. 조용하던 교실을 순식간에 아수라장으로 만드는 힘을 가진 소리였다. 수업 시간 동안 몸과 입이 봉인되어 있던 아이들은 난생처음 걸음마를 하는 아기처럼 교실과 복도를 누비고 다녔다. 몇 달 만에 오래된 친구를 만난 것처럼 시끄럽게 떠들었다. 아이들의 물결을 거꾸로 거슬러 태영이에게 다가갔다.

하지만 태영이는 자리에 없었다. 뺀질거리며 웃고 있어야 할 자리가 텅 비어 있었다. 속았냐고 약 올려야 할 목소리가 들리지 않았다. 마치 지금까지 아무도 없었다는 것처럼 텅 비어 있었다.

"야, 태영이 어딨어?"

준영이가 나를 힐끔 바라보더니 고개를 가로저었다.

"왜 나한테 물어?"

"네가 옆자리잖아."

"몰라. 화장실이라도 갔나 보지."

대답을 마친 준영이는 책상 위에 엎드려 눈을 감았다. 힘없이 내려앉는 모습은 육체에서 영혼이 빠져나가는 것처럼 보였다. 어디에도 태영이는 없었다. 화장실에도, 복도에도, 매점에도.

종일 같은 패턴이었다. 태영이는 수업 종이 울리면 나타나 고개를 숙인 채 필기했고, 쉬는 시간이 시작되면 사라졌다. 갑자기 공부하겠다고 결심이라도 한 걸까? 고개한 번 드는 법 없이 성실했다. 아무도 그런 태영이에게관심 두지 않았다. 수업 시간에 지목받는 일도 없었고 녀석 역시 눈에 띄는 행동을 하지 않았다, 원래부터 이곳에있었지만 실제로 존재하지 않는 것 같았다.

허공에 떠 있는 비눗방울을 잡으려고 쫓아다니는 아이가 된 기분이었다. 잡힐 듯 잡히지 않는 태영이의 모습에화가 나기까지 했다. 얼마나 대단한 얼굴이라고 그렇게까지 꼭꼭 숨기고 도망 다니는 건지. 그렇다고 당하고만있을 내가 아니다. 수업이 끝나기 직전에 책상을 밀고 일어섰다. 선생님의 눈총은 동시에 울리는 벨 소리에 사그라들었다. 어느새 내 손아귀에 태영이의 교복 깃이 잡혀있었다. 녀석은 낚시 카페에서 잡아 올린 힘없는 물고기처럼 별다른 반항조차 하지 않았다.

"왜 자꾸 도망 다녀?"

잡은 손에 힘을 주어 녀석의 고개를 당겼다. 드디어 비눗방울을 손에 쥔 셈이다. 하지만, 그것은 금세 터져버렸다. 원래 동그란 형태였나, 투명했던가. 터지고 난 후에는 모양이나 색이 기억나지 않는 것처럼, 눈앞에 있는 태영이의 얼굴이 낯설었다. 매일 보는 그 얼굴에 놀라 주춤거렸다.

"너 원래 이렇게 생겼었냐?"

태영이는 격투기 선수에게 끌려 나온 초등학생처럼 순순히 고개를 들고 나를 바라봤다. 아무리 봐도 이상했다. 분명 태영이 얼굴이 맞는데. 녀석의 흐리멍덩한 눈동자를 보며 내가 알던 녀석이 맞는지 생각해야 했다.

"왜?"

"미안."

낯섦에 나도 모르게 사과부터 했다.

"괜찮아."

차갑고 건조한 목소리. 어딘가 익숙한데. 맞다! 아침마다 오늘의 날씨를 알려주던 인공지능과 비슷한 느낌이었다. 다른 게 있다면 이 녀석은 기계가 아닌 사람이다. 급하게 손을 털었다. 왜 그랬는지는 모르겠지만 나도 모르게 튀어나온 행동이었다. 이상한 물건이라도 만진 기분이었다.

대체 왜 쉬는 시간마다 자리를 비웠는지, 아침에 보낸 메시지는 뭔지, 여태 아는 척 한 번 하지 않은 이유는 무엇 때문인지, 묻고 싶은 것투성이였지만 입이 떨어지지 않았다. 아니, 순간적으로 아무것도 생각나지 않았다는 쪽에 더 가까웠다. 컴퓨터의 모든 프로그램이 갑자기 멈춘 것처럼 머리가 멍했다.

"미안하긴, 우리 사이에 뭘. 급식실이나 가자."

태영이는 씩 웃으며 내 어깨에 자신의 팔을 두르고 잡아끌었다. 자연스레 그에게 이끌려 갔다.

우리는 아무 일 없었다는 듯 태연하게 반찬을 식판에 받으며 한 걸음씩 이동했다. 평소처럼 긴 테이블에 마주 앉아 숟가락을 들었다.

"너 오늘 좀 이상해."

"그래?"

"쉬는 시간마다 어딜 갔던 거야?"

"급똥이지, 급똥. 배변 활동은 인간의 몸에 굉장히 중요한 역할을 하지."

뭐야, 말투 왜 이래.

"아침에 보낸 문자는 뭐냐?"

"문자?"

순간 태영이가 멈칫했다.

"응. 학교 안 온다고 했잖아. 그 후로 답도 없고."

"장난. 무료한 삶을 견디기 위한 자극제 같은 것이지."

"그래, 장난이었구나. 장난."

메아리처럼 태영이의 말을 따라 했다.

아침이 되면 학생들이 교문을 향해 모여든다. 매일 보는 풍경이라 익숙하다. 새까만 개미 떼처럼 대부분은 까만 윗옷을 입고 느릿느릿 움직였다. 졸린 눈을 비비며 영어단어장을 들고 걷는 아이도 있었고, 은박지를 벗겨 김밥을 입에 하나씩 넣는 아이도 있었다. 스마트폰을 보며 걷는 아이, 농구공을 튀기며 달려오는 아이, 옆 친구와 이야기를 나누는 아이들까지. 모두 각자의 방식대로 등교하는 평범한 아침이다. 너무나 어제와 같아 오늘도, 내일도 이 평범함이 영원할 것 같음에 의심조차 필요 없는 그런 날이었다.

"왔냐?"

누군가 내 어깨에 팔을 둘렀다. 돌아볼 필요도 없이 태영이였다.

"어땠어?"

"뭐가?"

"눈치 못 챈 거야? 걔가 그렇게 완벽했나?"

"무슨 말이야."

"이거 좀 실망인데. 다른 사람은 몰라도 너라면 알아차릴 줄 알았거든."

"좀 알아듣게 얘기해."

태영이가 웃음을 터뜨렸다. 뭐가 그렇게 재미있는지 숨넘어갈 듯 웃는 그의 모습에 약이 오를 지경이었다. 지나가던 아이들이 모두 돌아볼 정도로 한참을 웃더니, 숨을 고르고 느긋하게 입을 열었다.

"어제 학교 온 거, 나 아니야."

태영이가 낮은 목소리로 귓가에 속삭였다.

"무슨 헛소리야. 내가 널 봤는데."

"그거 내 아바타야. 렌탈인간에 아바타 주문했던 거 기억나지?"

"그랬나?"

"섭섭하다. 어쨌든 렌탈인간은 기억하지? 내가 아바타를 빌릴 거라고 했잖아. 나 대신 학원도 가고, 학교도 다닐 아바타 말이야. 내 삶을 대신 살게 할 거라고 했잖아."

기억 안 난다고 하면 분명 삐질 텐데. 어렴풋이 떠오르는 것 같았지만 좀처럼 선명해지지 않았다. 아주 어렸던 시절의 기억처럼, 뿌연 안개 속을 걷는 것처럼 모든 게

렌탈인간   185

흐리멍덩했다. 흐르는 물에 손을 넣고 움켜쥐려 힘을 줄수록 오히려 더 빠져나가듯, 기억을 떠올리려 할수록 점점 더 흐려졌다. 머리가 지끈거렸다.

"너 괜찮아? 지금 네 얼굴 엄청 창백해."

태영이가 하던 말을 멈추고 내 얼굴을 살폈다.

"보건실 좀 들려야겠어. 머리가 너무 아파."

"그래. 담임 선생님께는 내가 잘 말씀드릴게."

결국 우리는 서로의 이야기를 다 듣지 못한 채 반대 방향을 향했다.

드르륵, 문을 열고 들어간 보건실은 아무도 찾지 않는 차가운 병원 같았다. 인기척을 느낀 보건 선생님이 칸막이 너머에서 고개를 들어 나를 살폈다. 얼굴이 하얗게 질린 모습을 보고 손가락 하나를 세워 구석에 놓인 침대를 가리켰다.

"저기 누워있어. 혹시 꾀병이니? 맞다 해도 모른 척 해줄게. 아직 1교시도 시작 안 했는데 좀 이르구나. 옛날에 비해 요즘 학생들은 많이 나약해진 것 같아. 그게 다 운동이 부족해서 그런 거야. 건강한 육체에 건강한 정신이 깃드는 법인데, 대부분은 학업에 신경 쓰거나 밤새 스마트폰을 들여다보느라 운동을 하지 않거든."

귀찮다는 목소리. 꽤 불친절한 선생님이다. 아무래도 직업이 적성에 맞지 않는 게 분명하다.

선생님이 가리킨 침대에 몸을 맞춰 누웠다. 이불을 둘둘 말아 한껏 몸을 움츠렸다. 보건 선생님은 나를 힐끗 보는가 싶더니, 다시 본인의 스마트폰을 들여다보는 데 집중했다. 두통약이라도 달라고 할까 싶었지만 하지 않았다. 선생님의 얼굴엔 꾀병일 거라 확신에 찬 표정이 가득했다.

온통 세상은 깜깜했다. 어쩌면 눈부시게 밝아 차라리 눈을 감아버렸던 걸까. 그저 조용한 세상, 아득히 먼 곳에서부터 소리가 사라지고 있는 것 같았다. 고요함에 짓눌렸는지 무언가 생각하려 애쓸수록 머리가 아팠다. 누군가 날카로운 주삿바늘로 내 머리를 콕콕 찌르는 것 같은 통증이 느껴졌다.

음악 소리가 들려왔다. 처음에는 작게 들렸던 것이 조금씩 커지는가 싶더니 소리와 함께 진동이 느껴졌다. 온몸이 흔들리는 기분이 들었다. 어쩌면 지구 전체가 흔들리고 있는 게 아닐까? 땅이 갈라져 깊은 어둠 속으로 끌려 들어갈 것만 같았다. 두통과 함께 공포가 밀려왔다.

"야, 일어나 봐."

익숙한 목소리가 내 몸을 흔들었다. 태영이었다. 머리가 아파 잠깐 눈을 감았다고 생각했는데 잠들었나 보다. 어느새 1교시가 끝나서 태영이가 보건실로 찾아온 것이다.

"일어났니? 매뉴얼대로 부모님께 연락드렸어. 하지만 두 분 모두 바빠서 오실 수 없다고 하더구나. 어머님께서는 네가 원하면 조퇴시켜 달라고 하셨어. 너를 돌봐 줄 사람이 집에 있다고 하시던데, 맞니? 아무리 교사라도 내 마음대로 조퇴시킬 수는 없거든."

보건 선생님의 목소리 뒤로 태영이의 얼굴이 보였다. 걱정 가득하던 표정은 금세 함박웃음으로 바뀌었다. 부스스 일어난 내 머리가 엉망이라며 웃는 모습에 안도감이 느껴졌다. 평소와 같은 태영이의 모습에는 어제 느꼈던 이질감이 담겨있지 않았다. 편안했다. 매일 보는 얼굴에서 느끼는 안도감이라니. 그제야 한참을 짓누르던 두통이 사그라들었다.

"혼자 좋은 거 보느라 밤새웠어? 그런 건 같이 좀 보자니까."

태영이가 계속 키득거렸다.

"그냥 머리가 좀 아팠어."

"갑자기?"

"그러게."

"괜찮으면 매점이나 가자."

태영이가 잡아끄는 바람에 못 이기는 척 몸을 일으켰다. 보건 선생님은 '역시 꾀병이었군.' 하는 표정으로 나를 바라봤다.

"이불 정리는 하고 가라. 밤늦게까지 동영상 보지 말고. 잠을 안 자니까 아침에 머리가 아프지."

무심한 목소리는 찢어질 듯 건조했다. 교사로서 무언가 하겠다는 의지가 전혀 느껴지지 않았다. 그럼에도 뭐가 그리 바쁜지 여전히 두 손은 스마트폰을 쥐고 있는 그대로였다. 서로에게 이불을 펄럭이며 장난치는 우리 따위 관심 없다는 표정이었다. 보건 선생님은 손안에 작은 세상으로 다시 빠져들었다. 초조한 듯 빠르게 움직이는 그의 엄지손가락은 소리 없는 춤사위를 펼쳤다. 언뜻 보인 화면에 온통 새까만 배경이 띄워져 있었다.

뭔가 그리 재미있는지 태영이는 하굣길 내내 스마트폰에서 눈을 떼지 않았다. 비단 녀석만의 모습은 아니었다. 대부분이 길을 걸으며 손바닥을 들여다보고 있었다.

물론 그 위에 스마트폰이 놓여 있다. 어른들은 이런 우리들을 보며 고개를 젓는다. 잔뜩 인상을 쓰며 뻔한 소리를 뱉었다. 동영상에 젖어있을 시간에 미래에 대해 고민하고 책 한 줄 더 읽으라고 덧붙인다.

하지만, 그런 그들 역시 잔소리가 끝나면 주머니를 뒤적여 스마트폰을 꺼낸다. 단체 채팅방을 통해 정보를 공유하고, 영상을 보며 시간을 보낸다. 필요한 물건도 주문하고, 플래너 앱을 열어 일정을 확인한다. 미리 등록된 알람이 울리면 영양제를 챙겨 먹고, 손바닥 위에 그려진 지도를 보며 목적지를 향해 이동한다. 과연 그들이 학생들에게 잘못됐다며 지적할 자격이 있는 걸까.

사람들은 더 이상 생각하기를 포기한 것처럼 모두 고개를 숙이고 있었다. 멍한 눈동자로 온라인 세계를 헤매고 있다. 어디로 갈지 고민할 필요는 없다. 부지런한 알고리즘이 이리저리 사람들을 안내하고 있을 테니까.

"뭘 그렇게 열심히 보냐?"

내 질문에 태영이가 고개를 들었다.

"내가 얼마 전에 오픈채팅방에 들어갔거든."

"또? 이번엔 주제가 뭐야?"

"그냥 오픈채팅방이야."

"그래도 목적이 있을 거 아니야."

"뭐 굳이 그런 걸 만든다면 친목 도모 정도라고 할까? 딱히 나이나 지역 상관없이 모여있는 것 같더라고. 연애 상담하는 사람도 있고 이것저것 정보 공유도 해. 증권가 찌라시 알지? 그런 것도 돌아. 또 뭐가 있더라."

"됐어. 하마터면 집중해서 들을 뻔했다."

"렌탈인간도 여기 채팅방에서 알게 됐어."

또 렌탈인간. 그 이름을 듣자 인상이 찌푸려졌다. 사그라들었던 두통이 다시 느껴졌다.

"괜찮냐? 학원 갈 수 있겠어? 너도 아바타 하나 빌려서 너 대신 학원 좀 다녀오라고 해. 넌 나랑 여행이나 다니자. 어때, 끝내주지?"

깊은 물에 빠진 것처럼 태영의 목소리가 뭉개져 들렸다. 빠르게 움직이는 태영의 입에 비해 그의 목소리는 늘어진 테이프처럼 느리기만 했다. 그 와중에 네 개의 음절이 귀에 선명하게 박혔다. 렌탈인간.

"내가 하루 써보니까 진짜 좋더라. 학교도, 학원도, 녀석이 대신 갔거든. 정말 아무도 모르더라니까? 심지어 우리 엄마 아빠도 몰라. 나는 종일 PC방에서 게임만 했는데 그 사이에 녀석이랑 같이 밥 먹고 뉴스도 본 것 같더라고. 조금 서운했지만 괜찮아. 덕분에 어제 랭킹이 얼마나 올라갔는지 모르지? 너도 들으면 깜짝 놀랄걸."

태영이는 쉬지 않고 아바타를 찬양했다. 아니, 렌탈인간을 찬양했다. 지난 하루 본인이 겪은 일에 대해 신나게 늘어놓았다. 그제야 머릿속이 조금씩 선명해졌다.

"그래서 그 아바타는 지금 어디 있는데?"

"모르지. 놀지말고 아르바이트나 좀 알아봤으면 좋겠는데."

"네 아바타면 학생일 거 아냐. 우리처럼 어린 애들을 누가 써주겠어?"

"노가다라도 하겠지. 대충 고등학교 자퇴했다고 하면 써주지 않을까? 그런 데는 일당도 현금으로 받고 다른 데보다 느슨할 것 같은데?"

"그러다 다치면 어떡하려고."

"내가 다치는 게 아니잖아. 아바타가 다치는 거지. 채팅방에 물어보니까 공사판에서 일하면 일당이 꽤 쏠쏠한가 보더라고. 내가 학교에 있는 동안 아바타 녀석이 정말로 일을 구했으면 좋겠다."

태영이가 웃었다. 아바타의 등장에 여러모로 만족하는 눈치였다.

태영이는 예전부터 학교생활을 지루해했다. 학교 따위 때려치우고, 작은 배낭과 카메라를 챙겨 온 세계를 누비는 사진작가가 되고 싶다고 했다. 하지만 녀석이 아무리 스마트폰으로 사진을 열심히 찍어봐야 결과물이 시원찮은 탓에 그 꿈을 귀 기울여 듣는 이가 없었다. 내가 보기에도 사진을 찍는 것엔 소질이 없는 것 같았다. 차라리 편집 쪽이 조금 나았다. 열심히 찍은 사진을 보정하고 편집 프로그램을 사용해 이런저런 효과를 넣으면, 제법 근사한 결과물이 나오기도 했다. 그렇다고 굉장히 훌륭한 것은 아니다. 원래의 것보다 만들어진 것이 조금 더 나은 정도, 그뿐이다.

나도 아는 태영이의 실력을 부모님이 몰랐을 리 없다. 태영이가 고가의 카메라를 사달라고 하는 것도, 사진 찍기 위해 여행을 가겠다고 하는 것도, 항상 거절하셨다. 학생의 본업은 공부이고, 공부가 가장 편한 삶의 지름길이 되어줄 거라 하셨다. 그 말이 맞는지 틀리는지는 중요하지 않았다. 그저 태영이가 부러웠다. 녀석처럼 무언가를 간절히 바라고 그것에 대해 부모님과 이야기를 나누는 모습을 상상해 봤다. 내겐 그게 꿈이다.

"아바타가 돈을 벌어오면 그 돈을 모아서 카메라를 살

거야. 책가방엔 문제집 대신 카메라만 넣고 여행을 떠나는 거지. 어디로 갈지는 모르겠어. 발이 닿는 곳이 내게 길이 되어 주겠지."

"미친, 중2병이냐."

"나중에 해야지 하면 결국에 못 하는 거야. 내일부터 운동해야지, 새해에는 공부해야지, 하는 놈들치고 진짜 하는 놈 못 봤어. 하고 싶으면 지금 해야 해. 내년은 나중이 될 거고, 나중은 영원히 오지 않을 거야. 어른이 돼서 하면 된다는 소리 따위 할 거면 차라리 집어치워. 지금이 딱 그럴 수 있을 때야. 그래야만 하는 때야."

사뭇 진지한 얼굴이었다.

"난 네가 항상 장난만 치는 녀석인 줄 알았는데."

"좀 멋있었어?"

"그냥 미친놈인 것 같아."

"칭찬 고맙다."

태영이는 목젖이 보이도록 크게 입을 벌리고 웃었다. 그래, 미친놈이다. 나는 지금 미친놈의 말 따위에 흔들리고 있는 거다. 정신 차리자.

"그럼 여행 가 있는 동안 학교는 어떡할 건데?"

태영이가 분명 일을 저지를 거라 확신하는 데서 오는

의문이었다.

"걱정할 게 뭐 있어? 나한테는 아바타가 있잖아."

대답을 마치고 씩 웃으며 기지개를 쭉 켰다. 녀석의 교복에서 옅은 흙먼지가 폴폴 날렸다. 사방으로 퍼지는 먼지처럼 자유로워지길 꿈꾸는 게 분명했다.

그 후에도 태영이는 제법 성실하게 학교생활에 임했다. 처음 렌탈했을 때만 해도 아바타만 있으면 학교에 나오지 않을 거라고 했던 것과 다른 모습이었다. 사실 몇 번은 아바타가 대신 등교하긴 했다. 본래의 모습보다 성실한 수업 태도와 원만한 교우 관계를 보였다. 덕분에 예전보다 좋은 평을 받았다. 나 또한 아바타가 차라리 편할 때도 있었다. 하지만 시간이 지남에 따라 아바타 대신 태영이가 나타나는 횟수가 늘었고, 가끔은 누가 진짜 태영이고 누가 아바타인지 헷갈리기 시작했다.

그런 둘을 구분할 수 있게 된 건, 언젠가부터 태영이가 늘 피곤해 보였다는 점이다. 활기찬 아바타와 달리 얼굴이 창백했고 눈 밑 다크서클이 짙어졌다. 자주 근육통을 호소했고 신경이 날카로웠다. 살짝만 부딪혀도 새끼를 갓 낳은 고양이처럼 빽 소리를 지르며 화를 내는 바람에 반 아이들이 조금씩 태영이를 멀리하기 시작했다.

"너 괜찮은 거야?"

"신경 꺼."

잔뜩 충혈된 눈동자로 나를 바라봤다. 내가 내민 손을 신경질적으로 뿌리치기도 했다.

"너 또 밤새 게임 했지?"

대수롭지 않다는 듯 말을 이었다. 예전에도 게임 승급 전 때문에 며칠 밤을 샜다며 비슷한 모양새를 보인 적 있었기 때문이다. 약간의 차이가 있다면 그땐 병든 병아리처럼 꾸벅꾸벅 졸기만 했는데, 지금은 쌈닭처럼 모든 것에 공격적이고 어딘가 초조해 보였다. 시간이 지나면 나아지겠지, 지난번처럼 다시 돌아오겠지 생각했다. 크게 신경 쓰지 않으려 애썼다.

하지만 인간관계라는 건 보이지 않는 실로 얽히고설킨 것과 같기에 작은 흔들림이나 불균형이 불러오는 파장이 생각보다 컸다. 잔뜩 날 선 태영이는 화를 자주 냈고, 우리의 벌어진 거리는 좀처럼 가까워지지 않았다. 예전으로 돌아갈 수 있을까? 녀석의 뒷모습을 보며 생각했다.

평소 태영이의 주된 관심사로 이야기를 시작하면 다시 마음을 열 거라 생각했다. 하지만 녀석이 어떤 이야기를 했었는지 좀처럼 기억나지 않았다. 기껏해야 게임에 대한 것만 어렴풋이 생각났다. 하지만 나는 게임을 하지 않기 때문에 대화를 끌어갈 수 없었다. 권할 때 조금 해볼걸. 이제 와 후회했지만 별수 없다. 골똘히 생각하던 기억 속에 검은 이미지가 스쳐 지나갔다.

렌탈인간, 그리고 아바타.

"이렇게 피곤해할 거면 차라리 아바타를 등교시키는 게 어때? 네 아바타 아르바이트는 구했대? 아니면 벌써 반납한 거야?"

'아바타'라는 말에 흐리멍덩했던 태영이의 눈에 선명한 빛이 스치고 지나갔다. 녀석의 관심을 끄는 데 성공한 것 같았다. 하지만 잠시 빛나는가 싶었던 눈빛은 이내 사그라들었다.

"아바타? 그게 그렇게 부럽고 궁금하면 네가 직접 신청해 보지 그래."

낮은 목소리는 서늘했다. 얼마 전까지만 해도 아바타와 렌탈인간에 대해 찬양에 가까운 수준으로 대하던 태영이의 모습이 아니었다. 무언가 잘못된 것 같다는 생각이 들었다. 다만, 그게 무엇인지 알 수 없었다. 위태로운 친구의 껍데기를 멍하니 바라볼 수밖에 없었다.

"그럴까? 나도 아바타 빌려볼까?"

스마트폰을 꺼내 검색창에 렌탈인간을 적어 넣었다. 그리고 빠르게 손가락을 움직였다. 언젠가 태영이가 내게 그랬던 것처럼, 이번에는 내가 태영이의 눈앞에 스마트폰 화면을 들이밀었다.

"나의 모든 것을 대신해 줄 아바타를 빌리고 싶습니다."

나의 손가락 끝에서 만들어진 짧고 간결한 메시지가 태영이의 동공에 선명하게 새겨졌다. 굶주린 사자 같았다. 눈앞에 먹잇감을 절대 놓치지 않겠다는 것처럼 눈 깜빡할 사이에 내 손을 향해 달려왔다. 태영이는 내 손에서 낚아챈 스마트폰을 들고 이전 단계 버튼을 눌렀다. 전체 앱 닫기 버튼까지 눌러 보이던 화면까지 닫아버렸다. 손 쓸 틈 없이 전원을 꺼버린 후에야 스마트폰이 내게 돌아왔다.

"야! 놀랐잖아. 말로 하면 되지. 지금 뭐 하는 거야?"

나도 모르게 목소리가 커졌다. 아무리 친한 친구라도 멋대로 구는 건 당연히 화가 날 수밖에. 난 단지 태영이와 같은 것을 나누고 싶은 마음이었는데, 모든 걸 눈앞에서 거절당하자 얼굴이 달아올랐다. 그 마음을 알 리 없는 태영의 행동에 걱정은 불쾌함으로 바뀌고 결국 분노로 이어졌다.

"네 마음대로 해."

나는 신경질적으로 스마트폰을 가방에 쑤셔 넣은 채 먼저 자리에서 일어섰다. 매서운 사냥꾼 같던 태영의 눈동자는 다시 좀 전의 흐리멍덩한 눈빛으로 변해 있었다. 마치 아무 일도 없었다는 듯이, 아무것도 관심 없다는 듯이. 초점을 잃은 멍한 눈동자였다. 우리 사이의 거리가 조금씩 더 벌어지고 있는 게 느껴졌다.

차라리 지금 내 눈앞에 있는 녀석이 아바타였으면 좋겠다. 그럼 맘껏 미워할 텐데. 그러고 보니 저 녀석, 진짜이긴 한 건가?

"다녀왔습니다."

현관문을 열고 들어오며 습관적으로 인사를 건넸다. 태영이와는 그 이후 조금 서먹한 상태가 됐고, 그것은 외로움이라는 이름의 얼룩이 되어 나를 물들였다.

"무슨 일 있었니? 표정이 안 좋아. 걱정거리라도 있는 거야?"

조심스러운 질문이 나를 맞이했다. 또 저 여자다. 언젠가부터 집에 나타난 여자. 엄마 대신 집안일을 도맡아 하고 있다. 그렇다면 집안일만 하면 될 텐데, 내 부모라도 되는 것처럼 굴었다. 사사건건 잔소리를 늘어놓고 필요 이상으로 참견했다. 지금도 그렇다. 호기심인지 걱정인지 구분되지 않는 목소리에 얼굴이 굳어졌다. 그녀의 과한 관심이 몹시 불편했다. 무심한 엄마가 차라리 나은 것 같다.

"친구랑 다투기라도 했어? 선생님께 꾸중 들었니? 그러고 보니 안색이 나빠. 영양 불균형일지도 모르겠구나. 내가 기력 회복에 좋은 음식으로 금방 준비할게."

"저 좀 쉴게요."

대체 뭐가 그렇게 궁금한 거람. 여자의 행동과 말투가 거슬렸다. 나의 일거수일투족에 관심을 가지고 살피는 모습이 부담스러웠다. 살핀다기보다는 만족스러운 답이 나올 때까지 캐묻고 있다는 게 적당한 표현일 것이다.

"참, 인사를 빼먹었구나. 외출하고 돌아오면 인사부터 하는 게 상대방에 대한 예의야."

여자는 별다른 표정 변화 없이 잔소리를 늘어놓았다. 나는 대답 대신 방문을 조심스레 닫았다. 당신부터 내게 예의를 지키란 말이야. 하고 싶은 말도 꿀꺽 삼켰다.

　방에 들어왔지만 불은 켜지 않았다. 문틈으로 새어 들어온 거실 빛 덕분에 어둡지 않았다. 익숙한 방의 풍경이 눈에 들어오자 마음이 편안해졌다. 비로소 쉼에 다다랐다. 본디 집이란 쉬는 곳이어야 하는데, 언젠가부터 가장 불편한 곳이 되었다. 아마 저 여자가 나타난 후부터일 거다. 그나마 문 닫힌 작은 방 한 칸이 내게 쉼이 되어주었다. 하지만 그것마저 내게는 사치인 걸까. 호흡을 깨뜨리는 소리가 들렸다. 똑똑, 여자가 문을 두들겼다. 나의 영역이 침범당했다.

　"간식 준비해 놓았으니, 나와서 먹어."

　나는 여전히 조개처럼 입을 꾹 다문 채 있었다. 여자가 내 방문을 먼저 열지 않는다는 걸 알고 있기 때문이다. 아마도 내가 집을 비운 동안 청소를 해놓는 것 같다. 하지만 아무 때나 문을 벌컥 열고 들어오거나 서랍을 뒤지는 짓 따위는 하지 않았다. 내가 문을 열어주길 기다리며 끊임없이 두드릴 뿐이다. 지금처럼.

　"생각 없어요."

　"그래도 조금이라도 먹어. 성장기 때는 잘 먹어야 해. 간식이 별로면 밥으로 준비할까?"

문 두들기는 소리가 한 번 더 들렸다. 단지 간식을 거절했을 뿐인데 나를 부르는 목소리가 조급해졌다. 자신의 존재를 부정당하기라도 한 것처럼 애절하기까지 했다. 그까짓 간식이 무어라고 이렇게까지 하는 걸까? 차라리 빨리 먹고 보내버리는 게 낫겠다. 아마 내가 문을 열기 전엔 절대 포기하지 않을 테니까.

손잡이를 꾹 눌러 굳게 닫힌 방문을 열었다. 환하게 밝혀져 있던 거실 불빛이 쏟아져 들어왔다. 그 빛 속에 여자가 있었다. 언제부터 여기 있었던 걸까. 여자는 손에 들고 있던 간식을 조금 더 높게 들어 올렸다.

"건강에 좋은 음식이야."

언젠가 이모할머니가 말씀하신 적 있었다. 할머니가 어렸을 때는 먹을 게 귀했다고. 그래서 그랬을까. 할머니는 음식에 집착하셨다. 본인이 먹는 음식이 아닌, 타인을 먹이는 음식 말이다.

할머니 댁에 놀러 가면 집에 갈 때까지 쉬지 않고 음식을 내어 오셨다. 밥은 당연히 밥그릇을 훌쩍 넘긴 높이였고, 반찬도 더 이상 둘 자리가 없을 만큼 가득했다. 식사가 끝난 후에는 과일, 떡, 케이크까지 꺼내 오셨다. 오로지 내 입에 음식을 넣어주느라 바빴다. 젓가락질이 서툰 어린아이가 아님에도 꼭 본인의 손으로 음식을 덕여 줘야 직성이 풀리는 것 같았다. 집에 돌아가는 길에도 할머니의 음식 공격은 계속됐다. 트렁크 가득 비닐봉지가 터지도록 음식을 싸주시곤 했다. 자식이 없던 이모할머니는 우리 부모님을 자식처럼 대했고, 덕분에 나까지 극진한 대접을 받았다.

한 살 한 살 먹어가며 부모님을 따라다니는 날이 줄어들기 시작했다. 이모할머니는 서운해하셨다고 한다. 전화를 걸어 아쉬움을 표현하기도 했다. 음식을 챙겨 보내는 것만으로 부족했는지 직접 싸 들고 오신 날도 있었다. 하지만 나는 더 이상 할머니가 뜯어주는 생선살을 입 벌려 받아먹는 꼬마가 아니었다. 할머니의 음식보다 엄마가 사 온 햄버거를 더 좋아하게 된 후였다. 그마저도 직접 사 먹는 게 편한 나이가 됐다. 당신의 음식에 는길 한 번 던지지 않는 변해버린 나를 보고 상처받은 표정으로 돌아가셨다. 그 모습이 이모할머니의 마지막이었다.

그랬다. 여자의 얼굴은 못내 서운해하시던 할거니의 표정과 닮았다. 더 이상 만날 수 없는 이모할머니의 모습이 떠오르자 죄책감이 느껴졌다. 여자의 손에서 접시를 받아 들고 놓여있는 간식을 하나 집어 입에 욱여넣었다.

그제야 여자는 만족스러워 보였다. 자신의 존재에 대한 인정을 받았다는 듯 뿌듯한 표정이었다.

"음식을 다 먹고 나면 잘 먹었다고 인사하는 게 예의야."

그놈의 예의. 조용히 덧붙인 한마디에 목구멍을 넘어가던 음식이 턱 걸렸다. 엄마처럼 굴기는.

때마침 '삐리릭' 현관문 열리는 소리가 들렸다.

"건우야, 우리 왔다."

아빠다. 여자는 몸을 확 돌려 마중 나갔다. 간식 접시를 받아 든 내게는 더 이상의 볼일이 없는가 보다. 놀랍게도 아빠는 엄마와 함께였다. 부부는 서로 닮는다더니. 두 사람의 볼은 복사해서 붙여 넣기 한 것처럼 발갛게 달아올라 있었다.

조금 전까지 내게 간식을 강요하던 여자가 이제는 부모님 앞에서 식사를 강요하기 시작했다. 밖에서 이미 맥주까지 마시고 왔다며 거절하는 두 사람 앞에 선 채로 물러설 기미가 전혀 없어 보였다. 보이지 않는 팽팽한 벽이 세 사람 사이에 있었다.

"밖에서 같이 한잔하고 와서 밥 생각 없어요."

아빠의 말에 생글거리던 여자 얼굴에서 웃음기가 사라졌다. 조금 전 내가 간식을 거절했을 때와 비슷한 표정이었다.

"그래도 식사는 챙겨 드셔야죠."

조금도 물러설 생각이 없어 보였다. 엄마도 배가 부르다고 아빠의 말을 거들었다. 두 사람이 거절할수록 여자의 표정은 어두워졌다.

"그래도 드셔야 해요!"

신경질적인 여자의 말에 부모님이 당혹스러운 표정을 지었다. 그건 나도 마찬가지였다. 대체 왜 그렇게 음식에 집착하는 건지 도통 이해가 가지 않는다.

"그럼 안주라도 만들어서 한잔 더 하시는 건 어때요?"

참지 못하고 끼어들었다. 부모님이 내 말에 동의하자 여자의 굳은 얼굴이 풀어졌다.

엄마 아빠는 옷을 갈아입기 위해 방으로 들어갔다. 그동안 여자는 안주를 준비했다. 음식을 만들어 식구들에게 대접하기 위해 존재하는 것처럼. 비로소 제 자리를 찾은 듯 보였다. 나는 다시 내 방으로 돌아왔다. 나 역시 내 자리를 찾아 돌아왔다.

방문 밖에서 소란스러운 소리가 들렸다. 어딘가가 어

굿난 듯 딱딱했던 분위기가 다시 부드러워진 것 같았다. 엄마와 아빠가 함께 있다니. 무엇보다 이 상황이 내겐 몹시 낯설었다. 언젠가 어색한 표정으로 가족사진을 찍었던 날과 달랐다. 지금까지 하지 못했던 이야기를 하고 싶은 것처럼 대화가 끊이지 않았다. 큰 소리로 웃기도 했고 사이사이 시무룩한 목소리가 들리기도 했다. 제법 가족 같았다.

닫힌 문 안에서 두 사람의 목소리를 백색소음 삼아 침대에 누웠다. 그러고 보니 부모님의 취기가 오른 모습 또한 낯설다. 회식 때문에 취해 들어온 적은 있었지만 둘이 함께 마시느라 취한 적은 없었으니까. 동시에 배신감도 느꼈다. 아들이 저녁을 먹기는 했는지 궁금해하지 않는 모습이 얄밉기도 했고, 괜히 눈앞을 어슬렁거려도 한 젓가락 먹어보라는 말 한마디 없는 게 서운했다. 딱히 저 자리에 끼고 싶진 않았지만, 안 끼는 것과 못 끼는 것은 다르니까.

문득 책상 위에 놓인 가족사진이 눈에 들어왔다. 몇 살 때였는지 기억조차 나지 않는 어린 내가 지금보다 젊은 엄마와 아빠의 손을 잡고 서 있었다. 엄마의 스마트폰 배경 사진과 같은 것이다. 그 모습을 물끄러미 들여다봤다.

얼핏 평범한 가족처럼 보이는 모습에 가슴 깊은 곳에서 부터 분노가 끓어올랐다.

왜 화가 났는지 모르겠다. 엉망진창인 현실 때문인지, 방구석에 처박혀 심술부리는 나 때문인지, 그것도 아니면 완전체라도 된 양 밖에서 하하호호 떠드는 목소리 때문인지.

애꿎은 액자를 바닥에 내동댕이쳤다. 그것은 힘없이 와르르 형체가 무너지며 품고있던 사진을 뱉어냈다. 밖은 여전히 소란스러웠다. 여전히 아무도 내게 관심이 없다. 홧김에 사진을 손에 움켜쥐고 구겨버렸다. 그대로 쓰레기통을 향해 던졌다. 툭. 입구에 맞고 튀어나온 그겨진 사진 속의 내 얼굴이 일그러져 있었다.

"이 집에서 나만 없으면 모두 행복하겠네."

나도 모르게 볼멘소리가 튀어나왔다. 머릿속을 헤집고 다니던 자음과 모음은 입 밖으로 뱉는 순간 형태를 갖추었다. 말로 뱉은 것을 귀가 들으니 선명하게 각인 되었다. 외롭다. 이번에는 말을 삼켰다. 지금 느끼는 감정을 어둠에조차 들키고 싶지 않아 꾹꾹 눌러 담았다.

화풀이하듯 허공을 향해 발길질을 해댔다. 그러자 침대 위에 대충 던져둔 가방이 떨어지면서 그 밑에 깔려있던 스마트폰이 모습을 드러냈다. 종일 울리지 않으니 존재 자체를 잊고 있었다. 화면을 열어보니 낮에 학교에서 꺼둔 그 상태였다. 전원을 켜자 밝아지는 화면의 불빛에 어둡던 방이 순간 반짝 빛났다. 학급 단톡방에 쌓여있는 무의미한 메시지와 광고 문자 따위를 살폈다. 당연하지만 특별한 건 없었다. 재미없어. 그에 답하듯 스마트폰에서 진동이 느껴졌다. 습관적으로 손가락을 움직였다. 태영이로부터 메시지가 와 있었다.

"넌 렌탈 하지마."

제멋대로 군 것에 사과부터 해야 하는 거 아냐? 뻔뻔한 녀석.

"뜬금없이 무슨 소리야?"

바로 답장했지만 메시지 옆에 찍힌 1은 사라지지 않았다. 통화 버튼을 눌렀다. 뚜, 뚜, 뚜…. 지루한 연결음 끝에 들린 건 태영의 목소리가 아니었다. 지금은 전화를 받을 수 없다는 기계음이었다. 친절하지만 건조한 목소리. 퍽 친숙한 소리다.

"네가 하지 말라 하면 내가 안 해야 해?"

화가 났다. 화가 나는 이유도 모른 채 뾰족하게 가시를 세운 고슴도치처럼 몸을 둥글게 말고 메시지를 보냈다.

언제는 하라더니 이제는 하지 말란다. 그래 놓고 전화를 받지 않는다.

오기가 생겨 렌탈인간 사이트에 접속했다. 이젠 까만 화면도 제법 친숙하다. 까만 물에 손가락을 담그고 노를 저었다. 손가락을 빠르게 움직여 배를 움직였다. 독적지가 보인다. 게시판을 찾았지만 구구절절 긴 설명 따위 적지 않았다. 대상을 알 수 없는 분노와 외로움에 몸부림치던 손가락은 짧은 글을 남겼다.

"내 삶을 대신 살아 줄 아바타를 렌탈하고 싶습니다."

빠르게 움직이던 엄지손가락이 손톱보다 작은 크기의 '등록' 버튼 앞에서 움직임을 멈췄다. 횡단보도 앞에 멈춰 선 자동차처럼 잠시 머물러 있었다.

내 삶을 대신 살아준다면 어디부터 어디까지일까? 어쩌면 처음부터 품어야 했던 질문이었다. 아무도 몰아세운 적 없지만 벼랑 끝에 몰린 지금, 머릿속에 근본적인 물음표가 떠올랐다. 하지만 생각을 접었다. 질문이나 답이 당장 중요한 문제는 아니니까. 어른들은 '요즘 어린 학생들은 참을성이 없다'며 고개를 저었다. 어쩌면 지금이 참을성 없는 어린 학생의 절정을 보여줄 순간일지도 모르겠다.

사람은 여러 방식으로 사랑에 빠진다. 함께 시간을 보내다 스며들기도 하고, 누군가를 만나려 애쓰기도 하고, 아무 이유 없이 한순간에 빠지기도 한다. 지금의 나는 그 모든 경우에 해당된다. 그렇다고 정말 사랑에 빠졌다는 것은 아니다. 오랜 시간 쌓여온 외로움에 지쳐 있었을 뿐이다. 버티려 했지만, 결국 찰나의 감정이 나를 이곳으로 데려왔다. 이제 버튼만 누르면 된다.

지켜보는 이도 없고, 방해하는 이는 더더욱 없다. 그럼에도 쉽게 버튼을 누를 수 없었다. 태영이의 메시지 때문일까? 다시 한번 통화 버튼을 눌러봤지만 여전히 태영이의 목소리를 들을 수 없었다. 어쩌면 아바타에게 모든 것을 맡기고 이미 먼 여행을 떠났는지도 모르겠다. 거기까지 생각이 들자 마음이 조급해졌다. 태영이를 그렇게 떠나보내고 싶지 않았다. 자세를 고쳐 앉고 이미 다 쓴 글을 다시 읽었다. 원하는 바가 제대로 담겨있는지 눈으로 훑었다. 나쁘지 않다. 그리고 등록 버튼을 눌렀다. 이제 아바타가 오면 태영이를 따라 함께 떠나면 된다. 결심이 서고 나니 마음이 홀가분해졌다.

"나도 아바타 렌탈 할 거야. 너 여행은 언제 갈 거야? 나랑 같이 가자. 나도 이제 벗어나고 싶어."

태영에게 메시지를 보냈다.

방문 밖에서 부모님의 목소리가 들렸다. 나를 부르는 건 아니고 여전히 둘단의 시간을 보내는 중이다. 두 사람의 목소리를 배경 삼아 어둑한 방을 둘러보았다. 아담한 나만의 공간을 아바타에게 양보할 순간이 다가오고 있다. 추억을 정돈하고 아쉬움을 달랠 충분한 시간은 없지만 괜찮다. 외로움만 가득한 게 추억이라면 그딴 건 필요 없으니까.

이제야 비로소 자유롭고 풍족해질 삶을 상상하며 입꼬리를 살짝 올렸다. '즈문이 접수되었습니다'라는 메시지가 액정 위로 떠올랐다가 사라졌다. 어두운 방의 기세에 빛을 모두 빼앗기기라도 하는 것처럼 스마트폰도 서서히 어두워졌다.

언제 잠 들었는지 모르겠다. 눈꺼풀이 간지러워 눈을 뜨니 어느새 주변이 밝아져 있었다. 아침이 온 거다. 지난 밤 일이 떠오르자 덜컥 겁이 났다. 되돌릴 수 없는 선택이 어떤 결과를 가져올지 무서웠다. 나는 태영이와 달리 아무런 계획도 없었는데 너무 충동적으로 신청한 게 아니었을까? 뒤늦은 후회가 밀려왔다.

무엇보다 가장 두려운 건 지금 내가 느끼는 불안한 감정을 털어놓을 대상이 없다는 것이다. 그나마 버팀목이 되어주었던 태영이마저 어제의 메시지를 마지막으로 더 이상 연락이 닿지 않았다. 나도 모르게 손톱을 물어뜯기 시작했다. 어린 시절 홀로 어두운 방을 지키고 있을 때 했던 행동이 다시 수면 위로 떠올랐다.

"일어났니?"

똑똑 노크 소리와 함께 여자의 목소리가 들렸다. 내가 잠에서 깬 걸 어떻게 알았지? CCTV라도 달려있나? 괜히 방을 둘러봤다. 여전히 먼저 손잡이를 돌리는 짓은 하지 않았다. 절대로 너의 영역에 함부로 침범하지 않겠다는 것 같았다. 동시에 결코 너 따위와 가깝게 지내지 않겠다는 선전포고처럼 느껴졌다. 벽이 세워져 있는 그런 관계. 차라리 편했다.

담임선생님은 말썽부리지 않는 아이들을 좋아한다. 그렇다고 특별히 그들에게 애정을 쏟지 않는다. 학폭같은 골치 아픈 짓을 하면 애써 외면하는 게 최선인 그런 사람이었다. 상대가 누구든 교탁과 책상 사이만큼 거리를 둔다. 더 이상 가까워지는 것도, 멀어지는 것도 원하지 않는다. 한 학년의 과정이 끝나고 교실 문이 닫히면 그동안의 연결고리마저 끊어진다.

이제야 선생님이 조금 이해됐다. 나를 둘러싼 벽을 넘어오는 사람이 없다. 그렇다고 내가 먼저 그 벽을 부술 마음도 없다. 하지만 이제는 달라질 거다. 누구에도 사랑이나 관심 혹은 그 어떤 것도 구걸할 생각 따위 없다. 머지않아 아바타가 도착할 테니까. 그 녀석이 나 대신 벽을 넘어갈 테니까. 당신들이 원하는 모습으로 살아 줄 거야. 내가 아닌 또 다른 내가.

심장이 평소보다 빠르게 뛰었다. 설렘일까? 축하 폭죽 같은 두근거림이 제법 마음에 들었다. 지독한 외로움에 지쳐 더 이상 방문을 열지 않더라도 아바타가 대신 열어줄 테니까. 그들이 원하는 딱 그 정도의 거리를 유지해 줄 테니까.

그렇게 생각하니 마음이 가벼워졌다. 더 이상 어떤 것도 두렵지 않다면 거짓말이겠지만, 그만큼 여유로움이 느껴졌다. 쉬지 않고 부지런히 움직이는 시계를 봐도 마음이 느긋했고, 영어 시간에 단어 쪽지시험 볼 일도, 곧 다가올 수행평가도 걱정되지 않았다. 모든 것에 관대한 마음을 가지게 되었다.

당장 그것들이 삶의 전부라 생각됐을 땐 한없이 초조했다. 작은 실수 하나에도 겁나서 숨이 막힐 것 같았다. 하지만 이제 나와 상관없다고 생각하니 드넓은 바다처럼 모든 것을 품어줄 수 있을 것 같다. 인간은 이토록 간사하다. 화장실 들어갈 때와 나올 때 마음이 다르다는 어른들의 말씀이 이제야 이해됐다. 역시 사람은 그 상황이 돼봐야 뜻을 이해하는가 보다.

똑똑. 또다시 노크 소리가 들렸다. 언제 나타날지 모를 아바타를 위해 이부자리를 정돈하던 중이었다. 생각이 끊겼다. 곧 저 문이 열리겠지만 아직은 아니다. 짐도 거의 다 쌌다. 물론 그것은 아바타가 아닌 나를 위한 짐이다. 가방을 챙겨 태영이를 찾아갈 생각이다. 그리고 벗어날 거다. 모든 것으로부터.

독촉하듯 다시 노크 소리가 들렸다. 별다른 말 없이 들리는 노크 소리는 참으로 꾸준히 반복됐다. 힘껏 던져도 다시 돌아오는 부메랑 같았다. 이 여자는 대체 잠을 자긴 하는 걸까? 항상 살금살금 움직이는 그녀의 소리를 들으며 잠이 들고, 보글보글 끓는 냄새와 새벽을 여는 칼질 소리에 눈을 뜨곤 했다. 가끔 새벽에 깼을 때도 방문 밖에서 조용히 부스럭대는 소리, 소리죽여 움직이는 소리가 들렸다. 한번은 벌떡 일어나 문을 열어본 적 있었다. 대체 밤늦게까지 뭘 하는지 궁금했기 때문이다. 손잡이를 당겨 문을 열었을 때, 하마터면 소리 지를 뻔했다. 문 앞에 서 있던 여자와 눈이 마주쳤기 때문이다. 여자는 무표정한 얼굴로 내게 "뭐 필요한 거 있니? 내 도움이 필요한거야?"라고 물었다. 자신의 존재를 끊임없이 확인받고 싶어 했다. 도움이 필요하다고 말했으면 상황이 달라졌을까? 고요한 집에서 조용히 나를 바라보는 여자의 얼굴을 보며 물음표가 떠올랐다. 그럴 리가 없지. 천천히 고개를 저었다.

못 이기는 척 방문을 열자 가장 먼저 여자의 얼굴이 보였다.

"일찍 일어났구나? 성장기 학생은 7시간 이상은 자야해. 아직 알람도 울리지 않았는데. 왜 벌써 일어난 거니?."

"눈이 일찍 떠졌어요."

"그럼 더 자지 그래. 알람이 너를 깨워줄 때까지."

"괜찮아요. 어차피 일어날 때 됐어요."

"그래도 알람 울릴 때까지 조금 더 누워있어. 그게 알람의 역할이니까."

알람의 역할이라니. 이 여자는 가끔 이해되지 않는 말을 뱉곤 했다. 잘 짜인 프로그램이 조금만 벗어나도 오류를 잡아내는 것처럼, 그녀는 내가 일상에서 조금이라도 어긋난 행동을 하면 집요하게 달라붙었다.

사람이라는 게 계획대로만 살 수 없는 거 아닌가? 길을 걷다 보면 쉬어갈 수도 있고, 돌아갈 수도 있다. 하지만 저 여자는 그런 것을 용납하지 못하는 것 같았다. 어쩌면 완벽주의자일지도 모르겠다. 아침 식사가 거의 준비되어 있었다. 시간에 맞춰 정해진 대로 준비된 모습을 보니 갑자기 겁이 났다. 박힌 틀에서 벗어나지 못할까 봐 두려웠다.

태영이가 집에 없으면 어떡하지? 이미 떠나버렸으면? 나는 그 녀석이 어딜 갔는지 모른다. 전화도 받지 않는 녀석을 무슨 수로 찾아간단 말인가. 조금 전까지의 확신은 순식간에 사라졌다. 작은 손가락이 조금씩 땅을 파 거대한 모래성을 무너뜨리는 것처럼, 한번 시작된 걱정은 순식간에 나를 움켜쥐었다.

"알겠어요."

끊임없이 알람의 역할에 대해 토해내는 여자의 말에

수긍하기로 했다. 알람이고 아침 식사고 간에 여자와 씨름하고 싶지 않았기 때문이다. 하지만 잠을 다시 잘 생각은 없었다. 어차피 알람은 곧 울릴 테니 그 전에 짐을 마저 싸기로 했다. 스마트폰 충전기와 간단한 옷, 체크카드, 약간의 현금을 챙겼다. 엄마가 출장 가는 날엔 거대한 캐리어에 이것저것 짐을 채워 넣던데, 내 짐은 고작 이게 전부다. 이만큼이 내 존재의 크기였다.

"이 정도면 내가 집에서 사라진다 해도 아무도 모르겠네."

나지막이 중얼거렸다. 책가방은 평소보다 더 부풀어 올랐지만, 고작 가방 하나에 채워지는 정도가 나의 존재감이라 생각하니 씁쓸해졌다. 하지만 더 이상 감성팔이 할 시간이 없다. 알람이 울렸으니까. 전쟁의 시작을 알리는 나팔수의 비명이었다. 그 소리를 들은 군인처럼 비장한 마음으로 가방을 바라봤다. 손에 힘이 잔뜩 들어갔다. 이제 준비는 끝났다.

식탁 위에 아침 식사가 놓여 있었다. 쌀밥이 안겨주는 포근함에 자칫 홀릴 뻔했다. 그 너머로 아빠의 코 고는 소리가 들렸다. 아무래도 지난밤 늦게까지 술을 마신 모양이다. 엄마는 진작 일어났는지 출근 준비를 하는 것 같았다. 부산스러운 소리가 코골이 사이사이로 새어 나왔다.

"어서 와서 밥 먹어."

여자가 가리키는 곳에 두 개의 콩나물국이 놓여 있었다. 하나는 나를 위한 것이 분명했다. 맑은 국물 안에 가녀린 콩나물이 가득 담겨 있었다. 마주 본 자리에는 엄마를 위한 김치 콩나물국이 보였다. 언제 나타났는지 엄마는 의자를 당겨 앉고 며칠 굶은 사람처럼 국물을 떠먹었다. 그걸로 부족했는지 그릇째 들어 마시기까지 했다. 아저씨들처럼 "크!" 하는 감탄사까지 빼먹지 않았다. 송골송골 땀방울이 맺히려 할 때쯤 아랫배를 잡고 화장실로 달려갔다. 국물만 잔뜩 마셔버린 그릇엔 김치와 콩나물이 그대로 남아 있었고 흰 쌀밥은 손도 대지 않았다.

여자는 잠시 머뭇거리다 그릇을 정리했다. 분명 평소와 같은 옅은 미소를 짓고 있었지만, 어쩐지 화가 난 것처럼 보이는 기괴한 얼굴이었다. 기분이 보이는 것 같았다. 그녀를 위로라도 하듯 밥을 싹싹 긁어 전부 국에 말아 버렸다. 당신과의 마지막이라고 생각하니 이 정도 서비스 못 해줄 이유가 없었다. 아슬아슬하게 찰랑대던 국물은 숟가락을 푹 담그자 위태롭게 놓여 있던 것들을 바닥에 흘려내려 버렸다. 숟가락이 움직일 때마다 때로는 거칠게 혹은 느긋ㅎ-게 국물이 넘쳤지만 개의치 않았다. 그건 여자 역시 마찬가지였다. 오히려 밥 잘 먹는 손주를 바라보는 것처럼 만족스러운 표정을 지어 보였다. 조금 전과는 다른 온도였다.

"건우야, 뭐 샀니? 네 앞으로 택배 왔어."

엄마의 목소리가 들렸다. 어느새 현관문을 열고 내게 소리치고 있었다. 고개가 바짝 세워졌다. 왔구나! 가슴이 두근거렸다.

설레는 마음으로 현관 앞에 다가갔다. 나랑 똑같이 생겼을까? 얼마나 클까? 만나면 어떤 표정을 지어야 할까? 수많은 물음표가 떠올랐다. 하지만 어처구니없을 정도로 작은 상자에 모든 의욕이 꺾였다. 아바타 인간은커녕 신발 한 짝조차 들어가지 못할 것 같았다. 작은 상자는 무게마저 가벼웠다. 이게 뭐야, 설마 피규어 같은 게 들어 있는 거 아냐? 햄버거 가게 어린이 세트에 딸려 나오는 피규어들이 떠올랐다. 내가 생각한 아바타는 이런 게 아닌데. 반품 접수해야 할까. 그런데, 애초에 그런 게 있긴 했나?

마음이 조급해졌다. 상자 겉면에 적혀 있는 내 이름을 확인하고 테이프를 뜯었다. 마음이 급할 때는 꼭 사소한 것도 잘 안된다. 무심하게 달라붙어 있던 테이프는 끈질기게 엉겨 붙어 좀처럼 입을 벌리지 않았다. 그렇다고 포기할 내가 아니지.

기대감이 실망감으로 바뀐 건 순식간이었다. 차라리 열지 말걸. 손끝에서 빈 상자가 툭 떨어졌다. 지금껏 테이프를 뜯느라 씨름한 게 어이없어 헛웃음이 나왔다. 텅 빈 상자는 나를 향해 입을 크게 벌리고 한껏 비웃었다. 혹시 뭔가 빠진 게 아닐까 싶어 현관 밖을 내다보았지만 복도는 텅 비어 있었다.

순간, 주머니에 들어있는 스마트폰에서 진동이 느껴졌다.

'배송이 완료되었습니다.'

짤막한 메시지는 누가 보냈는지 발신 번호조차 적혀 있지 않았다.

신종 피싱? 젠장. 돈을 낸 것도 아니고 누가 억지로 떠민 것도 아니다. 이 억울함을 누구에게 털어놓아야 할지 몰라 그저 씩씩거리기만 했다. 귓가에 맴도는 가을 모기를 힘껏 찍어 내리듯 텅 빈 작은 상자를 발로 밟아 구겨

버렸다.

"무슨 일 있니?"

식탁을 정리하던 여자가 어느새 곁에 다가와 물었다.

"아무것도 아니에요."

"학교 갈 시간이야."

맙소사, 상자와 씨름하느라 시간이 훌쩍 지난 걸 몰랐다. 당황한 탓에 이것저것 따질 것 없이 운동화에 발을 구겨 넣고 문을 열었다. 운동화는 망설임 없이 학교가 아닌 태영의 집을 향했다. 한 걸음씩 내딛는 발걸음에 밤새 나를 짓누르던 두려움은 어느새 설렘으로 바뀌기 시작했다. 아바타가 분명 올 거라는 믿음만 떠올렸다.

태영이는 여전히 전화를 받지 않았다. 끊임없이 반복 재생되는 안내 멘트가 지겨워질 때쯤 무언가 허전한 기분이 들었다. 주머니를 뒤적거리다 깨달았다. 젠장, 가방을 놓고 왔구나.

이미 태영이의 집이 시야에 들어왔지만 다시 돌아가기로 했다. 지갑이 가방 안에 있었기 때문이다. 당장 편의점 도시락 하나 사 먹을 돈조차 없었으니 고민할 필요도 없었다. 학교에 가던 학생이 가방을 안 가져가서 돌아왔다고 하면 누구도 이상하게 생각하지 않을 터였다.

마지막일 거라 생각했던 현관문 앞에 서니, 다시 숨통이 조여왔다. 겨우 벗어날 용기를 낸 건데. 어쩌면 영원히 이곳을 벗어나지 못하는 게 아닐까? 불안한 마음을 숨기려 크게 숨을 들이마셨다. 그리고, 도어락 버튼을 눌렀다.

집은 조용했다. 평소 같았으면 현관문을 열자마자 여자의 동그란 얼굴이 떠올랐을 텐데 지금은 아무 것도 보이지 않았다. 어쩌면 그놈의 밥을 하기 위해 마트에 갔는지도 모르겠다. 안방에서 미세하게 부스럭거리는 소리가 들렸다. 아직 아빠가 집에 있었구나. 서둘러야 했다.

나는 최대한 발걸음 소리를 죽인 채 내 방을 향했다. 여전히 어두운 방은 좀 전에 내가 나왔을 때와 달라진 게 없었다. 묵직한 가방을 찾아 어깨에 둘러메고 나오려는데, 발끝에 나뒹구는 덩어리 하나가 보였다. 들여다보니 어제 내가 구겨버린 가족사진이었다. 구겨진 인화지를 살살 눌러 펼치자 일그러진 우리 셋의 얼굴이 보였다. 이제야 조금은 웃는 것처럼 보였다.

그때 어딘가에서 힘없는 고양이 울음소리가 들렸다. 아니, 그건 어린아이의 울음소리 같기도 했다. 어쩌면 모두 틀렸을지도 모른다. 조용한 집 어딘가에서 연약한 흐

느낌이 들렸다. 온통 침묵으로 죽어있는 공간에 유일하게 살아있는 소리였다.

무언가에 홀리기라도 한 것처럼 발이 움직였다. 피리 부는 사내의 소리를 쫓던 어린아이들처럼. 정체를 알 수 없는 소리를 쫓아가던 내 발이 멈춘 곳은 안방 앞이었다. 살짝 열려있는 문틈 사이에서 약간의 간격을 두고 좀 전의 앙칼진 소리가 새어 나왔다.

그리고, 보고야 말았다.

이마에서 땀방울이 흘러내렸다. 어쩌면 돌아오지 않을 수도 있다는 막연한 생각은, 결코 다시는 돌아오지 않겠다는 확신으로 바뀌었다. 머릿속에 남아있는 좀 전의 잔재를 털어내기 위해 발걸음에 속도를 높였다. 어깨에 올라타 있는 묵직한 가방은 자신의 존재감을 뽐냈고, 차가운 공기와 뜨거운 날숨이 만나 거친 숨소리를 만들어냈다. 그렇지만 아무리 애써도 선명하게 박힌 기억은 지워지지 않았다. 숨이 가빠질수록 오히려 뚜렷하게 각인되었다. 결국 주저앉아 헛구역질을 하고 난 후에야 다시 움직일 수 있었다.

공중화장실에서 교복을 벗고 미리 준비해 둔 사복으로

갈아입었다. 입고 있던 교복은 검은색 비닐봉지에 넣어 쓰레기통에 처박아 버렸다. 짐을 조금이라도 덜고 싶었고, 다시 입지 않겠다는 굳은 의지였다. 뒷일 따위 생각하고 싶지 않았다. 쫓아오는 사람도 없었는데 잰걸음에 속력을 붙여 걷거나 뜀박질하며 끊임없이 재촉했다. 죽는 줄도 모르고 불을 향해 달려드는 불나방처럼, 멈추면 모든 게 끝나기라도 하는 것처럼.

발걸음이 멈춘 곳은 태영이 집 앞이었다. 미처 진정되지 않은 숨을 고를 여유도 없이 벨을 마구 눌렀다. 대답을 기다릴 것도 없이 문을 두들겼다. 잠시라도 움직임을 멈추면 안 될 것 같아서 턱끝까지 차오른 숨소리를 꾸역꾸역 내뱉었다. 애써 털어내려던 기억이 다시 달라붙을까 봐 불규칙한 숨소리에 불쾌한 기억을 숨겨야 했다. 내가 태영이의 이름을 부르는 것보다 계속된 재촉에 문이 열리는 게 더 빨랐다.

"누구세요?"

익숙한 얼굴이 문 안에서 모습을 드러냈다. 태영이 어머니였다.

"건우구나. 오랜만이네. 아침부터 무슨 일이야? 태영이랑 만나기로 했어? 방금 나갔는데 못 봤니? 왜 이렇게 숨

찬 거야. 어머, 뛰어온 거니? 땀 좀 봐. 물 가지고 올게. 잠
깐 기다려 봐."

　아무 말도 뱉지 못하고 헉헉거리는 나를 향해 태영이
어머니는 빠르게 문장을 쏟아냈다.

　"찾을 게 있어서요."

　그제야 숨이 쉬어진 내가 성큼성큼 태영이의 방으로
향했다.

　"태영이가 뭐 놓고 갔어? 얘도 참 덤벙거린다니까. 그
걸 또 너한테 부탁하고 그랬다니? 자기 건 자기가 챙겨
야지. 언제 철 들려나 몰라. 건우 네 반만이라도 따라갔으
면 좋겠다. 너희 엄마는 정말 좋으시겠어. 아들이 얼마나
듬직해."

　쪼르르 정수기에서 컵으로 물이 떨어지는 소리가 들렸
다. 물 한 잔이 채워지는 짧은 순간 동안 엄청난 말을 내
뱉고 있었다. 하지만 나는 별다른 대꾸를 하지 않았다.
'관계자 외 출입 금지' 푯말이 붙어있는 태영이의 방문
앞에 서서 크게 숨을 내쉬었다. 태영이가 반드시 그곳에
있기를 소망했다.

　땀으로 축축해진 손바닥이 손잡이에 무게를 실었다.
소리 없이 스르륵 열리는 문. 어둡지도 밝지도 않은 방.

녀석은 그곳에 있었다.

"뭐야?"

신경질적인 목소리였다. 놀란 토끼 같은 표정으로 그 자리에 굳어있는 상태였다.

"너 맞구나. 안 늦은 거지?"

그제야 안심이 됐다.

"언제 들어왔어?"

그제야 자기 아들을 발견한 태영이 어머니는 문 앞에 선 채로 잔소리를 늘어놓았다. 좀 전에 나갔는데 언제 들어온 거니, 이렇게 바로 쫓아올 거면서 건우에게 심부름을 시킨 거냐, 너 때문에 건우가 말도 안 나올 정도로 뛰어오느라 땀범벅 된 것 좀 봐라, 그런데 너희는 학교 안 갈 거니, 얼른 필요한 물건 찾아서 나가라, 교복은 왜 안 입었니, 교복 한 벌이 얼마나 비싼데 왜 맨날 체육복만 입고 다니는 거니, 이럴 거면 교복을 없애고 사복 입고 등교하는 게 낫겠구나. 그녀의 말은 고속열차처럼 빠른 속도로 우리를 스쳐 지나갔다.

"갈 거야."

태영이의 짧은 말에 또다시 긴 대답이 돌아왔다.

"늦은 거 아니니? 얼른 가야겠다. 넘어지지 않게 조심하고, 골목에서는 뛰지 말고. 어디서 갑자기 차가 튀어나올지 모르잖아. 참, 오늘 엄마 모임 있어서 저녁에 좀 늦게 들어올 거야. 식탁 위에 돈 올려놓고 갈 테니 이따 저녁에 뭐라도 시켜 먹어. 아니다, 그냥 지금 줄게. 오는 길에 사 먹든가 편한 대로 해. 잠깐 기다려 봐, 지갑 가지고 나올게."

후다닥 안방으로 뛰어 들어가더니 지갑을 들고 나왔다. 길게 찢어진 입안에서 얇은 종이조각 몇 장을 꺼내 태영에게 쥐여줬다. 그리고 닫히려던 입에서 몇 장 더 꺼내더니 내 손에도 쥐여주었다.

"우리 건우도 맛있는 거 사 먹어. 요즘도 엄마 많이 바쁘시니? 언제 한번 차 한잔하자고 전해줘. 엄마가 바쁘신데도 우리 건우가 이렇게 잘 자라서 얼마나 대견한지 몰라. 건우가 있어서 아줌마가 엄청 든든한 거 알지? 태영이는 애가 말만 많고 빈 깡통 같잖니."

"엄마, 우리 가야 해."

"어머, 내 정신 좀 봐. 그래, 잘 다녀오렴."

그제야 말이 멈추고 문이 닫혔다. 시끄러운 아나운서 방송 같던 목소리는 더 이상 들리지 않았다. 둘만 남았다. 서로의 눈이 마주쳤지만 태영이는 전처럼 웃지 않았다. 차가운 눈빛은 오히려 나를 경계하고 있는 것 같았다. 그렇게 우리는 말없이 걸었다. 목적도 이유도 없었다.

"이제 네가 말해 봐. 너 왜 지금 여기 있는 건데?"

한참만에 먼저 입을 연 건 태영이었다.

"너야말로 말해 봐. 네가 보낸 메시지는 뭐야? 왜 연락이 계속 안 되는 건데?"

"쓰여 있는 그대로야. 렌탈인간 하지 말라고."

"그러니까 대체 왜? 얼마 전까지만 하더라도 엄청 좋다고 했잖아."

"그런 줄 알았어. 나를 대신해 주는 게 생기면 모든 게 좋은 줄 알았어. 그런데 아니더라. 이젠 겁이 나. 그게 나를 잡아먹을 것 같아. 내가 세상에서 사라지고 있어."

렌탈인간

　그날도 오픈채팅방에는 수많은 글이 쏟아졌다. 참여
인원이 많은 만큼 내용도 다양했다. 당연하지만 특별한
내용은 없었다. 대체 아침밥 사진 따위는 왜 올리는 거
람. 누군가의 식사 사진에 답이라도 하듯 또 다른 누군가
는 컵라면 사진을 올렸다. 그걸 본 사람들은 밥을 잘 챙
겨 먹어야 한다며 애정 섞인 잔소리를 늘어놓았다. 하지
만 진정으로 그를 걱정하는 것 같진 않았다. 온기가 느껴
지지 않았다.
　"그래도 내가 이 사람들보다는 낫지."
　눈앞에 잘 차려진 밥상을 내려다보며 중얼거렸다. 손

바닥을 뒤집어서 들고 있던 스마트폰을 내려놓았다.

오픈채팅방. 그곳은 우리나라에 존재하는 쓸모없는 인간들을 모두 모아 놓은 곳 같았다. 그들을 통해 위안을 얻었다. 얼굴도 모르는 사람들에게 자신의 이야기를 늘어놓는 그들 속에서 내가 당신들보다 낫다는 우월감을 느꼈다. 난 최소한 친구는 있거든. 당신들과 달라. 희열마저 느껴졌다.

밥 한 그릇 비우는 고작 몇 분 동안 오픈채팅방 스크롤은 쉬지 않고 내려왔다. 온통 쓸모없는 이야기들. 그럼에도 어쩐지 빠져나올 수가 없었다. 스마트폰을 내려놓다가 다시 들고 확인하길 반복했다.

'님들, 렌탈인간이라고 들어보셨나요?'

누군가 툭 던진 말 한마디에 많은 사람들이 열광했다. 그게 뭐지? 검색해 보니 사람을 빌려주는 사이트라고 했다. '내 친구가 사용해 봤는데요.'라며 알은체하는 이도 있었고, 노력 없는 인간관계로 인해 인간의 정체성을 파멸하는 사이트라며 필요 이상으로 비난하는 이도 있었다. 대부분은 그 단어에 열광하며 차마 드러내지 못했던 자신의 욕구를 표출했다.

"아무리 그래도 사람을 빌려 쓴다니 좀 이상하지 않아요?"

엄지손가락을 움직여 한 줄의 말을 전송했다. 순식간에 답글이 올라왔다.

'어차피 회사에서 사람을 뽑아 쓰는 것도 결국 그 사람의 능력을 빌려 쓰는 거잖아요. 그거랑 다른 게 있을까요?'

듣고 보니 틀린 말도 아니다. 하긴, 드라마를 봐도 애인 대행이나 부모 대행도 있던데. 어쩌면 이미 많은 렌탈이 이루어진 세상일지도 모르겠다.

"한심하긴."

나지막이 중얼거렸다. 어차피 음성은 대화창에 전달되지 않으니까 마음껏 그들을 비웃었다. 얼마나 못났으면 사람을 빌리는 걸까? 채팅방을 가득 채운 그들의 욕망을 천천히 읽었다. 나이를 먹는다고 다 어른이 되는 건 아닌가 보다.

속는 셈 치고 들어가 본 사이트는 더 가관이었다. 이렇게 성의 없이 만들 수 있을까 싶을 정도로 아무것도 없었다. 유일하게 활성화된 게시판은 인간의 탐욕으르 넘쳐났다. 친구가 없어 친구를 빌리려는 사람도 있었고, 직원을 빌리는 사람도 있었다. 애인을 빌리기도 하고, 부모님의 친구까지 구했다. 친구를, 직원을, 애인을 구하지 못해 빌리는 사람이라니.

사람을 사귀는 게 어려운가? 난 그게 세상에서 가장 쉽던데. 먼저 말 걸고 이야기를 나누면 되잖아. 도무지 이해되지 않았다. 그러니 이렇게 종일 채팅창이나 두들기고 있겠지. 유치원부터 다시 다녀라. 쯧.

하지만 생각과 몸은 달랐다. 연예인의 안티짓을 하다 그들에게 빠져드는 것처럼, 렌탈인간을 이용하는 사람들을 한심해하던 나도 조금씩 빠져들었다. 그들의 삶을 통해 지금 내 현실에 위안을 받았다. 그렇게 자위하다 보니 조금씩 그들의 이야기가 눈에 들어오기 시작한 것이다. 가끔은 납득이 됐고, 때로는 공감이 됐다. 그들의 친구가 되어주고 싶었고, 그들과 모든 걸 공유하고 싶어졌다.

사이트를 파고들수록 그곳이 궁금해졌다. 각자의 욕망과 미련에 허덕이며 사이트를 찾는 사람들과, 그들의 마음으로 운영되는 사이트. 미묘한 관계가 매력적으로 느껴졌다. 상식적으로 이해가 가지 않는 부분은 분명히 있었다. 이윤이 남지 않는데 제대로 운영이 가능한 걸까? 어쩌면 오픈 이벤트 같은 걸지도 모르겠다. 유튜브처럼 광고로 수익을 창출해 내는 걸지도 모른다. 하지단 온통 광고로 얼룩진 다른 포털 사이트에 비해 심각할 정도로 깔끔한 구성을 보니 후자에 해당하지 않는 게 분명했다. 어쩌면 사이트 운영자는 엄청난 재벌일까? 불우이웃돕기나 재능 기부 같은 건가? 그렇다면, 부럽다.

하지만 모든 게 빠르게 나타났다 사라지는 오픈채팅방의 특성처럼, 렌탈인간에 대한 사람들의 관심도 순식간에 시들해졌다. 아이러니하게도 남들의 관심이 끝나갈 때쯤 나는 타오르기 시작했다. 그리고 차마 인정하지 못한 채 겨우 숨을 쉬던 작은 불씨에 어느 날 누군가 장작을 던져 주었다.

'렌탈인간에서 사람을 빌려 보려고요.'

익명의 누군가가 무심코 던진 말에 가슴이 두근거렸다. '아는 사람이 했다던데' 따위가 아닌 직접 하겠다는 사람이 나타났다. 나도 한번 해볼까? 나라고 못할 건 없잖아. 그렇게 나를 설득했다. 괜찮아, 괜찮을 거야. 그러니 나도 한번 해보자. 나에게 속삭였다.

하지만 막상 떠오르는 게 없었다. 차라리 필요한 물건을 말하라면 차고 넘치게 늘어놓을 수 있을 텐데. 넉넉하지 않은 삶이라 생각했지만, 사실은 부족함이 없는 삶이었는지도 모르겠다.

"태영아. 밥 먹을 땐 폰 그만하고 내려놔."

아, 맞다, 나 밥 먹는 중이었지. 이미 국은 차갑게 식어
있었다.

"누가 엄마한테 사람 하나를 빌려준다고 하면, 엄마한
테는 어떤 사람이 필요할 것 같아?"

"지금 너랑 너희 아빠 뒤치다꺼리하는 것만으로도 아
주 벅찬데 무슨 사람을 더 늘려. 이상한 소리 하지 말고
밥이나 먹어."

만족스러운 대답 대신 잔소리를 얻었다. 엄마는 지금
생활이 매우 만족스러운가 보다.

"이따 재활용 쓰레기 좀 내다 버리고."

엄마가 덧붙였다.

다음 날, 학교에서 친구들에게도 물었다. 여자 친구, 든
든한 형, 귀여운 동생, 돈 많은 재벌 친척 등 많은 답이 나
왔다. 사뭇 진지한 대답을 하는 녀석부터 헛소리를 늘어
놓는 녀석까지 종류는 다양했지만, 어느 하나 나를 자극
할 만한 건 없었다. 재미없는 놈들.

그때 뒷자리에 앉은 녀석들의 목소리가 들렸다.

"오늘은 진짜 학원 가기 싫은데."

"너 어제도 그 말 했거든."

"오늘은 진심으로 가기 싫다."

"어제도 그 말 했어."

"네가 나 대신 학원 좀 가주면 안 되냐?"

"나도 학원 가야 하거든!"

"휴, 학원 같은 건 대체 누가 만든 거야."

그래, 이거다! 항상 답은 가까운 곳에서 찾을 수 있다. 그동안 수도 없이 내 입 밖으로 빠져나갔던 말이 이제야 떠올랐다. 대신 학원을 가고, 대신 학교를 가고, 대신 착한 아들이 되어 줄 '또 다른 나'.

가슴이 미친 듯이 뛰었다. 당장 스마트폰을 열어 렌탈 인간에 대해 진지하게 검색했다. 절차가 복잡한 것도 아니기에 공부해야 할 필요도 없었고, 돈을 지불해야 하는 게 아니었으니 용돈을 모을 필요도 없었다. 심각하게 고민할 것도 없다. 난 내가 무엇을 원하는지 알고 있으니까. 앉은 자리에서 손가락만 몇 번 움직이면 된다. 어쩌면 편의점에서 풍선껌 하나 사는 것보다 간단한 일이다. 하지만 그렇기에 더 신중했다. 평생을 통틀어 단 한 번만 주어지는 기회일지도 모른다. 정말 끝내준다. 나 자신이 너무 대견해. 어떻게 이런 생각을 했지?

기쁨을 주체할 수 없어 건우를 붙잡고 계획을 이야기했다.

"진정한 내 삶을 살아가면 되는 거야. 어른들의 입맛에 맞는 삶 말고."

설렘에 목소리가 떨렸다.

"그래, 잘 해봐."

하지만 건우의 반응은 덤덤했다. 오히려 한심하다는 듯 나를 바라봤다. 그런 태도는 타오르던 불꽃에 재를 뿌린 것 같았다. 오기가 생겼다. 녀석의 한마디에 작은 불씨가 꺼지게 내버려두지 않을 거다.

'너도 나를 보면 아바타 빌리고 싶어질걸?'

보란 듯이 건우의 눈앞에서 등록 버튼을 눌렀다. 평소 엄마에게서 들었던 "건우 반만큼이라도 철 좀 들어라."라는 말이 떠올랐다. 네가 하지 못한 것을 내가 해냈다는 우월감에 가슴이 벅차올랐다.

하지만, 아무 일도 일어나지 않았다. 언제 어떻게 시작되는지에 대한 설명은커녕, 누구도 나를 찾아오지도 않았다. 어쩌면 뉴스에서 말하던 피싱일까? 알고 보니 오픈 채팅방 전체가 사기꾼이었던 걸까? 시간이 지날수록 초조해졌다. 이거 괜히 개인 정보만 털린 거 아니야? 엄마한테 들키면 최소 사망 각인데.

부슬부슬 내리는 비에 신발이 젖고 물기가 스며들면 양말이 젖는다. 젖은 양말은 결국 발 전체를 눅눅하게 만들곤 했다. 하나의 불안함이 시작되자 그것은 꼬리에 꼬리를 물고 나타나 나를 흔들었다. 걱정과 불안함이 천천히 물들었다.

일반 쇼핑몰처럼 고객센터 번호가 있는 것도 아니었고, 배송 관련하여 안내 메시지가 발송되지도 않았다. 초조했다. 호기롭게 시작했지만, 혼자 할 수 있는 거 없었다. 덩치만 자랐을 뿐 난 아직 아이일 뿐이었다. 아 몰라, 어떻게든 되겠지. 불안함을 외면하기로 했다.

집에 돌아오는 내내 마음이 무거웠다. 현관 앞에 작은 택배 상자 하나가 놓여 있었다. 엄마가 또 나한테 정리하라고 시키겠지? 생각이 떠오르자 짜증이 따라 붙었다. 평소였다면 아무렇지 않았을 모든 것들이 전부 거슬렸다. 상자 겉면에는 엄마 이름이 적혀 있었다. 불쾌한 마음을 담아 툭 발로 차서 현관 안에 들였다. 대체 무엇을 샀길래 이렇게 가벼운 건지, 상자는 힘없이 집으로 미끄러져 들어갔다.

거실 소파에 누워 하얀 천정을 바라봤다. 깔끔한 게 좋다는 엄마의 말과 달리 정신병원에 입원해 있는 환자가 된 것 같아서 마음에 들지 않는 색이다. 하지만 깔끔함이 주는 안정감이 있긴 한가보다. 아바타가 오면 뭘 하며 삶을 즐겨볼지 상상하다 보니 눈꺼풀이 점차 무거워졌다. 나머지 생각은 꿈속에서 하는 걸로. 느릿하게 움직이던 눈동자가 멈췄다.

"어머, 얘 좀 봐. 지금 자는 거야? 학원 간 줄 알았더니 자고 있었네."

호들갑스러운 엄마의 목소리에 눈이 떠졌다.

"엄마, 아바타 안 왔어?"

"학생의 본분은 공부하는 거야. 이러고 있으면 안돼."

정신이 채 들기도 전에 엄마의 손에 떠밀리듯 현관문 밖으로 내던져졌다. 서늘한 공기가 끔뻑거리는 속눈썹에 얹어졌다. 꿈이라도 꿨던 걸까. 무거운 학원 가방이 짓누른 어깨가 지금이 현실임을 알려주었다. 현실 앞에 나약한 인간은 잘 짜인 일정에 맞춰 발걸음을 옮기는 것이 최선이었다. 깊은 곳에서부터 한숨이 끓어올라 왔다.

툭. 낯선 느낌이 발끝에 닿았다. 허공을 바라보던 초점 없던 눈동자에 순간 빛이 꽂혔다. 작은 택배 상자였다. 경

건한 마음으로 집어 든 상자 겉면에는 '강태영'이라는 내 이름이 선명하게 적혀있었다.

"이거구나!"

확신이 들었다. 기뻐 소리라도 지르고 싶은 심정이었다.

학원에 늦는 것 따위는 중요하지 않았다. 설레는 마음으로 굳게 봉인된 상자를 뜯었다. 하지만 흥분은 분노로 바뀌었다. 내 손에 들린 건 내가 기다렸던 어떤 것도 아니었다. 속이 훤히 들여다보이는 텅 빈 상자였다. 겉면에 적힌 이름 석 자 외에 어떤 것도 없었다. 말 그대로 비어 있었다. 반대쪽 테이프를 뜯고 상자를 완전히 열어봤지만 털어도 떨어지는 건 먼지뿐이었다. 속았다는 생각이 들자 화가 나 상자를 발로 밟아 버렸다. 구겨진 것을 아무리 짓밟아도 도무지 마음이 가라앉지 않았다. 속았다는 분노보다 아무것도 해내지 못했다는 허탈감이 나를 성난 폭군으로 만들었다. 시커먼 운동화 자국으로 얼룩진 상자만 구겨진 채 묵묵히 모든 것을 받아들였다.

그럼 그렇지. 내가 뭐 제대로 하는 게 있었나. 애꿎은 돌멩이만 발로 찼다. 아바타 빌릴 거라고 건우한테 큰소리쳤는데. 이제 뭐라고 해야 하지? 짧은 머리를 쥐어뜯으며 헝클어뜨렸다. 학원을 향하던 발걸음을 돌려 편의점에 들어갔다. 무엇하나 제대로 해내는 게 없는 나 자신에게 화가 나서 속상한 마음을 위로받고 싶었다. 좋아하는 과자와 음료수 따위를 잔뜩 가방에 넣고 놀이터 벤치에 앉아 뛰어노는 아이들을 바라봤다.

"니들은 좋겠다. 학원 안 가도 되고."

앞코가 닳아버린 운동화를 내려다보며 중얼거렸다.

곧이어 노란 승합차가 나타났다. 태권도 학원, 피아노 학원, 발레 학원, 영어 학원. 각자의 이름이 적힌 차들이 줄지어 나타나 아이들을 하나씩 태우고 사라졌다.

"너희도 나랑 비슷하구나. 불쌍한 것들."

빵빵하게 배가 부른 과자 봉지를 뜯었다. 질소를 사면 과자가 사은품으로 들어있다더니. 과자가 채워져 있는 공간보다 빈 곳이 더 크다. 그 모습이 마치 내 삶처럼 느껴졌다. 속 알맹이가 텅텅 비어 있는 게, 그냥 나였다.

우두둑, 소리를 내며 음료 뚜껑을 열었다. 벌컥벌컥 목구멍을 넘어가는 차가움에 서서히 이성이 돌아왔다. 얼마 들어있지 않던 과자 봉지에 바닥이 보이자 슬슬 걱정되기 시작했다. 이미 학원에서는 나의 결석을 엄마에게 알렸을 텐데. 뒤늦은 후회가 밀려왔다.

"어떻게든 되겠지. 으늘은 마음껏 삐뚤어질 거야."

엎질러진 물이다. 우선 과자나 먹자 하는 마음에 과자 봉지에 손을 넣었지만, 아무리 뒤적거려도 더 이상 나오는 게 없었다. 음료수병을 탈탈 털어도 한두 방울 떨어지는 게 고작이었다. 이제 더 이상 할 일이 없다. 집에 가기 싫은데, 갈 곳도 없다.

터덜터덜 집으로 돌아오는 발걸음이 무거웠다. 충동적으로 학원을 빠지긴 했지만 뒷일까지 생각했던 건 아니다. 곧 다가올 후폭풍이 두려워져 선뜻 집에 들어갈 수 없었다. 아파트 입구를 수차례 뱅뱅 돌았다. 공동 현관 비밀번호도 누르지 못했다. 날은 점점 어두워졌고 떨어진 낙엽을 쓸던 경비 아저씨가 나를 수상하게 바라봤다. 그래, 어차피 맞을 매라견 빨리 맞는 게 낫겠지.

몇 시간 만에 마주한 현관문은 오늘따라 무겁게 느껴졌다. 크게 심호흡하고 도어락 비밀번호를 눌렀다. 경쾌한 소리가 눈치 없이 나를 반겼다.

"왔니?"

엄마의 목소리는 도어락 소리만큼이나 발랄했다. 아직 학원에서 연락을 못 받은 걸까? 공기 중에 가득 퍼진 익숙한 음식 냄새에 안도감이 느껴졌다. 엄마가 기분이 나빴다면 음식을 했을 리가 없으니까. 동시에 두려웠다. 당장은 아니더라도 곧 연락이 올 텐데. 폭풍전야라는 게 이런 거였구나.

"태영아, 어서 와서 밥 먹어."

차라리 빨리 때리지. 눈을 질끈 감았다. 도살장에 끌려가는 소의 발걸음이 이보다 가볍지 않을까. 하얀 쌀밥은 온통 나를 향해 손가락질하는 것 같았고, 매콤한 김치찌개의 새빨간 국물은 곧 닥칠 피바람을 예견한 것 같았다. 천천히 밥을 씹었다.

"조금 전에 학원에서 전화 왔어."

올 게 왔구나. 숟가락을 쥔 손에 힘이 잔뜩 들어갔다. 애교를 부리며 상황을 피해 볼까, 오히려 화를 내며 반격을 해볼까, 넙죽 엎드려 용서를 빌어볼까. 짧은 순간에 많은 생각이 오갔다. 그럴수록 고개가 점점 무거워졌다.

"월말 평가 잘 봤다며? 요즘 마음 못 잡고 방황하는 것 같아서 걱정했는데 성적이 잘 나왔다고 선생님이 칭찬 많이 하시더라. 우리 아들 이번에 신경 좀 썼나 봐. 정말 대견하다. 거봐, 할 수 있을 줄 알았어."

엄마가 팔을 쭉 뻗어 내 머리를 쓰다듬었다. 더 이상 씹을 음식이 없어 마른침을 삼키려던 참이었다.

"내가? 내가 오늘 월말 평가를 봤다고?"

방금 목구멍으로 넘어간 음식들이 다시 튀어나올 것 같았다. 엄마는 이런 나의 반응이 귀엽다며 깔깔 웃었다. 아닌데, 나 학원 안 갔는데. 분명 놀이터에서 시간을 보내다 왔는데. 학원에 갔다고? 월말 평가를 봤다고? 무엇보다 성적이 좋았다고? 그럴 리가 없잖아.

엄마는 내가 쑥스러워한다고 생각하는 눈치였다. 부모의 가장 오만한 착각. 내 새끼는 내가 가장 잘 안다고 여기는 그것이 발동했다. 물론, 당연히 틀렸다. 늘 그랬듯이.

아바타가 왔구나!

순간 번쩍 떠올랐다. 언제? 어떻게? 그리고 지금은 어디 있지? 엄마의 입에서 나오는 말 따위는 더 이상 내 귀에 와닿지 않았다. 틀어놓은 텔레비전에서 흘러나오는 광고처럼 귓가에 스쳐 지나갈 뿐이었다. 존재에 대해 확신이 서자 밀려드는 의문은 잠시일 뿐. 온몸이 짜릿했다. 역시 내 선택은 틀리지 않았어. 막연하던 대상이 구체화되자 흥분됐다. 자유다!

더 이상 무엇에도 얽매일 필요가 없어졌다. 정말 아바

타가 왔다면 원했던 대로 학교며 학원 그리고 착한 아들 역할까지 대신 해줄 테니까. 그래서 반드시 아바타여야만 했다.

그렇다면 다음번엔 학교에 보내볼까? 녀석이랑 내가 동시에 가면 어떡하지? 방법에 대해 확신이 서지 않아 실험을 해보기로 했다. 아침 일찍 눈은 떠졌지만 침대 밖으로 나가지 않았다. 실체를 마주하지 못했으니 과감하게 도박을 하는 셈이었다. 건우에게 학교에 가지 않겠다고 메시지를 보내고 다시 이불을 끌어당겨 머리를 덮었다. 마치 숨바꼭질하는 어린아이처럼.

어제 아바타가 학원에 다녀갔다면 오늘은 분명 학교에 갈 거다. 조금 불안하긴 했지만 해보지 않으면 알 수 없다. 만약 엄마에게 들키기라도 하면 등짝을 맞을지도 모른다. 숨을 죽이고 거실에서 들리는 소리에 귀를 기울였지만 내게 다가오지 않았다. 달그락거리는 그릇 소리와 윙윙거리는 청소기 소리가 연이어 들렸다. 기억도 나지 않는 엄마의 뱃속에 있던 때처럼, 꿀렁대는 양수의 흔들림처럼, 소음을 벗 삼아 그렇게 잠 들었다.

결과는 무척이나 만족스러웠다. 예상했던 대로 학교와 학원 모두 아바타가 성실하게 다녀왔다. 쪽지시험마저 평소보다 좋은 결과를 받아 엄마가 몹시 기뻐하셨다. 나란 녀석, 뽑기 운도 좋구나. 내심 흐뭇했다.

이제 뭐부터 하지? 그래, 건우에게 알려줘야겠다. 녀석의 놀란 얼굴을 상상하니 입꼬리가 씰룩거렸다. 너일은 내가 등교하겠다고 말하고 싶었지만, 아바타라는 녀석은 여전히 내 눈 앞에 나타나지 않았다. 묻고 싶은 것도 많고, 당부하고 싶은 것도 있었지만 내 앞에 모습을 드러내지 않았다. 서로 눈이 마주치면 둘 중 하나가 죽어야 한다는 도플갱어도 아닌데. 아바타는 나와 숨바꼭질이라도 하는지 단 한 번도 내 앞에 나타나지 않았다. 하긴 나를 대신해 존재하는 녀석이니까 나와 같은 순간과 장소를 공유할 순 없겠지?

예상했던 대로 일이 진행됐다. 내가 학교에 가자 아바타는 알아서 등교하지 않았다. 아마도 나를 대신해야 하는 특성 때문인지 직접 모습을 드러내지 않는 것 같았다. 만나지 못한다는 것 외에 특별히 불편한 점은 없었다. 놀라울 정도로 모든 걸 잘 해내는 아바타는 친구들과의 관계마저 능숙하게 해 낸 모양이었다. 아무도 어제 내가 학교에 빠진 걸 눈치채지 못했으니까. 가장 친한 친구인 건우마저 눈치채지 못할 정도였다. 내심 섭섭한 마음도 들었다. 다른 사람은 몰라도 녀석은 눈치챌 줄 알았는데. 그래도 괜찮다. 모두를 속일 수 있다니, 정말 짜릿해!

우선 게임에 몰두했다. 머리 아픈 고민 따위 하지 않기로 했다. 학교에 가지 않고 하루 종일 게임을 해도 뭐라 하는 이가 없으니까. 말 그대로 파라다이스, 지상낙원이다. 이 생활이 질릴 때 쯤 다시 일상으로 돌아가면 되겠지.

솔직히 처음에는 의심스러운 부분이 많았다. 상식적으로 말이 되지 않았으니까. 그 다음은 설렘이었다. 생각보다 좋은 결과에 행복감까지 느꼈다. 우월감도 들었다. 바쁘게 움직이는 개미같은 사람들과 다르게 느껴졌다. 의미 없는 삶을 사는 세상 모든 사람들이 한심하게 느껴졌다. 인간으로 태어나 이 정도의 여유도 느끼지 못하다니. 불쌍한 인간들. 그들을 측은하게 여기기도 했다. 마치 내가 먹이사슬 꼭대기에 올라간 것 같았다.

그리고 점점 더 나태해졌다. 아무도 나를 막는 사람이 없었으니까. 그나마 한 번씩 가던 학교도 더이상 가지 않았다. 어차피 아바타가 대신 갈 텐데 뭐. 이제 학교는 내게 아무런 의미가 없다. 그렇게 한동안 집에 처박혀 지냈다. 지금까지의 꽉 막힌 삶이 오늘의 자유를 위한 거였나 싶었다.

시간이 흘러 며칠이 지나도록 내 방문은 열리지 않았다. 밖에서는 문이 보이지 않는 게 아닐까 싶을 정도였다. 학교는 내킬 때만 가면 됐고, 언제든 벌컥벌컥 문을 열어젖히던 엄마도 나를 잊은 것처럼 굴었다. 만족스러웠다. 이보다 더 좋을 수 있을까?

하지만, 아무도 찾지 않으니 그것 또한 못마땅했다. 나를 찾지 않는 가족에게 서운했다. 이래서 엄마가 나더러 청개구리라 했나 보다.

느릿느릿 몸을 일으켰더니 부쩍 나온 아랫배가 손등에 스쳤다. 물컹한 느낌이 썩 불쾌했다. 빼는 건 한참이고 찌는 건 순간이라던 엄가의 말이 떠올랐다. 갑자기 늘어난 뱃살도 이렇게 존재감을 드러내는데, 십수 년을 함께한 아들의 부재를 느끼지 못하는 가족이라니. 그런 그들에게 인정받으려 애썼던 그동안의 내가 안쓰러웠다.

문에 귀를 대고 바깥소리에 집중했다. 열리지 않은 문 밖으로 고요함이 느껴졌다. 아무도 집에 없는 걸 확인하고 조심스레 손잡이를 돌렸다. 얼마 만에 나온 건지 모르겠다. 시커먼 동굴 속에서 겨울잠을 자고 나온 곰이 된 기분이었다. 거울에 비친 푸석한 얼굴이 낯설었다. 뱃살과 달리 볼은 움푹 파여있었다.

냉장고를 열어봐도 마땅히 마음에 드는 게 없었다. 어쩔 수 없지. 엄마가 봤다면 한 소리 했겠지만 지금은 내 세상이다. 냄비에 물을 붓고 가스레인지에 올렸다. 손가락의 춤사위에 따라 거품을 내며 보글거리는 것을 보고 있었더니, 웅크린 상태로 있느라 잔뜩 뭉쳐진 몸의 피로가 고스란히 느껴졌다. 라면수프와 면을 넣은 후 젓가락으로 저었다. 한껏 뭉쳐있던 것들이 느슨하게 풀어질 때쯤 계란도 하나 넣었다. 하지만 입맛이 당기지 않았다.

코끝을 자극하는 MSG의 향에도 위액이 분비되지 않다니. 끓기도 전에 침샘이 분비되어 익지도 않은 면발을 건져 올리던 나였는데. 오늘은 도무지 젓가락이 쉽게 닿지 않았다. 고작 한두 젓가락 입에 넣고 씹는가 싶더니 가슴팍에서 통증이 느껴졌다. 몸 안에 있는 모든 것들을 잡아 쥐어짜는 것처럼 격한 통증이었다. 허리를 잔뜩 웅크리고 입에 넣었던 것들을 토해냈다. 새빨간 국물과 함께 짧게 끊어진 덩어리들이 쏟아져 나왔다. 방구석에 쳐박힌 채 먹은 게 없으니 나올 게 없는 것이 당연한데 자꾸 무언가 토해내라고 몸을 쥐어짰다. 투명하거나 빨간 액체를 마저 뱉어냈다. 내 껍데기를 채우고 있던 건 그것들이 전부였다. 그저야 평화가 찾아왔다. 거짓말처럼 통증이 잦아들었다. 태어나 처음 느껴본 고통이었다.

"후, 이렇게 아픈 걸 보니 살아있긴 하는가 보네."

주섬주섬 겉옷을 챙겨 입었다. 이번엔 산책하러 나갈 생각이었다. 평소였다면 절대로 하지 않았을 테지만, 오늘은 어쩐지 이런 거라도 해야 할 것 같았다. 현관 앞 거울에 비친 모습을 바라봤다. 목이 잔뜩 늘어난 티셔츠에 방금 뱉은 토사물이 엉겨 붙어 있었다. 비릿한 냄새가 났지만, 갈아입어야겠다는 생각이 들지 않았다. 대충 운동화를 구겨 신고 현관문을 열었다.

끼익, 소리를 내며 현관문이 열렸다. 오래된 집은 날씨가 추워지면 문에서 끽끽거리는 기괴한 소리가 났다. 며칠 새 날이 추워진 모양이었다. 소리가 심해질 때면 아빠가 경첩 부분에 윤활제를 뿌렸던 것 같은데. 아직 그 정도는 아닌가 보다. 텅 빈 집에 스며드는 소리에 오소소 소름이 돋아 옷깃을 여몄다.

얼마 만에 보는 햇빛인지 모른다. 낮과 밤이 구분되지 않는 삶을 살고 있었기에 갑자기 쏟아지는 햇살에 잔뜩 인상이 찌푸려졌다. 오랜 시간 혼수상태였던 환자처럼 다리에 힘이 들어가지 않았다. 운동화를 질질 끌며 힘겹게 한 걸음씩 옮겼다.

누가 보면 오징어인 줄 알겠네. 피식 웃음이 새어 나왔다. 나의 개그 본능은 아직 죽지 않았구나. 하지만 그것을 받아 줄 상대가 어디에도 보이지 않았다. 어쩐지 외롭다. 뒤틀린 위장에서 다시 통증이 느껴졌다. 아무래도 공복이 너무 길었던 것 같다. 뭐라도 쑤셔 넣어 텅 빈 속을 채우기 위해 편의점을 찾아 들어갔다. 그러고 보니 지갑을 가지고 왔던가. 고민하는 동안 몸은 이미 편의점 안을 뒤적이고 있었다. 이상했다. 평소에 좋아했던 것들에 좀처럼 손이 가지 않았다. 습관처럼 들어 올린 것들을 다시 내려놓길 반복했다. 분명 무언가 먹어야 한다는 생각은 들었지만, 음식을 먹고 싶어 하던 기본적인 욕구가 사라진 것 같았다.

편의점 아르바이트생이 나를 힐끔거렸다. 깜깜한 화면의 스마트폰을 향하던 시선이 나를 쫓았다. 어슬렁거리는 모습이 수상해 보였나 보다. 티셔츠 앞섶을 잡아당겨 냄새를 맡아봤다. 여전히 시큼한 냄새가 코를 찔렀다. 무안함에 마른세수를 했더니 손에서 하얀 각질이 떨어졌다. 이런 게 나라니. 더럽다.

겉옷에 달린 모자를 뒤집어썼다. 고개를 푹 숙이고 주

머니에 손을 숨긴 채 몸으로 문을 열고 나왔다. 편의점 아르바이트생의 시선은 더 이상 나를 좇지 않았다. 내가 머물렀던 자리를 쓱 둘러본 후, 자신이 해야 할 일에 집중했다.

거리로 나왔지만 갈 곳이 없다. 아무것도 먹고 싶지 않은 것처럼, 아무 데도 갈 곳이 없었다. 그래서 무작정 걸었다. 걷다 힘들면 털썩 주저 앉았다. 잠시 숨을 고르고 다시 걷길 반복했다. 한참 걸었다고 생각했지만 모든 풍경이 익숙한 걸 보니, 비루한 몸뚱이는 많이 걷지 못한 것 같았다. 사람이 이렇게 순식간에 약해질 수 있다니. 인체는 정말 신비롭다.

피로감이 느껴졌다. 집에 돌아가 침대에 눕고 싶었다. 길게 늘어진 그림자가 대단한 삶의 무게라도 되는 것처럼 버거웠다. 그것에게서 벗어나고 싶어서 천천히 한 걸음씩 움직였다. 다시 굴로 들어가기로 했다. 돌아갈 굴이 있어 다행이라는 생각이 들었다.

시선 끝에 현관문이 닿았다. 복도 끝 우리 집이 지구 반대편에 놓인 나라라도 되는 듯 멀게만 느껴졌다. 게으른 달팽이처럼 한참 만에 집 앞까지 도착했지만, 선뜻 문을 열 수 없었다.

목적지에 도착하면 내비게이션은 안내를 종료한다. 시동을 끄고 나면 자연스레 문을 열고 내린다. 그저 가만히 앉아 있었을 뿐인데 원하는 곳에 도착할 때가 있다. 하지만 지금은 아니다. 분명 머릿속 내비게이션은 안내를 종료했다. 목적지가 맞았다. 그런데 나는 그 안으로 들어갈 수가 없었다. 도어락 버튼에 차마 손을 댈 수 없었다. 세월에 벌어진 지 오래된 현관문 틈새로 두 개의 목소리가 새어 나왔기 때문이다.

발랄한 하이톤의 익숙한 목소리는 엄마의 것이었고, 변성기가 지난 묵직한 목소리는 다름 아닌 나의 것이었다. 난 지금 여기 있는데 집안에서 내 목소리가 들렸다. 어떻게 된 일이지? 내게 물었지만, 당연히 돌아오는 답은 없었다. 혹시 내가 죽은 걸까? 몸을 쓰다듬고, 구겨진 신발 속에 나란히 누워있는 발가락을 움직였다. 아직 살아있다. 하지만, 목소리가 집 안에 있다.

"아바타구나!"

녀석이 궁금했다. 얼마나 나와 닮았을지 뻔뻔한 낯짝이 궁금했다. 까만 도어락은 어서 버튼을 누르라고 재촉했지만, 용기가 나지 않았다. 무엇이 그리 즐거운지 두 사람의 웃음소리는 끊이질 않았다. 두려웠다. 내가 버린 일상을 마주할 용기가 나지 않았다. 벨을 눌러도, 도어락 버튼을 눌러도, 엄마가 내 소리를 듣지 못할까 봐 겁났다. 엄마가 나를 못 알아볼까 봐 두려웠다. 그런데, 내가 정말 나는 맞는 걸까? 그것마저 헷갈렸다.

걸어온 길을 다시 돌아갔다. 조금만 기다리자. 조금만 참으면 돼. 곧 엄마는 교회에 갈 거고, 저 녀석은 학원에 가겠지. 그때까지만 참자. 그때 다시 내 자리를 되찾자.

놀이터 벤치에 앉았다. 고개를 숙이고 내 몸을 천천히 훑어봤다. 언제가 마지막으로 다듬었던 건지 엉망이 된 손톱은, 끝이 깨진 것도 있었고 멀쩡한 것도 있었다. 그것들이 차례대로 내 입을 향해 들어왔다. 오도독오도독. 손톱 깨무는 소리가 작게 들렸다. 소리는 다른 소리 속에 묻혀 사라졌다. 지나가는 차의 엔진소리, 새의 날갯짓 소리, 사람들의 이야기 소리 속으로. 평범한 일상 속으로 사라졌다.

훅 떨어지는 목의 움직임에 눈이 번쩍 떠졌다. 순간 잠이 들었나 보다. 어쩌면 정신을 잃었다는 게 더 맞는 표현일 거다. 몸의 근육이 찌뿌둥하게 뭉쳐있는 게 제법 시간이 지난 듯했다. 어느새 주변이 어두워지고 있었다.

"퉤."

입안에 남아있는 손톱의 촉감이 불쾌했다. 혓바닥에 끈질기게 달라붙은 것들은 손가락으로 문질러 전부 털어버린 후 몸을 일으켰다.

1층, 2층, 3층. 하나씩 불이 켜지는 집들을 보며 1층부터 하나씩 수를 세었다. 밑에서 일곱 번째, 오른쪽 끝에서 첫 번째. 내가 사는 집의 위치를 가늠해 봤다. 빛나는 다른 집들 사이에 깜깜한 창문을 보니, 비어 있는 게 분명했다. 안도의 한숨이 나왔다. 집이 비어 있다는 건 내가 돌아갈 수 있다는 뜻이니까.

조심스럽게 문을 당겼다. 미처 온기가 빠져나가지 않은 공간은 아까의 웃음소리가 여전히 남아있는 것처럼 포근함이 맴돌았다. 고작 일곱 개의 층을 올라왔을 뿐인데 거실은 조금 전보다 어두워져 있었다. 번쩍 켜지는 현관의 센서가 나를 반겼다.

언젠가 가족여행을 갔다가 집에 돌아왔을 때처럼 신발장 앞은 텅 비어 있었다. 그곳에 내 신발을 벗어두고 집 안으로 들어왔다. 습관적으로 신발장 안에 정리하려던 손이 주춤거렸다. 그리고 벗은 자리에 보란 듯이 다시 내려놓았다. 곧 돌아올 아바타에게 내 존재를 알리고 싶어서였다.

"내가 주인이고, 너는 그저 렌탈한 아바타일 뿐이야. 너 따위 반납하면 그만이야."

아바타를 향한 경고였다.

돌아온 집은 언제나처럼 깔끔했다. 한참 전에 토해버렸던 라면은 이미 흔적도 없이 사라졌다. 내가 치웠나? 그럴 기력이 없었을 텐데. 라면을 끓였던 냄비도 말끔하게 설거지 되어 있었다. 마치 처음부터 그런 적 없었다는 것처럼.

그와 달리 엄마와 아바타가 먹었을 두 개의 빈 간식 그릇은 싱크대 안에 있었다. 남은 음식이 말라붙어있는 그릇이 나를 비웃고 있었다. 이제 더 이상 네 자리는 없다고 말하는 것 같았다. 진정된 줄 알았던 빈 위장이 다시 꿈틀대기 시작했다.

입을 틀어막고 변기 뚜껑을 열었다. 이미 텅 비어버린 위장은 남은 위액까지 모조리 토해낸 후에야 움직임을 멈췄다. 입 안 가득 남아있던 쓰디쓴 맛과 비릿한 냄새에 인상이 찌푸려졌다. 종일 먹은 것도 없이 계속 토해내기만 하니 온몸에 기운이 쭉 빠졌다. 머리가 어지럽고 다리가 후들거려, 변기에 기댄 채 그대로 주저앉고 말았다. 화장실 바닥의 냉기가 손바닥과 엉덩이에 그대로 전해졌다. 변기에서는 고약한 냄새가 풍겼다. 침과 위액이 뒤섞인 오물 덩어리를 멍하니 바라봤다.

모든 걸 잃었다. 빼앗겼다. 아니, 어쩌면 내가 모든 걸 버린 건지도 모른다. 화장실 바닥에 얼굴을 대고 누웠더니 눈물이 흘렀다. 뜨거운 눈물이 바닥까지 번졌지만 닦아야 한다는 생각도 들지 않았다. 모든 것에 의미를 잃은 지금, 아무런 생각도 떠오르지 않았다. 이미 사고는 정지된 게 아닐까.

"넌 렌탈 하지마."

스마트폰을 꺼내 건우에게 메시지를 보냈다. 그리고 스르륵 잠들었다. 엄마 뱃속에 있던 작은 생명체로 돌아가 잔뜩 웅크린 채 잠들었다. 이게 전부 꿈이었으면 좋겠다.

"태영아, 태영아."

엄마의 목소리가 들렸다. 친근한 목소리는 봄날의 햇살처럼 따스했다. 길고 지독한 악몽을 꾼 아침 들었던 목소리였다. 퉁퉁 부은 눈이 힘겹게 움직였다.

"엄마, 지금 진짜지? 나 꿈 꾼 거지?"

깊게 잠긴 쉰 목소리가 나왔다.

"정신 차려봐. 괜찮은 거야? 왜 여기서 자고 있어."

엄마가 나를 일으켜 세웠다. 엉망인 화장실 바닥과 변기의 꼴이 시야에 들어왔다. 꿈이 아니었구나. 하지만 엄마가 나를 찾았다. 그거면 됐다. 안도감에 다시 눈물이 나올 것 같았다. 엄마의 눈과 마주치자 뜨거운 것이 왈칵 쏟아져 나올 것 같았다.

"잠은 침대에서 자야지. 그게 침대의 역할이잖아. 화장실은 씻거나 배변 활동을 하는 곳이야."

말 잘 듣는 착한 아이가 됐다. 엄마의 손에 이끌려 방으로 돌아왔다. 최근 먼저 열린 적 없던 방문이 활짝 열려 있었다. 아무 것도 보지 못했고, 듣지 못했다는 듯 뻔뻔하게 나를 맞았다.

"밥 먹어야지. 네가 좋아하는 치킨이야."

내가 치킨을 좋아한다고?

"다른 아이들은 치킨 없어서 못 먹는데, 너는 왜 맨날 집밥 타령이야. 아주 시어머니가 따로 없다니까."

분명 엄마가 했던 말이다. 할머니가 돌아가시기 전, 그러니까 부모님이 맞벌이하는 동안 할머니 손에 자란 탓이다. 할머니 손맛에 길들어졌던 입맛은 패스트푸드에 좀처럼 적응하질 못했다. 익숙한 것에서 벗어나 새로운 걸 받아들여야 한다는 건, 어린 내게 어려운 선택이었다. 덕분에 대부분의 아이가 좋아하는 치킨이나 피자 햄버거 따위보다 된장찌개나 김치찌개만 찾는다고 엄마가 툴툴 댄 적 있다. 그 입맛은 지금도 변함없다. 그런데 왜 내가 치킨을 좋아한다고 말하지? 식탁 위에는 요리 블로그에서나 봤을 법한 치킨이 놓여 있었다. 기름을 머금은 향이 코를 자극하자 겨우 잠잠해진 위장이 또 꿈틀거렸다.

"엄마, 미안해. 나 지금 속이 너무 안 좋아서 아무것도 못 먹을 것 같아."

상냥한 표정으로 미소 짓고 있던 엄마의 얼굴이 순간 굳었다가 풀어졌다. 워낙 짧은 순간이었지만 분명히 그랬다.

"치킨이 내키지 않으면 죽이라도 준비할까? 성장기 학생들은 잘 먹어야 해. 하지만 속이 불편하다면 죽을 먹는 게 좋겠구나."

"응. 차라리 죽이 낫겠어."

거기까지 말을 마치고 침대에 쓰러지듯 누웠다. 엄마는 여전히 문 앞에 선 채로 내가 눕는 모습을 그저 바라보고 있었다. 오랜만에 봐서 그런가. 평생을 보아온 엄마 모습인데 어딘가 낯설었다. 평소의 엄마라면 내가 조금이라도 아픈 기색을 보이면 저렇게 돌아서지 않았을 것이다. 이불을 턱 밑까지 끌어 덮어주며 이마를 다정하게 쓰다듬고, 열을 재거나 손을 주물러 주었다. 다정한 눈빛으로 내려다보며 "푹 자고 일어나면 모든 게 괜찮아질 거야."라고 속삭여 주었고, 항상 내가 잠들 때까지 곁에 있었다. 하지만, 오늘은 아니다. 너의 고통 따위 나와 상관없다는 듯 차갑게 돌아섰다. 네가 아프든 말든 나는 내할 일을 해야겠다는 듯한 모습에 서운함보다 섬뜩했다. 내가 예민한 탓이겠지. 잠을 자고, 죽도 먹고 나면 괜찮아질 거야.

문득 내가 있는 이 공간에 들어오지 못하고 있을 아바타가 궁금해졌다. 지금까지의 상황을 봤을 때, 아바타는 나와 같은 공간에 있지 못하는 것 같다. 한 번도 마주친 적 없었으니까. 그렇다면 아바타는 지금 어디 있을까?

녀석을 반납하려면 어떻게 해야 하지. 손가락은 느릿느릿 스마트폰을 더듬었다. 훅 뱉은 콧바람이 따뜻했다. 아니 뜨거운 것에 조금 더 가까웠다. 열이 나는 것 같았다. 어느새 보글보글 끓기 시작하는 죽 냄새를 맡으며 다시 눈을 감았다. 이상하다. 자꾸 잠이 쏟아진다. 그게 마지막 기억이다.

"태영아, 죽 먹고 자야지."

어렴풋이 엄마의 목소리가 들렸다. 반복되는 그 소리가 아득히 멀어졌다. 정말 집이구나. 내가 머무를 수 있는 곳. 그제야 안심이 됐다.

아주 오랜 시간 잠들어 있고 싶었다. 하지만 의지와 무관하게 눈이 떠졌다.

"뭐야?"

단잠을 깨운 빛을 향해 신경질적인 목소리가 튀어 나갔다.

"너 맞구나. 안 늦은 거지?"

건우였다. 녀석이 왜 여기 있는 거지? 내가 묻기도 전에 건우가 문을 열고 방으로 들어왔다. 건우의 등 뒤로 쏟아지는 빛 속에 엄마가 서 있었다. 방문 앞에 우두커니 선 채로 우리를 바라 보고 있었다. 여전히 공기 중에 죽 냄새가 맴돌고 있었다.

일단 건우를 데리고 집을 나가야 했다. 렌탈인간이니 뭐니 하며 헛소리를 지껄이기 전에 막아야 했다. 여전히 속은 뒤틀리고 다리는 휘청거렸지만 지체할 시간이 없었다. 폭포수처럼 끊임없이 떨어지는 엄마의 잔소리를 뒤로하고 우리는 집을 나섰다.

평소였으면 몇 분 만에 도착했을 거리였다. 하지만, 지금은 같은 거리를 걷는데 꽤 긴 시간이 필요했다. 계속 숨을 골라야 했고, 몇 걸음 걷고 나면 잠시 쉬어야 했다. 우리는 그렇게 한참을 걸어 놀이터에 도착했다. 어제 내가 시간을 때우던 그곳이었다. 콧잔등에 땀이 맺혀 있었다. 잔뜩 땀을 흘리고 있는 건 건우도 마찬가지였다. 그제야 녀석의 등에 있는 가방이 눈에 들어왔다. 가방을 보니 학교 가는 중이었던 것 같은데. 왜 학교가 아닌 이곳에 있는 걸까?

"말해 봐. 너 왜 지금 여기 있는 건데?"

"너야말로 어제 보낸 문자는 뭐야? 너는 렌탈 했으면서 나는 하지 말라고?"

내 질문에 건우가 질문으로 답했다. 건우의 입에서 나온 렌탈인간이라는 단어에 숨이 턱 막혔다. 얼마 남지 않은 손톱을 다시 입으로 가져가 물어뜯기 시작했다. 정직한 통증이 느껴지자 얼굴 근육이 꿈틀거렸다.

"나를 대신해 주는 게 생기면 좋을 줄 알았어. 그런데 아니더라. 이젠 겁이 나. 그게 나를 잡아먹을 것 같아, 이 세상에서 내가 사라질 것 같아."

틈새가 벌어진 상처에 반창고를 붙여도 피가 새어 나오는 것처럼, 한번 입 밖으로 터진 말에는 진심이 새어 나왔다. 고해성사라도 하듯 건우에게 그동안 있었던 일을 늘어놓았다.

렌탈인간을 처음 시작했을 때 느꼈던 해방감. 누구를 위한 것도 아닌 나 자신만을 위해 살겠노라는 의지. 자유 속에서 느끼는 일탈. 반복된 일탈에서 느낀 허탈감, 그리고 상실감. 점점 사라져 가던 존재감까지.

"기분 탓이 아니더라. 그 녀석이 완벽하게 나를 흉내 낸 걸까? 어쩌면 아무도 내게 관심이 없었는지도 몰라. 아무도 나를 찾지 않더라. 우리 가족마저도. 심지어 엄마는 만족스러워 보였어. 나랑 있을 때보다 행복해 보였어. 내가 진짜 아들인데 말이야. 평소엔 날 볼 때마다 한숨만 쉬었는데 그 녀석이랑은 웃고 있더라니까. 그때 내 기분이 어땠는 줄 알아? 엄마는 내가 아니어도 상관없구나 싶었어. 엄마가 바라는 모습으로 살고 있는 그 녀석이 나를 지워버리고 있었어. 내가 사라졌는데, 내가 있어. 그러니 진짜로 내가 사라져도 아무도 모르겠지? 어쩌면 이미 사라져 버렸는지도 몰라. 내가 진짜 나인지도 모르겠어. 모든 게 엉망이야."

가쁜 숨을 몰아쉬며 한참을 쏟아냈다. 건우는 묵묵히 내 말에 귀를 기울였다.

 "그런데, 네가 나를 찾아줬어."

 우리 사이에 약간의 공백이 생겼다. 안도감이 그 사이에 스며들었다.

 "나도 아바타 렌탈 했어."

 한참 만에 건우가 입을 열었다. 혼란스러운 표정으로 나를 바라보고 있었다.

 "왜 그랬어! 내가 하지 말라고 했잖아!"

 "집에 있는데 모두 행복해 보이더라. 마치 텔레비전에서 보는 완벽한 가족처럼 엄마 아빠가 웃고 있었어. 두 분이 함께 계신 걸 보는 게 오랜만이기도 했지만, 너무 평화로워 보여서 도저히 그 속에 파고들 틈을 찾을 수가 없었어. 내가 없어도 괜찮을 것 같았어. 어쩌면 내가 사라진다 해도 모를 거야. 워낙 두 분 바쁜 거 너도 잘 알잖아. 외로웠어. 그 집은, 그 공간은 내가 감당하기에 너무 무거워. 그래서 떠나야겠다고 결심했어. 더 늦기 전에 너를 따라가려고."

 맙소사. 나는 양 팔로 머리를 감싸안았다. 렌탈인간을 알려준 것도, 아바타를 빌리라 부추긴 것도 결국 나였다.

자기 연민과 상실감에 빠져 건우마저 잡아 끌어들였다. 늪 밖에 있는 건우에게 살려달라고 손을 뻗은 척, 사실은 그의 손을 잡아당겨 함께 침몰했다.

"우리 이제 어떡하지?"

건우의 눈치를 살피며 물었다.

"그건 내가 묻고 싶은 말이야."

대답과 달리 담담한 표정이었다. 어쩌면 나를 원망하고 있는지도 모르겠다. 두려웠다. 녀석마저 나를 떠날까 봐. 나를 지우려 할까 봐. 친구들이 다 떠난 놀이터에서 엄마를 기다리는 꼬마처럼, 그렇게 나란히 앉아 아무 말도 하지 않았다.

"집에 돌아갈까? 지금이라면 원래대로 돌려놓을 수 있을 거야. 빌린 거니까 그냥 반납하면 되잖아."

건우의 목소리에 다급함이 느껴졌다. 하지만 그의 기대에 부응해 줄 수 없었다.

"내가 이미 찾아봤어. 반납 버튼 같은 건 없었어."

"그게 무슨 말이야?"

"말 그대로야. 그 녀석을 돌려보낼 수 없다고. 그건 너도 마찬가지야."

미안한 마음이 들어 건우의 눈을 똑바로 마주 볼 수 없었다.

"그럼 어떡해? 그냥 이렇게 모든 걸 다 빼앗기는 거야?"

목소리에 원망이 가득 담겨 있었다. 내 고개는 점점 바닥을 향해 내려갔다.

"나도 모른다고! 너도 네가 원해서 한 거 아냐? 나는 분명 말렸는데 네가 선택한 거잖아. 떠나고 싶다며. 벗어나고 싶다며!"

나도 모르게 큰 소리가 나왔다. 정말 나도 모르겠는 걸 어떡하라고.

건우는 그런 나를 가만히 바라봤다. 그리고 손을 내밀었다.

"그래. 떠나자. 돌아가지 못할 거라면 그냥 사라지자."

인간 상실

꽉 막힌 도로 위 한가운데 있는 택시에 주하가 타고 있다. 빈틈이 생기자 택시 기사가 왼손을 움직여 방향 지시등을 작동시켰다. 딸칵딸칵 소리에 맞춰 깜빡깜빡 불이 켜졌다가 꺼지길 반복했다. 운전자가 보내는 신호를 눈치챈 뒤차는 속도를 조금씩 늦출 것이다. 그것이 규칙이고 약속이니까.

'사물이 거울에 보이는 것보다 가까이 있음'

주하는 손바닥만 한 사이드미러 밑에 적혀 있는 글자를 바라봤다. 어떤 차에든 붙어있는 뻔한 문구였다. 하지만 오늘따라 유난히 눈에 가득 담겼다.

"이런 중요한 문구는 크게 좀 써놓으라고."

나지막이 중얼거리는 동안 운전대가 옆으로 틀어졌다. 살짝 벌어진 틈 사이로 조심스레 자동차 머리가 미끄러져 들어갔다.

"보이는 것보다 가까이 있음."

문구를 중얼거리며 텅 빈 오른쪽 발끝에 힘을 더했다. 택시 기사의 속도에 자신의 속도를 더하고 싶었는지도 모른다. 힐끔 던진 시선 속에 좀 전에 자리를 양보해 준 뒤차가 바짝 붙어 달리고 있었다.

끌어안고 있던 가방 속에서 진동이 느껴졌다. 하지만 가방을 열어 확인하지 않았다. 분명 회사에서 걸려 온 전화일 것이다. 거래처에 가지 않았으니까.

"이럴 줄 알았으면 나 대신 일할 사람을 빌릴 걸 그랬어."

주하가 가방을 꽉 끌어안았다.

주하는 조금 전까지 상민의 가게에 있었다. 남편의 안녕을 확인하러 갔던 곳이었지만 그를 찾을 수 없었다. 그리고 그의 빈자리 역시 찾을 수 없었다. 오히려 생기가 가득했다. 싱그러움이 흐드러지게 퍼지는 꽃송이처럼 활력이 넘쳤다. 같은 공간에 있는 것만으로도 자신에게 그 힘이 전해지는 듯한 기분이 들었다.

"아유, 정말 일당백이라니까."

유난스럽게 떠들던 주방 이모의 시선 끝에 김 군이 있었다. 사장이 없으면 눈치껏 쉬엄쉬엄할 법도 한데 그는 그러지 않았다. 마치 자신이 이 가게의 사장이라도 되는 것처럼 정성껏 시간을 보냈다. 그런 김 군을 쫓던 주하의 시선이 다시 주방 이모를 향했다. 잠깐 여유가 생긴 탓에 스마트폰을 들여다보고 있었다. 항상 시끄럽게 트로트를 부르던 이모의 스마트폰은 어떤 소리도 내지 않았다. 무얼 하는지까지는 보이지 않았지만, 그녀의 손바닥 안이 온통 까만 화면이라는 것쯤은 알아볼 수 있었다.

'든 자리는 몰라도 난 자리는 티가 난다고 했는데.'

마치 처음부터 그 모양이었던 것처럼, 정확하게 맞아떨어진 큐브처럼 상민의 가게는 완벽하게 운영되고 있었다. 그의 부재로 인한 허전함 따위 전혀 느껴지지 않았다. 오히려 더 이상 아무도 그 사이에 끼어들면 안 될 것처럼 꽉 찬 느낌이었다.

주하가 다시 상민에게 전화를 걸었다. 통화 연결음만 끊임없이 귓가에 들렸다.

"다른 건 몰라도 전화는 잘 받았는데."

아침부터 아무리 전화를 걸어도 받지 않는 게 이상했다. 걱정되는 마음은 찝찝한 의문이라는 이름으로 되돌아왔다. 어쩌면 그 마음이 주하를 상민의 가게로 이끌었다. 굳이 이름을 붙이자면 '인간의 본능' 정도일까?

잠시 망설이던 주하는 가게 앞에 멈춰 있던 택시에 올라탔다. 방금까지 누군가 앉아 있었나 보다. 시트에 옅은 온기가 남아있었다.

"콜 아닌 손님은 오랜만이네요."

택시 기사가 반갑게 그녀를 맞이했다. 그의 손에는 스마트폰이 들려 있었다. 화면 위로 온통 까만 배경에 흰 글자 네 개가 선명하게 박혀 있었다. 주하는 익숙한 화면을 바라보며 택시 기사에게 자신의 목적지를 알렸다. 거래처가 아닌 아파트 이름이었다. 상민을 마지막으로 봤던 그곳 말이다.

"아저씨, 빨리 가주세요."

하지만 의문스러움에 잠식당한 초조함은 오직 주하의 몫이었다. 평일 오후 서울 시내 교통체증은 좀처럼 그녀의 이동을 허락하지 않았다. 어느 순간부터 차의 움직임이 느껴지지 않았다. 다급함에 주하는 어쩔 줄 몰라 했다.

짧은 시간 동안 수많은 감정선에 오르내리는 중이었다.

"아이고, 손님. 아무리 재촉해도 어쩔 수 없어요. 저도 빨리 가고 싶은데 차가 꼼짝을 안 하네요."

택시 기사가 앓는 소리로 답했다.

"어디 사고라도 났나."

말과 달리 태평한 목소리였다. 사이드미러를 노려보고 있던 주하의 시선이 천천히 움직였다. 기사의 말처럼 꽉 막힌 도로 풍경이 눈에 들어왔다.

옆자리에 정차되어 있던 차의 앞 유리가 내려갔다. 지루해 죽겠다는 표정의 운전자가 스마트폰을 꺼내 무언가 보고 있었다. 또 까만 화면에 흰 글씨. 약간의 거리가 있었지만 확실히 보였다. 온통 같은 화면이다. 상대 운전자는 잠시 스마트폰을 내려놓더니 담배에 불을 붙였다. 감정이라곤 조금도 보이지 않는 회색빛 얼굴에서 흰 연기가 빠져나왔다.

"영혼이 입에서 빠져나가는 것 같네."

주하의 말에 택시 기사가 힐끔 옆 차를 바라봤다. 하지만 그의 시선은 오래 머물지 않았다. 꼼짝하지 않는 앞 차의 궁둥이를 멍하니 바라보고 있을 뿐이었다. 오른손이 자신의 스마트폰을 향해 몇 번 주춤거렸지만 그뿐이었다.

"전방에 사고 발생."

요란한 목소리로 내비게이션이 도로 상황을 알렸다. 순간 화면 가득 빨간빛이 몇 번 반짝이다 사라졌다. 당장 눈에 보이지 않지만 어딘가에서 사고가 났음을 알렸다. 마치 두 사람의 대화를 듣고 대답하는 것 같았다.

"정말 사고가 났나 보네요."

자기 생각이 맞아 기쁜 걸까, 혹은 차가 막히는 것에 대한 이유를 승객에게 설명해 줄 수 있어 안심한 걸까. 차가 제자리에 있는 것에 대한 타당성이 입증되자 택시 기사의 목소리가 한층 평온해졌다. 기어를 P로 옮기고 기어이 스마트폰을 집어 들었다. 다시 까만 화면이 그를 반겼다.

"시간 좀 걸리겠는데요."

택시 기사의 말에 주하는 별다른 말을 하지 않았다. 부르르 떨리는 엔진 소리를 배경 삼아 끊어질 듯 끊어지지 않는 연기를 바라봤다. 길게 늘어진 그것의 꼬리를 잡고 이곳을 벗어날 수 있다면 좋을 텐데. 무능한 두 개의 다리는 그저 달달 떨 뿐이었다. 주하의 가방 안에서는 여전히 진동이 울리고 있었다.

그 시간 상민은 여전히 침대에 있었다.

'깜빡 잠들었었나.'

무거운 눈꺼풀을 천천히 움직였다. 동시에 이성이 현실로 돌아왔다. 하지만 육체는 여전히 꿈과 현실의 경계를 오가고 있었다. 어쩌면 강력한 의지가 그의 육체를 현실로부터 밀어내고 있는지도 모르겠다. 달팽이가 지나간 자리에 남은 끈적한 점액 물질처럼, 숙취로 인한 두통이 여전히 그의 머릿속에 남아 있었다. 입 안 가득 느껴지는 불쾌한 냄새에 인상이 찌푸려졌다. 당장 씻어야 한다고 생각했지만 몸은 여전히 움직이지 않았다. 사실 굳이 그래야 할 필요가 없었다. 모처럼 한껏 늘어진 지금이 꽤 마음에 들었기 때문이다.

"기분 좋다."

여전히 눈을 감은 채 말을 뱉었다. 입꼬리가 살짝 올라갔다. 생각이 입 밖으로 빠져나가자 형체가 생긴 것처럼 정말로 기분이 좋아졌다. 여전히 머리는 아팠기 때문에 그 핑계로 조금 더 누워있기로 했다.

아마도 여덟, 어쩌면 아홉 살일까. 드문드문 기억나는 어린 나이에도 그는 성실했다. 생활기록부에 남은 흔적들이 그것을 증명하고 있다. 하지만 성실함이라는 것은 보여지는 결과물이 아니었기에 그에게 아무런 이득도 안겨주지 않았다. 그럼에도 포기하지 않았다.

'이렇게 열심히 하면 언젠가 성공할 거야.'

성공이 무엇인지도 몰랐다. 특별히 꿈이 있던 것도 아니었으니까. 어쩌면 헛된 희망이었을 그 생각은 신발 바닥에 들러붙은 껌처럼 그의 삶에 끈질기게 들러붙었다. 떼려 애쓰면 애쓸수록 작은 틈 사이로 깊게 파고들었다. 발을 뗄 때마다 끈적하게 자신의 존재감을 알렸다. 막연함으로 얼룩진 족쇄가 되어 언젠가부터 상민의 돈을 조르기 시작했다.

그랬던 그가 평화로움을 느끼는 중이다. 어쩌면 처음일지도 모른다. 어떤 성실함도 요구되지 않는, 그저 살아 있기만 해도 되는 지금이 좋았다. 아무런 방해도 압박도 없는 고요함 속에서 묘한 해방감을 느꼈다. 비록 숙취는 여전했지만 말이다.

하지만 평화는 오래가지 않았다. 머리맡에 두었던 스마트폰이 시끄러운 소리를 내기 시작했다. 한두 번 전화를 받지 않으면 포기할 법도 한데 상대는 집요하게 통화 버튼을 눌렀다. 벨이 울리고 끊기길 반복했다.

상민은 여전히 눈을 감은 채였다. '전원을 꺼버릴까?'

라고 생각했지만 '누가 이기나 한번 해보자.' 하는 오기가 생겨 버티기로 했다. 그리고 이번에도 백기를 든 건 상민이었다. 호들갑 떨며 자신을 부르는 벨 소리를 좇아 손끝으로 더듬었다. 상대를 확인하고 못 이기는 척 통화 버튼을 눌렀다.

"많이 아프냐?"

쩌렁쩌렁한 아버지의 목소리가 들렸다. 왕년에 노래 좀 하셨다던 아버지의 울림통은 도저히 노인의 것이라 할 수 없을 만큼 강렬했다. 당장에라도 수화기에서 빠져나와 자신의 앞에 형태로 나타나 호통칠 것 같았다.

"무슨 일이세요?"

잔뜩 쉰 목소리가 새어 나갔다. 동시에 입안에 갇혀 있던 불쾌한 냄새도 한꺼번에 빠져나갔다. 가득했던 해방감이 사라졌다.

"아비가 아들한테 전화하는 데 꼭 이유가 있어야 하냐?"

신경질적인 말투에 얼굴이 다시 찌푸려졌다. 다시 눈을 감아 버렸다.

"너희 엄마랑 근처에 볼일 있어서 나왔다가 가게 들렀다. 너 오늘 안 나온다고 했다며? 사장이 자리를 비우면 아랫사람들은 어김없이 게을러지는 법이다. 사장은 아파도 버텨야 하는 거야. 정신 똑바로 차리고 네 자리를 지켜라."

상민은 묵묵히 상대의 말을 듣기만 했다.

"목소리 들었으니 됐다."

대답 대신 헛기침이 튀어나왔다. 여전히 잠겨 있는 목소리는 좀처럼 돌아올 기미가 없어 보였다. "네."라는 짧은 대답 후 통화를 마치려 했다. 하지만, 다급한 곡소리가 상민의 움직임을 막아섰다.

"상민아, 엄마다."

"네, 엄마."

"아이고, 목소리가 안 좋구나. 대체 어디가 아픈 거니? 병원은 가 봤어? 네가 어디 아프다고 이렇게 일까지 팽개치고 집에 있을 애가 아닌데. 보통 아픈 게 아닌가 보다. 밥은 먹었니? 주하가 뭣 좀 해났어? 걔는 또 바쁘다고 자기 몸만 그냥 나가버렸지?"

머리를 쪼아대던 새가 어깨로 내려앉은 것 같았다. 이번에는 고막을 겨냥해 힘껏 부리질 해댔다. 조금 전까지 느꼈던 평화는 사라진 지 오래다. 지금이 현실이니까 정신 차리라고 강하게 존재감을 뿜어냈다.

"이러고 있을 게 아니네. 엄마가 지금 가서 죽이라도 끓여줘야겠구나."

그 말에 반응이라도 하듯 상민의 등 뒤에서 작은 움직임이 느껴졌다. 바스락거리며 이불 속에서부터 꿈틀거리던 그것은, 뱀처럼 스르륵 자기 모습을 드러냈다. 그건 주하의 아내. 상민에게 꿀물을 가져다주었던 그 여자였다.

"안 그러셔도 돼요."

상민이 여자를 향해 몸을 돌리며 말했다. 여전히 어머니의 목소리가 수화기 너머에서 들렸지만 더 이상 닿지 않았다. 그의 모든 신경은 여자를 향해 있었다. 자신에게 등 돌린 채 벗어놓은 허물을 다시 뒤집어쓰는 그녀를 바라봤다. 상민은 자신의 몸 안에서 천천히 돌고 있던 피가 한꺼번에 밑으로 쏠리는 기분을 느꼈다.

"엄마, 정말 괜찮으니 오지 마세요. 오셔도 저 집에 없어요. 볼 일 있어 나가요."

"아픈 애가 어딜 간다고 그러니?"

"제가 지금 바빠서 이따 다시 전화할게요. 절대로 오지 마세요. 아셨죠?"

상민은 빌다시피 말하며 통화를 끝냈다. 그리고 손을

뻗어 여자의 허물을 꽉 쥐었다. 그것이 마치 생명을 구해주는 마지막 동아줄이라도 되는 것처럼 간절했다.

"내 아내의 아내라면서요. 그러니까 내 아내의 역할도 해야 하는 거잖아요."

상민이 잠시 머뭇거리더니 말을 이었다. 자신이 무슨 말을 지껄이고 있는지도 몰랐다. 다급함이었다.

"그러니까 그건 아내의 의무였어요."

변명이었다. 자신이 느끼고 있는 불편한 감정을 해소하기 위한 구차함이었다.

"네."

짧은 대답이 돌아왔다. 상민이 어쩔 줄 몰라 하는 동안 여자는 허물을 마저 뒤집어쓰고 열려있던 문틈 사이로 조용히 미끄러져 나갔다. 잠시 어색한 공기가 흘렀다. 조금 전과 비교한다면 상민은 비교적 맨정신에 가까웠다. 어쩌면 처음부터 맨정신이었는지도 모르겠다.

상민은 항상 사라지고 싶었다. 자신을 제외한 모든 사람이 높은 곳을 향해 나아갈 때마다 뒤처질까 두려웠기 때문이다. 하지만 여자가 자신에게 집중해 있는 동안 사실은 사라질까 봐 두려워했다는 걸 깨달았다.

수수께끼가 풀렸다. 지금껏 착한 사람, 성실한 사람으

로 살아내느라 숨겨야 했던 속내가 적나라하게 드러나자 오히려 편안했다. 왠지 지금은 그래도 될 것 같다는 생각이 들었다. 자신의 감정에 솔직해지는 게 뻔뻔함이라면 마음껏 그러고 싶었다. 그 순간 상민은 느꼈다. 난생처음 겪어보는 해방감을. 비로소 홀가분해졌다.

모처럼 숨이 제대로 쉬어졌다. 남이 보는 자신이 아닌, 날 것 그대로의 자신이 보였다. 드디어 신발 바닥에 붙은 껌을 떼어냈다. 터벅터벅, 제대로 된 소리로 걷는다는 것은 무척이나 상쾌했다. 자유, 그 자체였다.

잠시 후 다시 벨 소리가 들렸지만 상민은 모른 체 했다. 끈질기게 통화 버튼을 누르는 상대 따위 무시했다. 오랜 시간 동안 발목에 감겨있던 녹슨 족쇄를 떼어냈기에, 그 후련함을 만끽하고 싶었다. 그토록 꿈꿔왔던 자유로움에 한 걸음 다가갔다. 눈치 보느라 마시기 싫었던 술잔을 억지로 채웠던 어느 날, 점점 멀어져가는 가족과의 관계, 나라는 사람의 자리가 사라질까 봐 두려워했던 순간의 기억들이 까마득히 멀어졌다.

비록 육체는 숙취에서 완전히 벗어나지 못했지만 머릿속은 어느 때보다 맑았다. 누군가 자신에게 집중했다는 사실 하나가 쏘아 올린 영향력은 상당했다. 비록 그게 주하나 건우가 아닌 것은 조금 아쉬웠지만, 어쩌면 그랬기에 더 강하게 느껴졌다.

"좋아. 새로 태어나는 거야."

기분 좋게 자리에서 일어났다. 침대에서 벗어나니 잠들어 있는 줄 알았던 뇌가 조금씩 움직이기 시작했다. 방광에서 요의가 느껴지고, 텅 비어 있던 배는 허기를 표출했다. 그것에 응답이라도 하듯 방문 틈 사이로 음식 냄새가 새어 들어왔다.

상민은 홀린듯 문을 열고 나섰다. 주방에서 여자가 부지런히 움직이고 있었다. 쉬지 않고 쳇바퀴를 돌리는 햄스터처럼 작은 몸을 바쁘게 움직이며 음식을 준비하는 중이었다. 여자의 손끝에 닿은 채소들은 자신의 몸을 조각내어 팔팔 끓고 있는 냄비에 뛰어들었고, 고소한 죽 냄새가 코끝을 간지럽혔다.

상민은 주방을 향해 한 걸음 다가갔다. 죽을 향한 것인지, 여자를 향한 것인지 알수 없었다. 그때 상민의 발끝에 작은 무게감이 느껴졌다. 구겨진 사진이었다. 사진 속에는 상민 자신과 주하 그리고 건우가 어색하게 웃고 있었다.

사진은 기억을 구체적으로 떠올리게 해준다. 그날의

온도, 습도, 그리고 찰나의 기억까지. 오래된 앨범 속에 끼워져 색이 바래가던 모습이 선명하게 떠올랐다. 가득했던 해방감이 옅어지며 불안함이 엄습했다.

"이게 왜 여기 있지?"

분명 건우의 책상 위에 놓여 있던 사진이 지금 상민의 손에 들려 있었다. 그것도 잔뜩 구겨진 채로.

상민은 등줄기가 서늘해짐을 느꼈다. 잰걸음으로 건우의 닫힌 방문을 열었고, 항상 같은 자리에 있던 액자를 찾기 위해 눈동자를 굴렸다. 하지만 뽀얀 먼지가 흐드러지게 날리는 그곳에 상민이 찾는 건 없었다. 조각나 깨져버린 액자가 바닥에 뒹굴고 있었고, 그 속에 있어야 할 세 사람의 모습은 상민 손안에 들려 있었다.

"설마…."

상민은 제자리에 주저앉아 머리를 감싸안았다. 그의 눈동자가 흔들리고 있었다.

주하는 여전히 택시 안에 갇힌 채 손에 들린 스마트폰을 내려보고 있었다. 배터리 부족 경고등이 깜빡거렸다. 그 모습은 의학 드라마에서 봤던 심전도 기계 같았다. 꺼져가는 심장을 가까스로 붙잡고 있는 탓에 간절함과 초조함이 느껴졌다. 보통 드라마에서는 극적인 순간에 다시 살아나던데. 주하는 그에 해당하지 않았나 보다. 결국 전원이 꺼지고 말았다. 까맣게 텅 빈 화면에 비친 자기 얼굴과 마주했다.

'내가 이렇게 생겼었나.'

화면 속 자신의 눈을 바라보았다. 원인을 알 수 없는 불쾌한 불안감에 짓눌린 꽤 복잡한 표정이었다. 그러고는 입을 뗐다.

"기사님, 저 여기서 내릴게요."

"손님, 도로 한가운데에요."

"제가 지금 너무 급해서요."

주하의 목소리는 단호했다. 택시 기사는 한숨을 한 번 뱉고 빨간 세모 버튼을 눌러 비상등을 켰다. 카드 결제되는 시간을 기다릴 여유도 없었나 보다. 주하는 딸깍딸깍 비상등 소리를 들으며 손에 잡히는 대로 현금을 뿌리듯 건넸다. 택시 기사는 넉넉한 현금 뭉치를 대충 주머니에 쑤셔 넣고 스마트폰을 열었다. 새까만 세상이 어서 오라며 손짓하고 있었다. 택시 기사는 아무 일도 없었다는 듯 다시 자신만의 세상으로 빠져들었다.

주하는 빼곡하게 줄 서 있는 자동차들 틈 사이로 들어

갔다. 운전석 창문이 열려있던 옆 차 운전자가 차도를 건는 주하를 힐끔거렸다. 그것도 잠시일 뿐. 그의 시선도 다시 스마트폰 까만 화면으로 되돌아갔다. 도로 위에 멈춰 있는 모두가 같은 모양새였다.

걷다 뛰기를 반복하던 주하는 어느 순간부터 걷고 있었다. 턱밑까지 차오르는 숨소리는 당장 끊어질 것처럼 거칠었다. 빨갛게 달아올랐을 심장은 당장 튀어나올 것 같았다. 마음은 급한데 몸이 따라주지 않자 화가 났다.

낯선 곳에 덩그러니 서 있던 주하는 스마트폰을 꺼냈다. 집으로 가는 길을 검색하기 위해서였다. 하지만 액정을 켜면 항상 보이던 가족사진이 보이지 않았다. 전원이 꺼져버린 스마트폰의 까만 화면만이 그녀를 반길 뿐이었다.

"하, 정말 되는 일 하나도 없네."

고개를 들고 주변을 살폈다. 익숙한 이름의 편의점과 카페가 나란히 서 있었다. 낯익은 이름의 상점과 비슷한 모양의 건물들. 움직임이라고는 거의 없는 도로. 그리고 모두 고개를 숙인 채 손바닥 안 까만 세상을 보며 걷고 있는 사람들. 익숙하지만 낯선 공간 속에 주하가 서 있었다. 꺼져버린 스마트폰을 손에 쥔 채, 그것 없이는 길조차 찾을 수 없는 사람이 되어 멍하니 서 있었다.

"지금 몇 시지?"

여전히 스마트폰은 아무것도 알려주지 않았다.

"여긴 어디지?'

머릿속이 온통 새까맣게 물들었다.

주르륵 흘러내리던 모래시계가 멈춘 줄 알았다. 눈을 깜빡이는 정도의 짧은 시간이었을 것이다. 어쩌면 오 분, 혹은 한 시간? 그보다 더 긴 시간이었을 수도 있다. 긴 밤을 홀로 보내고 있는 것처럼 모든 게 멈춰 버린 기분이 들었다.

멈춰 있던 차들이 한참 만에 조금씩 움직이기 시작했다. 주변의 모든 것들에 활기가 불어넣어졌다. 바로 그때 주하의 눈동자에 낯익은 얼굴 두 개가 보였다. 왕복 8차선 넓은 도로 반대편에 있었지만 한눈에 알아볼 수 있었다. 하나는 태영이었고 다른 하나는 건우가 분명했다. 잃어버린 줄 알았던 엄마를 찾은 어린아이처럼 바짝 긴장했던 마음이 사르르 녹아내렸다.

주하는 양손을 번쩍 들고 두 사람을 향해 흔들었다. 무인도에 고립되어 있다가 구조선을 만난 것처럼 반가운 마음을 온몸으로 표현했다. 하지만 어째서인지 건우와 태영이는 주하의 몸부림에 아무런 대답도 하지 않았다. 오히려 딱딱하게 굳은 얼굴로 그녀에게 등을 보였다. 멀리 떨어져 있었지만 잔뜩 구겨져 있던 얼굴을 분명 보았다. 혹시라도 자신을 보고 일그러진 것일까 봐 흔들던 손을 거두고 애꿎은 머리만 매만졌다.

"분명 눈이 마주쳤는데."

전화를 걸어 아는 체하고 싶었지만 할 수 없었다. 까만 화면의 스마트폰은 스마트하지 못했다.

"건우야! 태영아!"

이번에는 두 손을 모아 힘껏 둘의 이름을 불렀다. 여전히 답이 없다. 근처를 지나던 사람들이 그녀를 흘끔거렸다. 뒤통수가 따끔거려 더 이상 아는 체하기를 그만두기로 했다. 때마침 빈 택시가 보였다. 두 아이를 향해 흔들던 주하의 손은 잠시 망설이더니 방향을 틀어 택시를 향했다.

택시 기사에게 자신의 목적지를 밝힌 주하는 다시 고개를 돌려 아이들을 찾았다. 하지만 어디에도 둘의 흔적은 보이지 않았다. 어쩌면 헛것을 봤던 걸까?

"그러고보니 지금 학교에 있을 시간인데. 오늘 개교기

녑일인가?"

택시 내부에 붙어있는 시계를 본 주하가 중얼거렸다. 교복 차림이 아니었던 것 같다.

"잘못 봤나."

고개를 갸웃거렸다. 택시 기사의 시선이 룸미러를 통해 주하에게 닿았다가 사라졌다.

주하가 집을 향해 달려오는 동안 상민은 건우 침대에 누워 하얀 천장을 바라보고 있었다. 뒤척일 때마다 이불에서 폴폴 날리는 건우 냄새에 짙은 후회와 자책이 밀려왔다.

도깨비불에 홀려 밤새 공동묘지를 헛돌았다는 오래된 동화가 떠올랐다. 어쩌면 자신도 무언가에 홀렸던 게 아닐까 애써 자위했다. 여전히 손에 쥐고 있던 구겨진 가족사진은 흥건하게 차오른 땀에 젖어 있었다.

'분명 건우와 주하가 집에서 나가는 소리가 들렸는데 착각이었던 걸까?'

건우가 집에 있었을 수도 있다는 생각이 들자 괴로웠다. 좀 전의 자신을 봤을 거라고 생각하니 머리카락이 쭈뼛거렸다. 두려웠다. 할 수만 있다면 다른 사람과 몸을 바꾸고 싶었다. 도망치고 싶었다. 하지만 그럴 수 없었다. 지금 있는 곳이 그의 유일한 도피처였으니까.

"내가 대체 왜 그랬지."

조금 전까지 느껴지던 허기는 사라진 지 오래다. 작고 네모난 공간에 누워있는 자기 모습이 몸에 꽉 끼는 관에 누워있는 것 같다고 생각했다. 그때야말로 자신을 갉아 먹고 있는 두려움에서 벗어날 수 있는 유일한 순간이 아 닐까 하는 착각마저 들었다. 죽음이란 이름의 영원한 평 온을 떠올리자 조금 마음이 편안해졌다.

"렌탈인간에서 기억 상실된 나 같은 건 빌릴 수 없나?"

말도 안 되는 상상에 자조 섞인 웃음이 터졌다. 하지 만 간절한 진심이었다. 항상 바랐던 소망이기도 했다. 뒤 따라온 침묵이 상민을 더욱 괴롭게 했다. 마치 꿈을 꾸고 있는 듯했다. 지금 시간이 몇 시인지, 무엇을 해야 하는 지, 어떤 걸 먹어야 하는지, 아무런 생각도 나지 않았다. 그저 누워 있는 채로 여전히 천장을 바라보고 있었다. 눈 을 감고 있는 건지, 뜨고 있는 건지도 모르겠다. 차라리 꿈이어야 했다. 순간적인 욕망에 휩쓸려 자신을 잊었던 게 현실이면 안 되니까. 머리가 뱅글뱅글 돌았다. 무중력 상태에 있는 것처럼 공중으로 몸이 떠올라 있는 기분이

들었다.

직장 생활을 하는 동안에도 연차를 아껴 보너스를 챙겨 받던 그였다. 그것이 성실함이라고 생각했다. 그런 자신을 보고 손가락질하며 비웃던 사람들의 시선까지는 생각하지 못했다. 당연했지만 그 하루이틀의 자유가 주는 즐거움도 몰랐다. 어쩌면 '나'라는 사람이 회사에 굉장한 존재라도 되는 줄 착각했는지도 모른다. 자동차 바퀴 네 개 중 하나가 빠지는 것처럼 자신이 자리를 비우면 회사가 제대로 굴러가지 않을 거라 믿었다.

그런 그였기에 침대에 누워 있는 동안 느끼는 죄책감은 상당했다. 당장 건우에게 전화해 사실 확인을 할 수도 없는 노릇이었다. 그래서 다른 이유를 만들어야 했다. 지금 느끼는 불편한 감정은 단지 평소와 다르게 불성실한 행동을 했기 때문일 거라 자위했다. 그러니까 그 여자랑은 아무 상관 없는 거라고 되뇌었다.

'내일도 일하지 말까?'

그 와중에 엉뚱한 생각이 떠올랐다. 그것에 답하듯 두 눈을 껌뻑거렸다.

'이번엔 나 대신 가게 운영할 사람을 빌려 볼까?'

또 다른 생각이 따라붙었다.

'주하는 날 볼 때마다 답답해했지. 꽉 막힌 사고방식으로 인생 피곤하게 산다면서 혀를 찼잖아. 주하가 지금 내 모습을 봤다면 뭐라고 했을까? 당신도 일탈이란 걸 할 줄 아는 사람이구나, 하며 반색하려나?'

깊은 한숨이 터졌다.

상민의 오래된 기억 속 주하는 자유롭게 흔들거리는 풀잎 같았다. 바람이 불면 부는 대로, 불지 않으면 불지 않는 대로 자기 몸을 쉬지 않고 흔들었다.

"아무것도 하지 않으면 아무 일도 일어나지 않잖아."

부지런히 움직이는 그녀가 사랑스러웠다. 그 작은 몸으로 항상 무언가를 하느라 바빴다. 도전적이고 파이팅 넘치던 그녀의 모습에는 자신이 차마 담을 수 없던 것들이 가득했다. 그래서 그녀가 좋았다. 주하의 자유로움을 사랑했다. 때로는 부러웠고, 동시에 불안했다. 흔들흔들 자유롭게 흔들리다가 어느 순간 나비처럼 훌쩍 날아갈 것 같았다. 언제든 무슨 일이 일어나길 꿈꾸다가 언젠가는 자신을 떠날 것 같아 두렵기도 했다.

주하와 달리 자신은 단단한 흙이라고 생각했다. 주하가 자신에게 뿌리를 내려 흔들리지 않길 바랐다. 땅속 깊은 곳까지 뻗어있는 가녀린 뿌리를 끌어안고 항상 지켜주고 싶었다. 그게 남편의 의무라고 생각했다.

'어쩌면 그게 족쇄였을까.'

사실은 나비가 되어 날아가지 못하게 가둬놓은 감옥이었을지도 모른다는 생각이 들었다. 자신이 하지 못하는 걸 그녀가 해낼까 봐 두려웠던 것 같다. 어쩌면 즈하가 이대로 자신을 떠날 거 같은 생각에 겁이 나기도 했다.

'주하가 모든 걸 알고 떠나겠다고 하면 잡을 수 있을까? 내게 그럴 자격이 있긴 할까?'

애써 진정시켰던 마음이 다시 흔들렸다. 일탈이 주는 짜릿함과 그에 따른 죄책감, 그리고 불안감까지 더해져 머릿속이 복잡해졌다.

상민이 다시 눈을 깜빡거렸다. 눈을 뜨면 흰 천정이 보였고 눈을 감으면 온통 까만 세상이었다. 흰 곳에도 검은 곳에도 아무도 없었다. 아무것도 없었다. 깜빡깜빡, 눈꺼풀이 움직이는 속도가 점차 느려졌다. 다시 잠이 쏟아졌다. 퍼덕퍼덕, 날갯짓을 상상했다. 모든 것으로부터 자유로워지길, 훌훌 털어버릴 수 있길 소망하며 천천히 눈을 감았다. 몸을 웅크려 스스로를 감싸안았다. 날개가 나지 않은 애벌레처럼 동그란 형체로 낮은 숨을 내쉬었다.

그때였다. '띠리릭' 도어락 소리가 들렸다. 기상나팔 소리를 들은 훈련병처럼 상민의 눈이 번쩍 뜨였다.

'지금 몇 시지?'

스마트폰이 없어 시간을 알길이 없었다. 커튼 틈 사이로 보이는 하늘만 보고 짐작할 뿐이다. 다급하게 상체를 일으켰다. 머리가 핑 돌았다. 갑자기 휘두른 인간의 손짓에 놀란 나방처럼 허둥지둥했다.

"건우 왔니?"

현관문 열리는 소리를 들은 건 상민뿐만은 아닌 듯했다. 여자의 목소리가 문밖에서 들렸다. 당황해 어쩔 줄 몰라 하는 상민과 달리 여자의 목소리는 차분하기만 했다.

"네."

건우의 목소리가 들렸다. 더 이상 꿈이 아니다. 어떤 핑계도 더 이상 통하지 않는다. 현실로 돌아와야 했다. 잠시 잠들어 있던 죄책감과 수치심이 다시 고개를 들었다. 두 손으로 머리를 움켜쥔 채, 되돌릴 수 없는 시간을 떠올리며 의미 없는 후회를 반복했다.

다급하게 침대에서 내려오다가 손에 쥐고 있던 사진을 떨어뜨리고 말았다. 사진 속 자기 얼굴을 들여다봤다.

'건우한테 뭐라고 하지?'

건우는 바로 방문을 열지 않았다. 그렇다고 안방을 열어 상민이 있는지 확인하는 것 같지도 않았다. 늘 그랬듯 집이라는 같은 공간에 머무르고 있는 두 사람이었지만 그들에게 교집합은 없었다.

상민은 다행이라고 생각했다. 열리지 않는 방문을 보며 안도의 한숨을 내쉬었다. 그런 자기 모습이 방에 걸려 있는 작은 거울에 비쳤다. 매일 건우가 옷매무새를 확인했을 그 거울 속에는 아들 앞에 당당하지 못한 한 아버지가 들어 있었다.

문밖에서 여자의 콧소리가 작게 들렸다. 뒤이어 주방에서 달그락거리는 소리가 들리고 약간의 음식 냄새가 풍기기 시작했다. 여자는 지금 건우가 먹을 간식을 준비하고 있는 게 분명했다.

모든 게 너무나 평범했다. 조금의 어색함도 느껴지지 않는 일상의 한 조각이었다. 눈을 뜨고 숨을 쉬는 것처럼 익숙한 풍경이다. 항상 그래왔듯이 모든 게 자연스러웠다. 본능과 이성, 낯선 것과 익숙함, 편안함과 짜릿함 사이에서 상민은 가슴을 쓸어내렸다. 그제야 허기가 느껴졌다.

한참 만에 상민은 건우 방에서 벗어날 수 있었다. 건우가 화장실에 들어가는 소리가 들리자마자 조용히 그곳을 빠져나왔다. 돌아본 방문은 다시 굳게 닫혀 있었다. 아무것도 보지도 듣지도 못했다는 듯 단단하게 봉인되어 있었다. 좀 전에 상민이 남겨둔 온기도 이제는 사라졌을 터였다.

건우를 위한 간식이 식탁에 놓여 있었다. 여자는 잠시 상민을 흘끔 바라봤지만 그뿐이었다. 묵묵히 밀린 집안일을 하며 바쁘게 움직였다. 평소처럼.

상민이 자신의 침대로 돌아왔을 때 건우가 화장실에서 나오는 소리가 들렸다. 아무 일도 없다는 듯 태연한 분위기에 상민은 가슴을 쓸어내렸다. 안도의 한숨이 크게 터져 나왔다. 그러자 죄책감이 조금씩 사그라들었다. 오히려 그 자리에 짜릿한 설렘이 채워졌다. 조금 전에 일어난 불장난을 되새김질하며 처음 느껴본 일탈의 단맛과 희열을 느꼈다. 상황을 떠올릴 때마다 지금껏 애써 숨겨왔던 자유를 향한 욕망이 점점 커졌다. 그러니까 지금은 가족 구성원 모두 각자의 공간에서 나름의 시간을 보내는 중이다. 그야말로 평소와 조금도 다를 바 없었다.

그때 또다시 도어락 버튼을 누르는 소리가 들렸다. 평

소와 다른 시간에 들리는 엉뚱한 소리에 여자의 고개가 바짝 세워졌다. 자신의 영역을 침범당한 암사자처럼 눈매가 날카로워졌다. 하지만 그녀의 일그러진 얼굴은 곧 평정심을 되찾았다. 여자의 시야에 주하의 모습이 들어왔기 때문이다.

"지금 근무 시간 아닌가요?"

여자의 물음에 주하의 눈썹이 꿈틀했다.

"내가 오면 안 되는 곳이라도 왔나요?"

잔뜩 날 선 주하의 목소리에 여자가 한 걸음 뒤로 물러섰다.

"제 남편 여기 있나요?"

주하가 집 안으로 몸을 들이밀며 물었다. 가장 먼저 자신의 스마트폰을 거실 충전기에 꽂았다. 까맣던 화면이 점차 밝아졌다.

"당신의 남편 말인가요?"

주하의 모습을 보며 여자가 물었다. 평소의 여자답지 않았다. 사춘기 아이처럼 말꼬리를 잡고 늘어졌다. 주하는 여자의 답을 기다리는 대신 직접 찾아 나서는 쪽을 택하기로 했다. 마침 둔이 닫힌 안방 안에서 상민의 헛기침 소리가 들렸다. 주하는 망설임 없이 성큼성큼 그곳을 향해 걸었다. 손잡이를 잡고 돌리려던 순간 움직임을 멈췄다. 몸을 돌려 다시 여자 앞에 마주 섰다.

주하의 시선이 여자의 정수리 끝부터 발까지 천천히 훑었다. 위에서 아래로, 아래부터 다시 위로. 그리고 그녀의 눈동자에 멈췄다. 검은 눈동자를 똑바로 바라봤다.

"이거 내 옷 아닌가요?"

주하가 여자의 옷을 손가락으로 가리켰다. 여자는 무늬 하나 없는 검은색 티셔츠를 입고 있었다. 어느 가게에서나 구할 수 있는 특색 없는 옷이었다. 주하의 눈동자는 티셔츠에 묻은 얼룩을 보고 있었다.

꽤 오래전, 상민이 염색약을 사 들고 염색을 해달라고 부탁한 날이 떠올랐다. 염색하는 돈 몇만 원 아끼겠다고 피곤한 사람을 귀찮게 하냐고 툴툴댔던 기억이 났다. 결국 희끗해진 그의 머리카락 위로 염색약을 고루 바르고 빗질까지 해주었다. 그때 염색 약이 조금 튀어 주하의 옷에 얼룩이 남았다. 여자가 입고 있는 검은 티셔츠의 얼룩이 바로 그것이다. 어차피 집에서만 입는 옷이라 대수롭지 않게 넘겼다. 그리고 그 옷은 오늘 아침에 벗어놓은 것이었다.

"그런가요?"

여자의 목소리에는 조금의 흔들림도 없었다. '그래서 뭐 어쩌라는 건데?'라고 묻는 듯한 눈빛에 오히려 당황한 쪽은 주하였다.

"내 옷이 분명해요. 내 옷을 왜 당신이 입고 있는 거죠?"

"난 당신의 아내잖아요."

주하의 질문에 여자가 눈을 내리깔고 미소 지으며 답했다. 그러고는 고개를 들어 주하의 눈동자와 똑바로 마주했다.

"나는 당신을 위해 존재해요. 당신이 그걸 원했죠. 집 밖에서 당신이 자신의 커리어를 위한 삶을 사는 동안 집 안의 모든 일을 내가 책임지길 바랐어요. 해야 하지만 하기 싫은 일, 할 수 있지만 하고 싶지 않은 일. 그걸 제가 모두 맡아 하길 바랐잖아요. 아닌가요? 집이라는 공간에서 오롯이 휴식만을 취하고 싶어 했으니까요. 그래요. 그게 제 존재의 이유죠."

여자는 잠시 숨을 고르는 듯싶더니 얼룩 묻은 티셔츠를 내려보며 말을 이었다.

"내가 당신의 아내라면 당신의 모든 것을 공유해야 하지 않나요?"

주하는 말문이 턱 막혔다. 여자는 주하를 향해 공격적인 단어를 선택하거나 비아냥거리지 않았다. 늘 그랬듯 건조한 목소리로 이야기했다. 하지만 어쩐지 기분이 나빴다. 등줄기가 서늘했다.

당황한 주하의 시선이 허공을 맴돌았다. 갈 곳 잃은 시선이 닿는 곳에 그녀가 모르는 것은 없었다. 벽지 색깔부터 가구와 소품, 그리고 여기저기 꽂혀있는 사진까지. 그 공간에 있는 모든 것들은 다 주하가 고른 것이었다. 지금 눈앞에 서 있는 여자도 마찬가지다. 여러 날 동안 고민하고 비교하며 하나하나 채워나갔다. 추억을 차곡차곡 모아가듯 주하와 가족들의 순간과 기억이 곳곳에 배어있었다. 단 하나만 빼고.

주하의 눈이 동그래졌다. 여자의 어깨 너머로 낯선 사진 하나가 눈에 들어왔다. 주하와 상민의 결혼식 사진, 건우의 돌잔치 사진, 가족여행 사진, 건우 졸업식 사진 등 빼곡하게 채워진 추억 속에 여자의 얼굴이 있었다. 사진 속 여자는 지금 자신의 눈앞에 서 있는 것과 같은 표정을 짓고 있었다. 빨갛게 달아오른 상민의 얼굴과 미소라 부를 수 없는 어색한 입꼬리를 지닌 여자의 모습이 함께 담겨 있었다. 그리고 두 사람 뒤에 건우의 옆모습도 찍혀 있었다.

잰걸음으로 사진에 다가간 주하는 가족사진 틈에 끼워져 있는 그것을 거칠게 뜯어냈다. 어젯밤 술자리에서 상민과 사진을 찍다가 여자의 모습도 찍었던 기억은 있다. 하지만 그걸 출력하진 않았다. 여전히 자신의 스마트폰 사진첩에 있어야 할 사진이 지금 눈앞에 있다. 그것도 가족사진 틈에.

"당신이 바라던 게 이런 거 아니었나요?"

그 순간 침묵을 깨고 굳게 닫혀있던 문 하나가 열렸다. 상민이 모습을 드러냈다.

"당신, 집에 있었어? 왜 전화를 안 받아?"

주하의 시선이 상민에게로 넘어갔다. 마침 잘 만났다 싶었는지 여자 보란 듯이 그에게 다가갔다. 하지만 반색할 거라 생각했던 주하의 예상은 틀렸다. 상민은 주하를 똑바로 마주 보지 않았다. 길에서 스쳐 지나가는 낯선 사람 대하듯 차가운 얼굴이었다.

"배터리가 없었나 봐. 무음이었나? 깊게 잠들었던 것 같기도 하고."

상민은 아무렇게나 말을 뱉어낸 후 손에 들고 있던 컵

을 여자에게 건넸다. 반대 손에 쥐고 있던 사진은 힘껏 그의 주먹 속에 숨기고 있었다. 상민이 건넨 컵은 주하가 출근하기 전 여자가 꿀물을 타던 그것이었다. 그의 손에서 컵을 받아 드는 여자의 움직임은 무척이나 자연스러웠다. 오랜 시간을 부부로 지낸 사이인 것처럼 능숙했다.

"여태 잤어?"

주하의 물음에 상민이 답하기도 전에 여자의 목소리가 둘 사이를 갈라놓았다.

"식사 준비할까요?"

여자가 상냥하게 물었다. 이 공간에 상민과 여자 두 사람만 존재하는 것처럼 굴었다. 주인의 애정을 갈구하는 강아지처럼 여자는 상민에게 살갑게 굴었다. 하지만 상민은 그런 그녀에게도 그다지 호의적인 반응을 보이지 않았다.

"결국 출근 안 했나 보네. 집에서 뭐 했어?"

주하가 다시 입을 열었다. 태연하게 움직이는 여자를 노려보며 재차 질문을 던졌다. 조급한 주하의 태도에 비해 여자는 태연해 보였다.

하지만 자신을 향해 꽁지깃을 흔들어대는 두 여자의 말에 상민은 아무런 답도 하지 않았다. 그의 얼굴은 몹시 고단해 보였다. 별다른 말 없이 두 여자를 뒤로한 채 터벅터벅 걸어 베란다를 향했다. 창문을 열고 맑은 공기를 가득 품었다.

평소의 주하였다면 그런 그를 대수롭지 않게 여겼을 것이다. 갱년기냐고 타박했을 수도 있다. 하지만 오늘따라 모든 게 불안하고 위태롭게 느껴졌던 탓에 상민의 뒷모습에서 시선을 떼지 못했다.

"몸은 좀 괜찮아? 내일은 가게 나갈 수 있겠어?"

주하가 상민 곁으르 다가오며 말했다. 때마침 열린 창문 너머 어딘가에서 사이렌 소리가 들렸다.

"무슨 일 났나?"

주하의 눈이 동그러져 주변을 살폈다.

"꼭 울음소리 같네."

상민이 말했다. 무언가 대답을 기다리는 말은 아니었다. 그러고는 자신의 발밑에 펼쳐진 세상을 바라봤다.

12층 높이에서 내려다본 세상은 평소와 같았다. 사람들은 모두 바쁘게 움직이고 있었고 가끔 자동차 한두 대가 그들 사이를 가로질러 갔다. 부지런한 개미 떼처럼 모두 어딘가를 향해 꿈틀거렸다. 다만 개미와 다른 점이 있다면 사람들은 앞이 아닌 손바닥을 보고 있었다. 손바닥 위에 펼쳐진 스마트폰을 보느라 몸이 잔뜩 구부러져 있었다. 그 속에 어떤 세상이 있는지까지는 알 수 없지만 그 세계에 흠뻑 빠져있는 게 분명했다.

"누가 다친 걸까?"

점점 멀어져가는 사이렌 소리를 들으며 상민이 말을 이었다. 그 역시 대답을 기다리는 게 아니라는 걸 알았는지 주하는 아무런 답을 하지 않았다. 그저 평소보다 더 건조한 그의 모습을 힐끔 바라볼 뿐이었다.

그런 그들의 눈앞에 나비 한 마리가 보였다.

"웬 나비가 여기까지 왔지? 나비가 이렇게 높이까지 올라올 수 있나 봐. 신기하다."

주하의 목소리는 제법 밝았다. 아마 그 순간에는 상민이나 여자에 대해 의식하지 않는 게 분명했다.

"그러네. 나도 우리 집에서 나비를 보는 건 처음이야."

상민의 시선이 주하의 목소리를 쫓아 나비를 따라갔다.

"정말 자유로워 보여."

상민이 덧붙였다. 그런 두 사람의 목소리를 들었던 걸까? 두 개의 시선을 품고 여유롭게 날개를 퍼덕이던 나비가, 갑자기 바닥을 향해 빠르게 곤두박질치기 시작했다.

"저 나비 말이야. 마치 이곳에서 뛰어내리는 것 같지 않아?"

상민이 먼 곳을 바라본 채 툭 내뱉었다.

"그게 무슨 말이야?"

주하는 상민의 말을 이해할 수 없었다. 다만 코 끝을 스치는 지독한 악취에 기간을 찌푸렸다.

"만약에 말이야. 이곳에서 뛰어내리면, 떨어지는 동안 후회할까?"

그가 말했다. 하지만 주하는 그의 말을 듣고 있지 않았다.

"나도 자유로워지고 싶어."

상민이 나지막이 중얼거렸다.

그때 뒤에서 인기척이 느껴졌다. 건우였다.

"집에 있었구나?"

주하가 건우를 보며 반겼다. 가족이라는 굴레를 방패 삼아 여자 앞에 맞설 참이었다.

"아까부터 여기 있었어요."

건우는 살짝 고개를 끄덕이며 손가락으로 식탁을 가리켰다. 주하는 자신의 앞에서 고개를 꾸벅이는 건우의 모습이 낯선 사람을 보고 인사를 건네는 것처럼 느껴졌다. 그런 태도가 마뜩잖았지만 말을 아끼기로 했다. 지금은 적군보다 아군이 더 필요할 것 같았다.

"엄마 왔는데 나와 보지도 않으니 있는 줄 몰랐잖아."

웃으며 말을 건넸다. 하지만 건우는 아무런 반응을 보이지 않았다. 평소의 건우였다면 분명 인상을 찌푸렸을 것이다. 주하는 무언가 이상하다는 느낌이 들었다. 여자도 보통 때와 달랐는데 그건 상민과 건우도 마찬가지였다. 이쯤 되니 그들이 이상한 건지 자신이 이상한 건지 헷갈리기 시작했다.

'오늘은 온통 이상하고 찝찝한 것들 투성이네.'

주하의 머릿속에 오늘 하루가 스쳐 지나갔다. 숙취에 시달리던 상민, 자신의 등장을 탐탁지 않게 받아들이던 여자의 반응, 사이렌 소리, 교통 체증, 그리고 건우. 모든 게 자신의 앞을 막아서는 것 같았다.

문득 좀 전 도로에서 태영과 같이 있던 건우의 모습이 떠올랐다.

"건우야, 너 아까 태영이랑 같이 밖에 있지 않았어? 엄마가 집에 오는 길에 너희를 봤거든. 분명 반대 방향으로 갔는데 어떻게 나보다 먼저 집에 와 있는 거니?"

"무슨 소리를 하는 건지 이해가 되지 않아요."

건우가 입을 열었다. 건우의 말투는 분명 평소와 달랐다. 그렇지만 딱히 어디가 이상한지 집어낼 수 없었다.

"닮은 사람이었을지도 모르죠. 이 또래의 아이들은 비슷한 옷을 입으니까. 게다가 체형까지 비슷했다면 충분히 오해할 만해요."

"그런가."

건우의 답에 주하가 말끝을 흐렸다.

"건우야, 간식 먹어."

여자가 식탁 위에 간식을 내려놓으며 건우를 불렀다. 핫케이크 몇 조각과 탐스럽게 익은 빨간 딸기가 접시 위에 정갈하게 놓여 있었다. 건우는 고맙다는 인사와 함께 가장 먼저 딸기 하나를 베어 물었다. 그리고 주하를 향해 돌아서며 말했다.

"엄마도 하나 먹어 봐요."

그의 말에 주하의 눈이 크게 떠졌다. 그새 건우는 딸기를 하나 더 집어 먹었다. 세 번째 것을 들어 주하의 앞에 내밀었다. 주하는 딸기를 받아먹는 대신 눈을 추켜 떴다.

"엄마, 왜 그래요?'

오히려 되묻는 건우의 말에 주하의 얼굴이 굳어졌다.

건우의 얼굴 근육이 한 번씩 움직일 때마다 입안에서 쩌억쩌억 딸기 뭉개지는 소리가 들렸다. 입술 밖으로 붉은 과즙이 조금 새어 나왔다. 빨간 즙을 묻힌 입꼬리가 씰룩거렸다.

'건우는 어렸을 때부터 딸기를 먹지 않았어. 빨간 몸에 콕콕 달라붙어 있는 씨가 징그럽다고 했어. 그런 건우가 먼저 딸기를 먹고 나한테도 권할 리가 없잖아.'

건우의 목젖이 미세하게 흔들렸다. 입안에 머무르던 것들이 목뒤로 넘어간 듯 했다.

"너 누구야?"

주하의 차가운 목소리에 건우가 움직임을 멈췄다. 잠시 멈칫하더니 씩 웃었다. 분명 입꼬리는 올라갔지만 눈은 움직이지 않는다. 주하는 그 모습이 섬뜩하게 느껴져 저도 모르게 한 걸음 뒤로 물러섰다.

둘 사이를 중재하듯 안방에서 알림음이 연속으로 들렸다. 상민의 스마트폰에서 나는 소리였다. 잠시 머뭇거리던 주하가 도망치듯 안방을 향했다. 소리를 좇아 침대로 가 상민의 스마트폰을 챙겨 나왔다.

"무슨 알람이 이렇게 계속 와? 확인해 봐."

주하가 상민을 부르는 동안에도 알림음은 멈추지 않았

다. 상민에게 향하던 주하의 발걸음이 멈췄다. 주하의 시선은 액정 위에 떠 있는 알림에 고정되어 있었다. 발신인을 알 수 없는 메시지가 연거푸 도착하는 중이었다.

　"렌탈인간에 지나치게 의존하면 당신은 더 이상 당신으로 존재할 수 없습니다."

　쿵!
　순식간에 일어난 일이었다. 무언가 폭발하는 것 같은 거대한 소리가 들렸다. 곧이어 사람들의 비명과 웅성거리는 소리가 들렸다. 주하가 놀라 뛰쳐나갔다. 하지만 나머지 두 사람은 아랑곳하지 않았다. 건우는 여전히 딸기를 오물거리고 있었고 여자는 뭐가 그리 바쁜지 주방에서 달그락거리고 있었다.
　놀란 주하만 고개를 돌려 소리가 난 곳을 바라봤다. 여전히 열려있는 창문에서 살랑살랑 바람이 일렁이고 있었다. 조금 전까지 상민이 머무르던 자리에는 구겨진 사진 한 장만 남아 있었다. 창문 너머로 허공에서 작은 나비 한 마리가 천천히 날아오르고 있었다.
　또다시 알림음이 울렸다. 이번엔 주하의 것이었다.

렌탈인간

초판 1쇄 발행 2026년 4월 20일

지은이 신은영
펴낸이 박경애
편집 박경애
표지디자인 김태균

펴낸곳 자상한시간
출판등록 2017년 8월 8일 제 320-2017-000047호
주소 경기도 양주시 삼숭로 58번길 115
이메일 vodvod279@naver.com

ISBN 979-11-998024-3-8 (03810)